L'homme à la vie inexplicable

L'an du Seigneur 1311, ce jeudi de Saint-Nicolas, au nom du Père, du Fils et de la Vierge Marie, salut.

Hier à l'heure de l'Angélus mon maître s'en est allé au coffre bas sous la fenêtre, il en a sorti l'intimidant cahier qu'il gardait pour moi depuis le dernier jour des vendanges, et il me l'a offert. Puis il m'a fait asseoir devant la cheminée où brûlait un feu triomphant et m'a demandé si j'étais toujours ferme dans ma résolution de consigner en un livre les cheminements qui l'ont conduit à cette maison où nous sommes. Je lui ai répondu fièrement que je n'étais pas un inconstant. Alors une fois encore il m'a conté les errances de sa jeunesse avec la patience passionnée qui illumine sa figure, quand il m'instruit.

Maintenant, que m'aident les soixante-douze noms de Dieu inscrits sur l'écorce de bouleau que je porte au cou dans ma croix évidée, car je pressens un mystère impalpable et pourtant vivifiant dans les tribulations impétueuses de cet homme qui m'a ramené d'entre les morts. Il me faut vous en faire le récit, vous dire comment il fut jeté sur les routes, après que sa mère a été convaincue d'hérésie, comment les loups l'ont déchiré en forêt d'Arques, comment il fut aimé par Fabrissa la perdue, comment il ne cessa pourtant de marcher à la poursuite de Brune, sa fiancée d'enfance, son étoile.

Henri Gougaud est né à Carcassonne en 1936. Auteur de différents ouvrages consacrés à la science-fiction, d'un recueil de nouvelles qui lui valut la bourse Goncourt de la nouvelle.

Auteur de chansons pour Jean Ferrat, Juliette Gréco et Serge Reggiani.

A publié au Seuil six romans : Le Grand Partir, Le Trouveur de feu, Bélibaste, L'Inquisiteur, Le Fils de l'ogre, L'Homme à la vie inexplicable, *et deux livres de légendes,* L'Arbre à soleils *et* l'Arbre aux trésors.

Du même auteur

AUX ÉDITIONS DU SEUIL

Le Grand Partir
roman, 1978
Grand Prix de l'humour noir

L'Arbre à soleils
1979
coll. « Points Roman », n° 150

Le Trouveur de feu
roman, 1980

Bélibaste
roman, 1982
coll. « Points Roman », n° 101

L'Inquisiteur
roman, 1984
coll. « Points Roman », n° 206

Le Fils de l'ogre
roman, 1986

L'Arbre aux trésors
1987
coll. « Points Roman » n° 345

CHEZ D'AUTRES ÉDITEURS

Départements et Territoires d'outre-mort
Bourse Goncourt de la nouvelle, 1977
Julliard

Démons et Merveilles de la science-fiction
Julliard

Souvenirs invivables
Ipomée

La Chanson de la croisade albigeoise
(traduction)
Berg International

Henri Gougaud

L'homme à la vie inexplicable

roman

Éditions du Seuil

TEXTE INTÉGRAL

EN COUVERTURE :
James Tissot, *Rencontre de Faust et de Marguerite*,
1860 (détail). Musée d'Orsay, Paris.
Archives Lauros-Giraudon.

ISBN 2-02-012205-7
(ISBN 2-02-010636-1, 1re publication)

« Entre le soleil et nous s'étendent les ténèbres et c'est pourquoi le ciel apparaît bleu. »

Léonard de Vinci.

1

L'an du Seigneur 1311, ce jeudi de Saint-Nicolas, au nom du Père, du Fils et de la Vierge Marie, salut. Moi, Bernard de l'Auradieu, entré à la fête Saint-Hubert de novembre dans ma vingtième année, que Dieu me garde du péché d'orgueil, car je suis bachelier et je sais écrire le latin.

Hier à l'heure de l'Angélus mon maître est sorti sur le seuil de notre maison. Il a contemplé le ciel et humé l'air un long moment, puis dans la salle commune où je triais des simples il est revenu en disant que le temps était à la neige. Alors il s'en est allé au coffre bas sous la fenêtre, il en a sorti l'intimidant cahier qu'il gardait pour moi depuis le dernier jour des vendanges, et il me l'a offert.

Les feuilles en sont de parchemin italien, le plus fin et le plus blanc qui se puisse trouver, même à Toulouse où sont pourtant de fameux enlumineurs de bibles et des écoles réputées où se dictent tous les jours pandectes et décrétales. Comme je m'émerveillais sans pouvoir dire un mot, me signant sans cesse, m'extasiant au parfum de ces pages immaculées et caressant, les mains tremblantes, la couverture d'olivier qu'il avait lui-même taillée et polie, il m'a dit en bougonnant (car il répugne aux exubérances d'âme) que l'hiver était la bonne saison pour se mettre à l'écritoire. Puis il m'a fait asseoir devant la cheminée où brûlait un feu triomphant et m'a demandé si j'étais toujours ferme dans ma résolution de consigner en un livre les cheminements de sa vie. Une telle bouffée de fougue m'a sur l'instant envahi que j'ai senti mes tempes s'échauffer et s'embuer mes yeux, mais il n'en a rien vu. Je lui ai répondu fièrement que je n'étais pas un inconstant. Alors une fois encore il m'a conté les errances de sa jeunesse avec la patience passionnée qui illumine sa figure, quand il m'instruit.

Tandis que je l'écoutais, tenant embrassé sur ma poitrine ce cahier redoutable et magnifique où j'ose maintenant écrire, son épouse s'est assise à ses pieds sur la fourrure d'ours, a posé la tête sur ses genoux et s'est bientôt endormie. La voyant ainsi, il n'a plus parlé qu'à voix feutrée. Quand il s'est tu, vers la minuit, il est resté à contempler le visage de sa bien-aimée avec de lentes caresses dans sa chevelure, sans se soucier de remettre une bûche au feu. Il s'est ainsi peu à peu abandonné à l'oubli de ma présence. Et moi-même ne voulant pas le quitter ni troubler le silence, je me suis avec lui enfoncé dans une somnolence vaguement rêveuse à peine embarrassée par les craquements familiers des planchers et de l'obscure charpente. Le froid nous a ensemble réveillés. Alors mon maître a porté dans ses bras son épouse jusqu'à sa couche et, me retirant dans ma chambre j'ai prié Dieu en un soupir de m'accorder, quand je serai comme lui dans la pleine force de l'âge et de mon savoir, l'innocence d'enfant immortel qui lui vient toujours au regard dans ses instants offerts à l'amour.

On le dit rude et taciturne, mais ce sont là des fables

colportées par ceux qu'il effraie. En vérité je ne connais point d'homme d'une aussi attentive bonté. Sachez que plus qu'un père je le vénère, car à mon sentiment il fut et demeure un saint aventureux, quoiqu'il ne m'ait rien caché des péchés et des bassesses qu'il traversa, et si par grâce il m'était donné d'avoir à préserver sa sauvegarde, volontiers je donnerais pour lui tout le sang de mon corps.

Il est tôt parti ce matin sans me dire le moindre mot ni même remarquer, à ce qu'il m'a paru, le savant attirail de clerc que j'étais occupé à installer. Sans doute était-il dans ces sortes de pensées qu'il ne confie à personne et que j'ai sans cesse le désir de traquer, malgré ma crainte d'encourir ses foudres. Il chaussait à grand-peine ses vieilles bottes quand son épouse l'a appelé devant la porte où elle venait d'accueillir une pauvre femme effrayée dont l'enfant, à ce que j'ai compris de ses supplications sanglotantes, se mourait de fièvre. Elle venait chercher du secours. Mon maître a choisi quelques sachets d'herbes sur l'étagère de l'armoire, il les a fourrés dans sa besace, et l'air aussi sombre que les nuages sur notre maison basse il a revêtu sa longue pelisse et s'en est allé dans la lumière de la neige nouvelle. Je l'ai suivi jusqu'au seuil. J'ai levé la main pour un salut mais il ne s'est pas retourné. Je l'ai un moment regardé descendre vers le village parmi les arbres noirs ébahis de froidure. Son épouse cheminait derrière, la jeune mère pâle et dépenaillée courait devant, perdant ses sabots et faisant se hâter à grands signes cette femme et cet homme sans qui ma tête ne serait aujourd'hui qu'un crâne aux orbites vides. Tous trois m'ont paru porter sur leurs épaules les nuées du vaste ciel, comme un fardeau démesuré. Je les ai bénis dans mon cœur.

Comme j'allais me renfoncer dans la bonne chaleur du dedans un couple de corbeaux s'est mis à croasser amèrement, au loin, sur un manche de charrue planté dans un champ blanchi. Leur goguenardise acerbe m'a embrumé l'esprit et mon désir de bien faire s'en est trouvé contrebattu de pensées mélancoliques. Je ne suis pas un sage, hélas. Je pressens depuis longtemps dans les tribulations impétueuses de mon maître un mystère impalpable et pourtant vivifiant, mais je ne vis pour l'heure que de doute et d'espérance.

Que m'aident les soixante-douze noms de Dieu inscrits sur l'écorce de bouleau que je porte au cou dans ma croix évidée ! Que ce talisman me garde des étourderies et des trébuchements qui font parfois la confusion des novices, comme il m'a jusqu'à ce jour préservé des méchants, de l'eau et du feu, de l'éclair et de la tempête ! Devant la cheminée où bouillonne notre soupe perpétuelle, tandis qu'à nouveau la neige tombe en flocons maigres, me voici besognant, penché sur mon écritoire, parmi mes plumes, mon encrier neuf, mon grattoir, mes chandelles. Dans l'étroite lumière de la fenêtre mon cahier est exactement ouvert. Au bord de l'aventure étrange et prodigieuse qu'il me faut maintenant vous conter, je suis comme l'oiseau qui a fait son nid dans la paroi d'un précipice et qui contemple au loin des chemins insaisissables sous le ciel changeant.

2

Dans la ville de Toulouse où il étudiait assidûment le droit selon Justinien et autres docteurs antiques commence le voyage éprouvant de Simon Garric mon maître, que Dieu garde.

Il était alors un jeune homme de haute taille et d'apparence fragile, par nature naïf mais peu bavard, courageux mais timide, assoiffé de vie et de presque tout effrayé. Ainsi s'est-il à moi décrit en riant bonnement, un soir où nous conversions de ce temps. Je vous dis ses paroles mêmes. Et je vous dis encore que son visage était, comme il l'est aujourd'hui, sans cesse traversé de lueurs pensives et de ces éclats de vif éveil qui émeuvent les femmes, et que son âme était celle d'un fils de campagne, rugueuse, franche, de belle gaucherie, comme sont les arbres, les buissons, les landes, les cieux. Mais je sais aussi que cette âme de bon aloi, tant elle était tiraillée, le vouait à de perpétuels déchirements, car en elle s'enchevêtraient l'ange mauvais et l'esprit saint, la jouissance et la douleur d'être, l'incessante tentation de se perdre dans les bas-fonds ou les hauteurs célestes, selon l'humeur et les fatigues. Mon maître était ainsi. Aucun mot de lui ne me l'a dit mais n'en doutez point, car dans l'affection attentive que je lui porte est un savoir infaillible.

Cependant en ce temps révolu il ignorait cela. Il s'estimait promis au respectable destin d'un notaire lettré, à l'opulence agricole, au règne familial sur une belle maisonnée. Sachez donc que le jour dont il se souvient entre tous est celui où lui apparut, sur le seuil de la chambre que lui louait un tisserand du quartier Saint-Pierre-des-Cuisines, un colporteur fort jovial et chaleureux que l'on nommait Benoît-Triple-Langue, et qu'il connaissait depuis l'enfance.

C'était au crépuscule, par une fin de printemps pur et tiède. Les toits avaient au front de l'or traversé d'hirondelles. Dehors riaient des filles courant au puits parmi les ânes et les volailles qui encombraient la ruelle. Il faisait un temps à offrir sa vie à la bonté du monde. Simon, accoudé à la lucarne, était à cet instant distraitement occupé à donner une leçon de lecture au jeune fils de son logeur. Il lui jetait de brefs coups d'œil entre deux dérives paresseuses dans la quiétude du soir, s'amusant en secret de voir s'échiner son élève penché sur son livre de psaumes à s'en presque roussir les cheveux à la chandelle, et suivant du doigt les lignes de l'œuvre ouverte sur le lutrin bancal. La nuit baignait déjà la chambre alentour du cercle de lumière. La porte grinça, comme poussée par quelque chien fouineur. L'enfant ne l'entendit point, tant il était absorbé. A voix nasillarde il récita : « Il ne craint pas l'annonce du malheur, ferme est son cœur, confiant en son Dieu ! » Un éclat de voix le fit taire. Simon se retourna et vit sur le seuil un gros homme au visage ombreux. Il s'approcha, le reconnut. L'autre lui ouvrit les bras en s'esclaffant derechef à l'excès, comme il faisait toujours aux retrouvailles. Ils s'embrassèrent. Benoît-Triple-Langue lui apportait un message de sa mère qu'il avait rencontrée au lendemain de la Fête-Dieu, sous l'orme de la place, au village d'Arzens où il était de passage. Tandis que l'enfant, la bouche ouverte, s'ébaudissait à ses manières de familier des vents :

— Elle m'a demandé si j'allais à Toulouse, dit-il en s'asseyant lourdement contre la paroi de planches mal jointes. Je lui ai répondu que je voulais y être pour la foire aux quincailles de la Saint-Gilabert, et donc que j'y partais tout droit, aussitôt ma mule chargée. Alors elle m'a tiré par la manche à l'écart des commères, puis m'a glissé en poche une pièce de cuivre, et dans l'oreille un message pour toi.

Il se tut, le temps de se gonfler d'importance, dressa l'index devant sa figure.

— Elle m'a dit : « Cours chez notre Simon dès ton arrivée en ville, et de ma part ordonne-lui de retourner sans attendre à la maison de sa mère. » Tu sais comme elle est méfiante et pointilleuse. Garde-toi de lui désobéir, car c'est sur moi, pauvre Benoît, que tomberaient ses foudres.

Ayant ainsi parlé il affirma qu'il avait soif. L'enfant vint planter la chandelle entre les deux hommes et se pelotonna contre son jeune maître. La face du colporteur s'épanouit dans la lueur soudaine, tandis qu'il empoignait paillardement la gourde rebondie pendue à son épaule et buvait une longue lampée. Simon lui demanda s'il savait pourquoi la vieille Mathilde le rappelait avec autant d'empressement. L'autre essuya sa large gueule d'un revers de poignet et répondit, l'œil allumé :

— A ce que j'ai entendu conter de-ci, de-là, trois valets ont quitté ta maison et la moisson promet d'être abondante. Du vrai labeur d'homme t'attend, mon drôle. Assurément il te sera plus profitable que tes jongleries d'écrivassier.

Il rit, content de lui, de son vin, de sa panse. Simon ricana pauvrement pour ne point lui déplaire, le cœur tout à coup embrasé par la question qui lui montait en bouche et qu'il n'osait poser. Il renvoya l'enfant, resta la tête basse le temps que s'apaise dans l'escalier le fracas de sa course débridée, puis se redressa, les joues empourprées, le regard dévoré d'espérance inavouable.

— Et Brune, l'as-tu vue ? dit-il, la voix rauque.

Benoît-Triple-Langue partit d'un gloussement de maquerelle complice. Il répondit :

— Je l'ai aperçue au marché.

Puis il cligna de l'œil et contrefit grossièrement l'énamouré. Simon se détourna, honteux, rogneux, blessé soudain par ce porc sans malice qui venait de pousser son groin blasphémateur dans le plus sacré de ses jardins intimes.

Depuis l'été passé, l'inaltérable figure de Brune occupait son âme, son cœur, ses sens, ses rêveries. Quand lui venait la pensée d'elle, dans la salle du collège Saint-Sernin où l'illustre docteur Guillaume de Ferrières commentait tous les jours son *De Actionibus*, un trait de feu traversait l'air gris, l'assemblée des visages, le lourd sonnement des psalmodies sous la voûte, foudroyait la chaire magistrale, et se fichait là, triomphant, comme au cœur du monde. Alentour n'était plus, jusqu'à l'étourdissement du soleil retrouvé, que mélancolique poussière de paroles dérisoires.

Certes, il lui arrivait d'oublier l'aimée sur son chemin quotidien et d'aller sans elle à l'agréable compagnie de quelques confrères d'étude, mais le soir, à l'heure où s'éteignent les lampes, son image lui revenait toujours vive, accueillante, rieuse, pure de tout nuage et de tout frôlement. Alors il roulait avec elle sur la paillasse de sa chambre, et dans ses ténèbres s'allumaient des prés, des sources, des vergers heureusement déserts qu'ils découvraient ensemble, jubilants comme au paradis. Parfois il se plaisait à se la figurer perdue de désespoir, pour le délicieux bonheur de tendre vers elle des mains consolatrices, magiciennes, comme il savait s'en donner en esprit, par grâce d'amour parfait. Parfois il osait prononcer son nom à voix haute, dans le noir, et s'effarouchait aussitôt de l'avoir osé dire, car le bruit de Brune qu'il entendait était aussi éloigné de sa Brune que le nom de Dieu de Sa Face. Alors il se bâtissait sur une montagne crépusculaire un haut roc où elle était liée, environnée de monstres, et jusqu'à sombrer dans le sommeil il bataillait pour sa délivrance avec l'invincible exaltation des amants de haut vol.

Hors ces rêves, elle était la fille du chevalier Raymond Cat, dont le grand-père Guillaume avait autrefois combattu, jusqu'à l'étripement de sa dernière bataille, les croisés de Montfort. Messire Raymond, tout nobles que fussent ses ancêtres, n'était pas mieux que les Garric nanti de bonnes terres et ne voyait pas d'obstacle majeur à prendre un jour pour gendre cet amoureux de grande foi pourvu qu'il devienne savant, à défaut d'être né de hautes gens. Simon avait toujours estimé ces calculs paternels salissants, méprisables, et pour tout dire indignes des purs enivrements que lui inspirait la vénération de Brune. Le jour où elle lui avait avoué qu'elle l'aimait, après qu'il l'eut couchée sous un vieux pin penché dans une lande bruissante de brise, il était entré au cœur même du soleil. Il n'avait pu retourner à l'affairement fauve des batteurs de blé, dans la vaste cour de la maison forte où messire Cat, puissamment dressé dans la poussière d'or, veillait sur les hommes aux torses luisants, les femmes rougeoyantes aux manches troussées, les enfants braillards dans les nuées de mouches, les buveurs ruisselants, les épuisés maigres affalés contre la muraille. Il avait craint que tous, quand il paraîtrait, ne se tournent vers lui, soudain frappés de stupeur envieuse, et ne se précipitent au pillage de la rayonnante béatitude dans laquelle il baignait. Brune, elle, avait sans peur affronté les regards. Elle avait franchi le portail, traversé fièrement les corps à l'ouvrage et s'était retournée pour un signe complice à travers les nuées de paille, avant d'entrer dans la maison. Simon avait vu là le signe d'une noblesse d'âme imperturbable.

Dans cette chambre étroite dont il avait fait depuis l'automne, malgré ses incommodités, la tanière bien-aimée de ses songes, il supporta donc les insinuations intempestives de Benoît-Triple-Langue avec un dédain à peine dissimulé, et se trouva bientôt fort impatient de se retrouver seul. Il prétendit que cette fille de messire Cat ne lui occupait que distraitement l'esprit, puis tout à coup se dressant il fit mine de se découvrir d'urgentes occupations, puisqu'il devait quitter Toulouse dès le prochain matin. Comme l'autre sans l'écouter s'attardait à lui exposer, en frère aîné accoutumé aux aventures amoureuses, quelques bas préceptes de stratégie putassière, il s'en fut ostensiblement se planter devant la porte. Mais presque aussitôt regrettant sa brusquerie, pour que son compère ne soit pas trop fâché de cette séparation hâtive, à l'instant de franchir le seuil il le serra sur son cœur avec un empressement exagéré, comme s'il était le plus estimé de ses cousins.

Demeuré seul, il assembla ses hardes et boucla son bagage. Puis, décidé à se mettre en chemin avant même le jour levé, il s'en fut prendre congé de son logeur, de son épouse et de leur fils qui habitaient l'obscur atelier de tissage, sous le plancher de sa chambre. Le tisserand était un boiteux peu bavard mais serviable envers les gens de savoir, à qui il vouait un respect touchant. Simon l'embrassa tandis que le bonhomme lui serrait les mains sans oser approcher la figure, en balbutiant ses regrets de le voir quitter sa demeure. Son épouse fut plus volubile. Cette grande et forte mégère l'invita jovialement à partager leur repas du soir. Le voyant hésiter, elle essuya ses doigts au chiffon crasseux qui ne quittait jamais sa ceinture et l'encouragea d'un clin d'œil gaillard. Il n'osa refuser. Alors l'enfant s'illumina, vint le prendre par la manche, le fit asseoir sur le banc environné de volailles, devant le feu où s'affairait sa mère. La bougresse, qui plusieurs fois au cours de l'an l'avait assailli de regards trop francs et de frôlements généreux à l'excès, lui demanda d'une voix tout à coup oppressée, comme elle se penchait, les seins débordants, sur son chaudron, s'il dormirait dans sa chambre avant de prendre la route. Simon, brusquement effrayé, lui répondit que non. Il s'en trouva sur l'instant tout perplexe et confus, car il n'avait pas d'autre endroit où aller. La femme se renfrogna, lui tourna le dos et dès lors se désintéressant de lui elle n'usa plus sa remuante vigueur qu'à morigéner son fils et s'exaspérer aux lenteurs placides de son mari.

Il quitta ces gens à la nuit noire, prétextant un rendez-vous qu'il n'avait pas, et se retrouva dans la ruelle déserte, son sac sur une épaule et, sur l'autre, battant son dos et sa poitrine, ses deux livres suspendus à une tresse de cuir. Ces vénérables ouvrages reliés de bois et de solides lanières étaient son bien le plus précieux et sa constante fierté d'étudiant. Son vieux magister d'écriture lui avait offert, l'année de son accession à la condition de bachelier, celui qu'il portait devant. C'était une belle copie ornée de lettrines peintes des chants d'un troubadour nommé Raymond de Miraval, que Simon estimait comme l'un des plus purs serviteurs de la lumière du monde. Il puisait souvent de quoi nourrir ses exaltations de parfait amant dans ses œuvres où passions et désirs affinés au feu du cœur étaient sans cesse offerts à quelque haute femme. Il connaissait aussi bien que prières tous les vers autrefois composés par cet homme et les chantait souvent, recueilli dans son âme, pour lui seul, point pour d'autres : il n'osait pas, de peur d'être moqué.

Le livre qui battait son dos lui venait d'un confrère en mal d'argent à qui il l'avait acheté. C'était la somme des *Dits de la Mort* de ce fameux frère Hélinand qui vécut aux temps anciens à l'abbaye de Froidmont. Là était rudement proclamé que tout revient à la poussière, corps, fortunes, vanités, et que les espérances terrestres ne sont pas plus saisissables que fumée au vent. Mais la Grande Faucheuse était montrée si propre ménagère des sociétés humaines qu'elle n'inspirait point la terreur, au contraire. L'œuvre de frère Hélinand passait pour assurer longue et paisible vie à qui la fréquentait, et mon maître m'avoua qu'elle avait longtemps encouragé le joyeux mépris qu'il éprouvait en ce temps-là pour les puissants, car en elle étaient maltraités les rapaces et les goinfres plus que les pauvres et les jeunes gens assoiffés de vertus rares, dont il se vantait d'être.

Comme il s'éloignait dans la ruelle obscure avec ces livres et ses hardes, la nuit lui parut si douce et si vive l'allégresse des étoiles au-dessus du chaos des toits et des tourelles qu'il résolut de ne pas chercher une auberge et de dormir dehors, puisqu'il avait été assez piteux pour s'effrayer de cette mégère paillarde qui menaçait d'assiéger sa chambre. Pourquoi s'était-il si sottement effarouché ? Il s'interrogea avec une hargne soudaine, se traita de peureux misérable, se laissa envahir par le désir d'affronter quelque vrai danger, et de s'y révéler furieusement valeureux. Mais tout était calme et seul sonnait son pas au milieu de la rue. De-ci, de-là ne lui parvenaient que des aboiements de chiens lointains, et de l'ombre des façades de rares tremblements de lumières entre des volets mal joints, des rumeurs de voix assourdies, des bruits d'écuries. Au carrefour de la rue Comtale la clarté de la lune lui désigna une chèvre qui livrait le flanc à son petit, affalée contre la margelle du puits. Elle le regarda s'approcher avec une confiance immobile qui l'émut. Alentour, les maisons aux toitures basses dans l'échappée des venelles, le ciel, l'air nocturne à portée d'homme, tout parut un bref instant miraculeusement accueillant, comme effleuré par la main transparente de Dieu. Il en fut lavé de sa colère et pressa le pas, pris de vigueur aventureuse.

Il descendit vers la Garonne dans la brise fraîche qui venait de la porte du Bazacle jusqu'à la belle maison du notaire Pierre Estève, où il entendit des chants et des rires derrière la lucarne ouverte, à l'étage, sous le chapeau de tuiles. Il fit halte, leva la tête, vit de longues ombres bouger sur le plafond, dans la lueur fauve des lampes. Là logeait un étudiant en droit nommé Pons des Esclasses, qu'il connaissait mais n'estimait guère, car ce jeune homme de forte gueule professait un amour de la poésie par trop sommaire, quoique dévotieux, et se complaisait souvent en discours autant braillards qu'écervelés sous prétexte d'exaltation savante. Simon pensa cependant qu'il pouvait le charger de prévenir ses professeurs de son départ précipité. Il l'appela. L'autre apparut à la fenêtre et tout rieur, sans écouter ce qu'il disait, l'invita à monter.

Il se laissa tenter et aussitôt le regretta. A la cime d'un escalier étroit et fort obscur qu'il gravit en pestant contre le mur rugueux qui éraflait ses livres, il découvrit qu'avec Pons, et dans le même contentement arrogant, étaient deux compagnons et une fille. Un tonnelet perdait goutte à goutte son vin, sur un banc encombré de vêtements et de parchemins usés. Les hommes paraissaient ivres. Point la jeune femme que Simon reconnut, à ses yeux charbonnés et ses joues fardées de blanc, comme une prostituée. Elle s'efforçait de rire et de chanter avec ses maîtres de rencontre, mais dans les lueurs indécises que tourmentaient les souffles et les remuements, tout en elle, ses gestes, ses éclats, son bon vouloir vulgaire, sentait le pauvre effort et l'irrémédiable fêlure. Pons offrit à boire à son invité et cognant du doigt, comme à une porte, contre le livre de Miraval qui ornait sa poitrine, il lui fit un clin d'œil d'amateur complice. Mais alors qu'il s'apprêtait à ajouter quelque fadaise sur les irrespirables hauteurs du pur amour, un soudain remue-ménage le fit sursauter et brusquement se retourner.

Ses deux compères, chiffonnant la fille et grognant dans son cou, venaient de la renverser sur la paillasse. Dans leur affalement aveugle ils avaient entraîné l écritoire, l'encrier, les préceptes d'Aristote aussitôt dispersés et une lampe dont l'huile se répandait sur leurs chausses. Pons en deux pas leur fut dessus et les empoigna aux cheveux en hurlant au saccage de ses richesses de lettré. Tandis que des poings et des pieds le vengeur furibond aggravait le désastre, Simon battant de la botte éteignit la mèche qui menaçait d'enflammer le plancher. La fille se débattit parmi les corps enchevêtrés, s'échevela, jetant de-ci, de-là ses griffes pâles, de rien d'autre occupée que de les plonger dans les aumônières qui pendaient aux ceintures des hommes, puis d'un bond se redressa et s'enfuit, le pas menu et l'œil déjà dehors, aussi souple et silencieuse qu'une renarde. Pons, la voyant franchir le seuil, palpa sa bourse ouverte sans pouvoir se démêler de sa bataille d'ivrognes, brailla qu'on la poursuive. Simon ramassa son sac, hésita un instant, ouvrit la bouche pour parler, renonça et s'en fut.

Parvenu dans la ruelle il vit la fille qui s'éloignait le long des façades. Il lui cria de l'attendre. Elle ne se retourna ni ne pressa le pas. Il courut jusqu'à la rattraper, la saisit au poignet. Elle eut un grondement de gorge, se dégagea d'une secousse rageuse, lui fit face et le défia. Des rides fines craquelaient le fard autour de ses yeux, de sa bouche. Elle était jeune pourtant, une sorte de frêle innocence baignait son regard noir, immense, traversé de peurs âpres et d'éclats de bête combattante. Il lui dit :

— Tu as volé.

Elle lui répondit, véhémente :

— J'ai pris mon dû.

Ils restèrent un moment à se toiser, vaguement haletants, puis Simon haussa une épaule et sourit.

— Je ne te veux pas de mal, lui dit-il, mais Pons est mon ami.

Elle baissa la tête, gronda comme pour elle seule :

— Il n'est pas le mien.

A nouveau ils firent silence. Un chant de rossignol dans un jardin voisin emplit soudain la nuit. Simon leva les yeux, flaira la joie de l'air alentour, s'en émut et se prit aussitôt de pitié pour cette pauvre fille renfoncée dans sa rage craintive. Il saisit son bras, le tint un moment serré, puis ne sachant que faire laissa tomber sa main. Alors elle leva le front et tout à coup enjouée :

— Si tu avais un lit, je t'offrirais Bertrande. Mais tu n'as pas de lit. Tu es un voyageur.

— Bertrande ?

— C'est mon nom, dit-elle.

Ils rirent ensemble. La fille s'éloigna. Simon la suivit. Cette fois, elle l'attendit.

Ils cheminèrent un long moment côte à côte, sans dire un mot. Comme ils longeaient la léproserie de Baussan, Bertrande courba l'échine sous la longue muraille couronnée de feuillages, pressa le pas, baisa la croix qu'elle portait au cou et murmura une brève prière. Dans le jardin des lépreux jubilaient aussi des oiseaux. Ils émerveillaient les étoiles. Simon demanda à sa compagne, qui maintenant marchait d'un pas vif, où elle le conduisait. Elle ne lui répondit pas, s'engagea brusquement dans une venelle sinueuse et puante où croupissaient des porcs, traversa, la jupe haussée jusqu'aux genoux, des traînées d'ordures boueuses, escalada quelques marches au fond du boyau noir et là, hautement dressée contre le vaste ciel à nouveau grand ouvert, elle attendit l'homme encore mal défait des ténèbres immondes. Quand il l'eut rejointe, il vit qu'ils étaient à la lisière du pré du Peyrou. Au-delà s'élevait jusqu'aux poussières d'astres l'église cathédrale Saint-Sernin. Elle lui parut prodigieuse, ainsi bâtie de nuit plus noire que la nuit.

— Là tu pourras dormir, voyageur, dit Bertrande.

Elle lui prit la main et l'entraîna. Ils coururent le long des masures et des arbres qui bordaient le pré, poursuivis par des chiens errants que Simon éloigna à grands coups de gueule, de botte et de sac tournoyant, jusqu'au parvis désert cerné de bâtisses nobles. Quand ils y furent, ils firent halte et reprirent souffle. Bertrande désigna le portail grand ouvert par où l'on voyait briller des lumières de cierges dans les profondeurs de l'édifice.

— Derrière le chœur sont des paillasses et des couvertures, dit-elle.

Ils franchirent le seuil monumental. Des raclements, des glissements furtifs de pas, des toux sonores troublaient seuls l'austère majesté du silence. Dans l'ombre étaient des gens prostrés, tas de haillons fantomatiques aux têtes penchées, aux visages indiscernables parmi les piliers envolés vers les cimes obscures. Jusqu'aux brumes du lointain des brassées de lumignons brûlaient le long des murailles ornées de fresques. Splendide était la foule peinte en habits amples et colorés parmi ces lumières mouvantes, vénérables les figures douées de regards, d'élans de paroles, et pourtant muettes et immobiles dans cet antre de Dieu qui semblait n'avoir ni ciel ni fond. Simon connaissait ses images, il les avait souvent visitées, mais jamais, ainsi exaltées par la nuit alentour, ces juges possibles de sa vie ne lui avaient paru aussi proches et considérables. Cheminant sans hâte derrière la fille au milieu de l'allée il baissa le front, attentif à réduire le bruit de ses bottes sur les dalles.

— Tu es un homme bon, dit Bertrande, contemplant rêveusement l'immense Christ en croix dressé dans la pénombre du chœur.

Elle s'arrêta et se tourna vers son compagnon. Il lui sourit gauchement. Il distinguait mal ses traits dans cette obscurité d'église. Il l'examina. Sans doute le fit-il avec cette passion pénétrante, avide et pourtant infiniment tendre que je lui connais, car Bertrande murmura, prise soudain de gravité bouleversée :

— Dis-moi une parole pour aider ma vie, et je te donnerai ce que tu voudras.

Il se raidit, poussa un ricanement bref, répondit :

— Tu ne me fais pas envie.

La fille eut un instant d'effroi silencieux, puis tout à coup accablée se voûta, posa les mains sur son visage, se laissa lentement tomber à genoux sur le pavement. Simon la prit aux épaules, voulut la retenir, mais ne put. Alors il s'accroupit en face d'elle, les mains maladroites, le cœur douloureux, grognant contre la méchante étourderie qui avait blessé cette compagne éphémère à qui il ne voulait que du bien.

— Pardonne-moi, lui dit-il. Je pars rejoindre mon amie. Je l'aime. J'ai eu peur de ton corps.

Il baisa son front. Un moine sans visage en chemin méditatif vers la croix de l'autel effleura son dos dans un envol de bure. Simon baissa la tête, craignant qu'il ne se retourne et leur crache quelque réprimande puis, rassuré, avec une affection précautionneuse il força Bertrande à le regarder. Elle eut un sourire espérant et craintif. Alors à voix basse il lui demanda de ne point le troubler, il lui dit que sa vie était simple, qu'il la voulait exaltante aussi, semblable à une flamme droite, et qu'il ne doutait pas de parvenir à ce qu'il désirait parce qu'il était un homme de cœur franc et de volonté sûre. Fier et content il lui dit cela. Les yeux de la fille s'embuèrent. Elle lui répondit tristement qu'elle était heureuse de le savoir dans les bonnes grâces de Dieu, qu'elle-même s'était sentie pareillement protégée, à certaines heures ensoleillées de l'enfance. Mais ce temps était aussi lointain dans sa mémoire que le commencement du monde, et maintenant, comme elle se sentait éloignée de cet homme limpide qu'elle contemplait avec envie !

Disant cela, elle se mit à pleurer. Simon essuya les larmes qui salissaient ses joues, mêlant au blanc du fard le charbon de ses yeux. Elle le repoussa d'un mouvement de tête, et soudain débondée se mit à parler d'une voix monotone que faisaient trembler ses sanglots. Elle lui dit qu'elle avait été une fille de ferme promise à l'honnête misère des champs, des ménages, des marmailles. En ce temps-là, combien de fois rêvant le soir elle avait imaginé ce qui pourrait survenir pour éclairer ou assombrir sa vie ! Elle avait parcouru d'avance tous les chemins, elle avait tout espéré, tout redouté, son mariage et la vie ordinaire qu'avait connue sa mère, son vieillissement sans époux, sa mort prochaine, avant ses dix-huit ans, et son enterrement un jour de vent pluvieux, la venue d'un homme riche, l'amour éblouissant, l'élévation aussi soudaine que le désastre tout à l'heure pleuré. Mais elle habitait un hameau où ne passait jamais personne et rien n'était arrivé de tout cela, ni le pire, ni le meilleur, ni le possible. Elle était venue à l'état de putain par des chemins imprévisibles mais inévitables, et sans que Dieu qu'elle aimait pourtant d'amour confiant ne lui vienne jamais en aide.

— Tu ignores tout de ta route, voyageur, dit-elle enfin. Souviens-toi de moi quand tu tomberas.

Mon maître lui dit alors des paroles d'espoir qu'il a depuis ce temps oubliées, ou qu'il n'a pas voulu me confier, car peut-être maintenant lui paraissent-elles pauvrement honteuses à la face de son âme qui tant de fois éprouva la misérable naïveté des élans du cœur. Ces consolations plurent pourtant à Bertrande. Elle estima qu'il avait aidé sa vie comme elle le lui avait demandé et s'en alla pour cette offrande remercier la Vierge illuminée de cierges, dans un renfoncement de la muraille.

Alors Simon demeuré seul pressentit soudain que ni sa confiance ni ses convictions n'étaient fermes. Il se vit abandonné dans son innocence, s'imagina défait, mourant au bord d'un chemin sans que personne n'accoure à son secours, ni paysan, ni ange, ni femme venant de la fontaine, et passant par là. Ne lui vinrent à l'esprit que le vent, des voyageurs indifférents dans le ciel, nuages, oiseaux, des bruissements d'herbes et très loin, peut-être, un grincement de charrue. Il lui parut qu'il pourrait demain trépasser ainsi. Il en fut pris de froid extrême et de brusque fatigue. Il s'en alla derrière le chœur où étaient des paillasses et se coucha. A l'instant où il s'endormait, il sentit une haleine chaude sur ses lèvres. C'était Bertrande. Elle lui baisa furtivement la bouche et s'en alla avant qu'il ait pu saisir le pan de sa robe.

Ainsi finit la dernière journée que Simon Garric vécut à Toulouse. A l'aube, il marchait déjà sur le chemin droit bordé de champs en moisson avec un luron rencontré à la sortie du bourg. Cet homme au souffle inépuisable ne cessait de parler par énigmes, et d'en rire.

— Mon père vient à moi coiffé d'un bonnet rouge ! dit-il en désignant le soleil levant.

Simon cria :

— Salut à lui !

Il était à nouveau confiant dans la bonté de la terre et du ciel.

3

Au neuvième jour de son voyage, Simon gravit la dernière colline avant son pays d'Arzens et fit halte à la cime dans une soudaine lumière de souvenirs ravivés. Un moment, les sens à l'affût, il s'appliqua à retrouver de vieilles saveurs de courses garçonnières dans la familiarité frémissante des herbes, puis s'avança parmi les avoines sauvages jusqu'à découvrir son village. C'était l'heure de midi. Seul l'environnait le bruissement de la brise sous le soleil imperturbable. Poussiéreux, crotté, l'œil aiguisé et les traits aguerris par sa longue marche il poussa un soupir d'ample satisfaction, contemplant au loin les vignes, les arbres fidèles, les sentiers aux détours enfouis dans des trouées de buissons, les bouquets de genêts au bord des champs. Au-delà étaient des cabanes dans les verdures ordonnées des jardins, d'humbles palissades, l'enchevêtrement des maisons enfin, sur un ondulement de la plaine, toits ocres, bâtisses basses, pigeonniers, murailles fauves en beau désordre au pied du château de messire Cat. Brune était là, et derrière l'église dans l'ombre de sa cuisine, Mathilde sa mère, et parmi les murs alentour, tous les témoins de sa vie.

Il se sentit si content de les retrouver que l'envie le prit de chanter, ce qu'il fit en lui-même, les yeux illuminés par sa musique intime. Assurément on allait le recevoir avec bonheur et respect, après dix mois d'absence studieuse. Les visages s'éclaireraient à son approche, les femmes le regarderaient avec une timidité nouvelle, les hommes lui offriraient à boire et chacun l'écouterait en silence, car il était un lettré désormais, et venait de loin. Il se rengorgea comme un enfant comblé, puis son regard revint à la puissante demeure de la famille Cat. Une furieuse bouffée de bonheur aussitôt l'envahit. Dans une brume lumineuse où se mêlaient terre et soleil, ciel et village, il sentit s'ouvrir sa poitrine, appela dans son cœur celle dont il était si délicieusement inquiet, voulut que se fende par sa seule force d'amour la haute façade derrière laquelle elle était. La voir, enfin ! Peut-être à cet instant pressentant sa venue tournait-elle la tête vers la fenêtre, peut-être bondissait-elle vers l'escalier, poussée par une joie irrépressible mais encore inexplicable, peut-être maintenant traversait-elle la cour en grande hâte, indifférente aux travaux quotidiens, aux appels des servantes, peut-être courait-elle sur le sentier qui menait au bosquet de pins parasols où ils s'étaient si souvent l'un l'autre bouleversés en promenades silencieuses. Peut-être, tout emplie par cette évidence limpide que seuls peuvent goûter les amants véritables, savait-elle comme lui-même qu'ils s'y rencontreraient.

Son sac fermement assuré sur l'épaule il se mit à dévaler la colline en course effrénée, franchit un arpent de friche, longea les blés parfumés de chaleur mûre, salua à grands gestes des gens courbés dans les champs. Ils l'examinèrent, la main en auvent sur le front, mais ne parurent pas le reconnaître. Cela le fit rire. Il arriva bientôt à l'ombre tiède du petit bois, y pénétra, le cœur battant. Droit devant sortait le chemin dans la lumière des potagers. Il était désert. En tous sens il tourna la tête, cherchant celle qu'il espérait et qui allait infailliblement paraître, rieuse parmi les arbres. Il ne la vit point, balbutia son nom, l'air ébahi. Un froissement de fourré le fit sursauter. Une perdrix fouetta l'air, s'envola vers les cimes vertes. Tout à coup soucieux et déconfit, il reprit sa route à grands pas.

Dans les jardins étaient des femmes éparses. Il leur cria des « Dieu vous bénisse ». Certaines restèrent la croupe haute, affairées à leurs légumes. D'autres se redressèrent, le reconnurent et se signèrent, serrant contre le ventre leur panier gonflé d'herbes. Aucune ne lui répondit. Il se mit à courir, envahi par la brusque terreur qu'un malheur soit arrivé à sa mère. Pourtant, si elle était morte, les vieilles jardinières seraient venues à lui, les bras agités et poussant des clameurs de pleureuses.

Par la rampe pavée de cailloux de rivière qui menait à la porte Saint-Jean il franchit le rempart démantelé et s'enfonça dans le village. Les bruits paisibles des métiers, les croisées de ruelles, les cordées de linge dans les pans de soleil tranchés d'ombre, les gestes de vie lente entrevus au passage, toutes choses coutumières qui maintenant l'environnaient ne l'apaisèrent point. Il aperçut fugacement dans l'obscurité de son antre la face hirsute d'Alranc le maréchal illuminée par le feu de sa forge. Il se souvint que cet homme était de franche et fraternelle nature, quoique fort solitaire. L'envie le prit d'aller à lui et de s'entendre rassurer par quelques banalités tranquilles. Il retint son pas. Mais un vieux le croisant au trot de son âne lui lança d'incompréhensibles imprécations qui se perdirent au loin. Il en fut sur l'instant ramené à son effroi, reprit sa course, parvint à bout de souffle sur la place de l'église. Là était sa maison, à quelques pas du puits sous le feuillage du grand orme. La porte n'était fermée que d'un rideau gonflé de brise. Il l'écarta vivement et le tint levé, haletant sur le seuil, le temps de s'accoutumer à la pénombre du dedans. Avant qu'il ne voie sa mère du fond de la salle lui parvint sa voix rêche.

— Béni soit notre Père saint. Entre, mon fils.

Elle se tenait prostrée sur un tabouret bas, au coin de la cheminée où n'étaient plus que cendres et braises. Simon laissa choir sur le dallage son sac, ses livres, et vint en hâte auprès d'elle. A ses pieds il s'agenouilla, examina sa figure. Elle était pâle. Dans ses yeux luisait une détresse hautaine et résignée. Sa bouche mince ne tremblait pas. Il prit ses mains rugueuses. Elle les lui retira aussitôt, caressa son visage. Il les baisa. Elle le repoussa, maladroite et lasse, murmura :

— La paix, mon fils, la paix.

Elle le força doucement à poser la tête sur ses cuisses maigres, au creux de la robe, point par tendresse mais pour échapper à son regard. Il s'abandonna dans le parfum de vieille laine et de fumée.

— Nous serons bientôt séparés, dit-elle. Dieu nous garde, nous nous retrouverons au ciel.

Il voulut se redresser mais elle l'empoigna aux cheveux, le maintint ferme dans le creux tiède où il était et lui dit d'une voix sans faille qu'elle attendait les gens de l'inquisiteur de Carcassonne qui sans doute allaient la conduire en prison.

Avec quelle tranquillité d'homme revenu serein des pires épouvantes mon maître me fit le récit de cette journée où sa vie fut emportée en poussière de chemin ! En son absence Mathilde sa mère avait trop souvent hébergé un grand hérétique nommé Pierre Isarn, pourchassé pour avoir prêché avec ceux de sa secte que le monde est l'œuvre du diable et que nos esprits vont sans cesse renaissant dans de nouveaux corps jusqu'à s'affiner assez pour accueillir Dieu. Maudits soient ces saints extravagants ! Je les aime autant que je les hais, car ils jetèrent Simon hors de lui et le sauvèrent par l'étrange et terrible grâce dont leur âme ruinée était illuminée. A ce qui me fut dit, les plus savants d'entre eux étaient éloquents, chastes et compatissants autant qu'éloignés des vanités terrestres. Ceux qui ont survécu jusqu'à notre temps honorent encore ces vertus, selon ce qu'il semble à mon maître, bien qu'aujourd'hui revenu de tant de tribulations il parle d'eux avec une indulgence amusée, ce qui me trouble et parfois m'irrite, car sachez que ces fous détestent la croix pour la surprenante raison qu'il ne sied pas d'honorer l'arbre où Jésus-Christ fut cloué, et qu'ils proclament partout que la seule Église où notre Père céleste aime à respirer dans le monde est le cœur des vivants. La Sainte Inquisition condamna beaucoup de ces pauvres gens à périr brûlés vifs. Je ne saurais y trouver à redire, car je crains ses rigueurs et n'ai point le goût de débattre, trop enclin que je suis à vivre dans l'émerveillement de l'étude.

Mathilde avait donc aimé la présence secourable de cet hérétique, quoiqu'elle ne fût point de faible nature. Simon m'a dit qu'elle avait perdu quatre enfants avant qu'il ne vienne lui-même au monde, et son mari peu de temps après sa naissance. Peut-être ces malheurs l'avaient-elle faite comme elle était, serviable mais de poigne rude, véhémente et secrète, méchante avec les méchants, peu tendre et pourtant capable de veilles infinies au chevet de son fils. Quand elle lui eut dit qu'elle était en grand danger d'être prise et menée en prison pour avoir secouru Pierre Isarn, Simon se souvint de ce grand homme affable et maigre qui parfois était venu dans son enfance dormir chez eux et l'avait ces soirs-là serré comme un bon père sur sa poitrine en lui contant de ces histoires qui endorment dans de beaux rêves. Il avait gardé de ces instants un souvenir de doux miracle, mais s'était pris plus tard de détestation pour ce voyageur inconstant, coupable à ses yeux de trop longues absences. Il ne savait pas qu'Isarn était hérétique. Mathilde le lui apprit et lui dit que cette dernière année elle était allée trois fois coucher dans la grange pour lui laisser l'unique lit de la maison.

Quelqu'un, à l'heure du petit jour où l'on va puiser la première eau, avait sans doute vu sortir de chez elle cet homme furtif au long bâton de pèlerin, au bagage trop simple. Elle ne savait qui l'avait ainsi soupçonnée d'héberger un pourchassé, et l'avait secrètement dénoncée auprès du curé Guillaume Bec. Peut-être était-ce une de celles qui faisaient mine de la plaindre, parmi ses plus proches voisines. Peu de jours après elle avait été citée à comparaître devant le tribunal d'Inquisition de Carcassonne. Elle ne s'y était pas rendue, mais la nouvelle de sa malheureuse indignité s'était répandue dans le village, et beaucoup s'étaient détournés d'elle par crainte d'être accusés de fréquentation coupable. Les quatre ouvriers du domaine, surtout le vieux Crespi qui avait vu naître Simon, lui avaient conseillé de fuir. Elle avait refusé, par désir teigneux de défier ceux qui la voulaient briser, autant que par lassitude. Sa vie trop endeuillée ne lui était plus assez précieuse. Crespi le dernier s'en était allé un soir après avoir déposé ses outils devant la porte, sans même la saluer. Depuis ce jour, seule et délivrée de tout sauf de l'amour de son fils, elle attendait les hommes d'armes de l'inquisiteur Jean Galland. Ils ne tarderaient guère. Guillaume Bec le recteur était tout à l'heure venu soulever le rideau, et sans franchir le seuil il lui avait crié qu'ils seraient là avant la fin de l'après-midi.

Tandis qu'elle parlait, le dos droit, la nuque raide, la voix ardente et monotone, elle n'avait cessé de contempler le mur blanchi à la chaux où pendaient des hardes, comme si là était la face de son juge divin. Un moment elle avait tenté de s'agripper à la tête de Simon qu'elle tenait sur ses genoux. Mais il s'était bientôt arraché à ses mains racornies pour regarder mot après mot s'effondrer son esprit, se révéler des gouffres, fasciné autant qu'effrayé par ce qu'il entendait. Et maintenant, dressé debout, il bredouillait des bribes de colère impuissante, des paroles qui se brisaient aussitôt dites en éclats sanglotants. Comment sa mère avait-elle pu tomber en hérésie, ce bas chemin de martyre où n'allaient plus que des écervelés sans espoir ? Par quelle inconcevable faiblesse avait-elle pu ouvrir son âme au feu de ces perdus, elle, la femme forte et sûre au bon sens méfiant, au cœur fermement ancré en terre quotidienne, si prompte d'ordinaire à rabrouer qui voulait la séduire ? N'avait-elle point la paix dans sa maison et dans la bonne amitié des gens du village, sous l'orme où le soir on parlait, où venaient les marchands? Qu'avait-elle fait de la prudence et de la mesure qu'elle lui avait cent fois recommandées en le menaçant de ses foudres, s'il y manquait? Avait-elle seulement pensé à son fils, dans sa folie? A l'effroyable déchirement qu'allait subir son fils? A la misère honteuse promise à son fils, par sa faute? Il s'échauffa bientôt jusqu'à hurler sa haine de ce Pierre Isarn qui n'avait jamais semé dans leur vie que soif d'amour et chagrin d'absence. Où était-il, à cette heure, ce pestiféré de l'âme, acagnardé dans quelle tanière, tandis que l'on crevait pour lui?

Il se tut enfin, à bout de force et de peine. Mathilde lui vint devant, leva vers sa figure un regard de misere. Il l'étreignit soudain avec une fureur d'affamé en bafouillant de tendres mots de bercement. La bouche contre sa poitrine elle lui répondit des murmures de pauvre mère, et ils restèrent ainsi un long moment, se serrant et se parlant d'amour pour la première et la dernière fois de leur existence commune. Puis elle le repoussa et s'en fut au bahut où elle tenait les malheureux trésors de sa vie. Là étaient, parmi d'indéfinissables amulettes et des chiffons fanés, le large chapeau noir de son homme auprès d'une couronne de fleurs séchées, les derniers vêtements de ses enfants défunts et une bourse au fond lourd, qu'elle prit. Elle revint à Simon, la fourra dans sa main, ferma sur cet argent son poing qui n'en voulait pas et lui dit sèchement, la tête à nouveau haute, l'œil prêt à la bataille :

— Va-t'en maintenant.

Il en eut un regain de rogne et refusa de lui obéir. Comme elle le prenait par la manche pour le tirer dehors ils entendirent des bruits de chevaux, derrière l'église, des remuements de pas et ferraillements d'éperons, des voix simples, un rire sonore et tranquille dans l'air ensoleillé. Ils ne bougèrent plus, tout à coup aux aguets. Les hommes d'armes venaient de faire halte devant le presbytère.

Ils restèrent un long moment à les attendre. Mathilde revint à la cheminée et se mit à remuer les braises d'un bout de bâton charbonneux. Son fils s'assit à la table où il s'accouda pesamment, le front dans les paumes. L'heure de none sonna. Sans doute le recteur avait-il offert à boire aux cavaliers avant qu'ils ne se résignent à leur corvée d'arrestation. C'est ce que pensa Simon. Au moindre bruit, il se dressait pour guetter leur venue à travers le rideau et revenait sans cesse à ses ruminations après un regard errant sur la place paisible où d'ombre en soleil sous le vaste feuillage de l'orme n'allaient que des chiens lents et de rares femmes à la tête basse, au pas furtif. Elles savaient ce qui se tramait et n'en voulaient rien voir.

Quand entrèrent ces gens qui venaient arrêter Mathilde ils la trouvèrent avec son fils debout au milieu de la salle. Guillaume Bec franchit d'abord le seuil, puis quatre gaillards armés qui restèrent à la porte, enfin un petit moine vif à la figure ronde. Un large sac plat pendait à sa ceinture. D'un geste de fonctionnaire agacé il écarta Simon qui venait à lui et désignant sa mère il demanda au recteur si c'était là l'hérétique. L'autre lui répondit que oui, d'un hochement de tête compassé. Le moine alors fit un signe aux hommes d'armes. Mathilde s'avança droitement à leur rencontre, sans attendre qu'ils viennent la saisir. Passant devant son fils elle accrocha son bras, le serra violemment, puis elle quitta pour toujours sa maison.

Simon se laissa tomber sur le banc. Le moine s'en fut jusqu'au seuil, ordonna aux soldats de marcher devant avec la prisonnière, s'en revint dans la salle et se mit à fouiner en tous sens. Comme il soulevait d'une main méfiante, dans le bahut ouvert, les reliques qui s'y trouvaient :

— Prends ton bagage et quitte ces lieux, dit-il. Fais vite, d'autres affaires m'attendent.

Il éparpilla de-ci, de-là les vêtements d'enfants, la couronne de fleurs sèches, le chapeau d'homme, puis s'en alla ramasser les deux livres abandonnés sur le dallage. Tandis qu'il les ouvrait et les feuilletait, la mine gourmande, Simon se redressa, pris de lenteur stupéfaite. Le recteur le saisit par la nuque et lui dit à voix basse :

— Tu ne seras pas autrement inquiété. J'ai parlé en ta faveur au frère inquisiteur de Carcassonne. Tu as toujours été un bon garçon, je le sais.

— Selon la loi séculière proférée par notre Saint Père Innocent, lança derrière lui le moine, les biens de tout vivant reconnu coupable du crime d'hérésie doivent être incontinent confisqués. Tu n'es plus chez ta mère, jeune homme.

Il brandit les livres au-dessus de sa tête et ajouta, l'œil luisant :

— Je les garde. Ces vers de troubadour ne sont pas de bonne compagnie, et l'œuvre d'Hélinand manque à notre bibliothèque.

Simon lui revint dessus, débordant de rage bégayante. Il se mit à lui brailler à la figure qu'il n'était en aucune manière de ces sectateurs qui avaient entraîné sa

Mathilde à la perdition, et donc qu'il ne méritait pas d'être chassé de sa maison. Il voulut prendre au col le frater pour le mieux convaincre que les hérétiques lui inspiraient une détestation irrémédiable. Le recteur le retint. Il le repoussa d'un coup d'épaule.

— La bâtisse, les vignes, les champs, à qui sont-ils ? demanda le moine.

Il ouvrit prestement son sac, en sortit un parchemin, le parcourut en marmonnant, pointa soudain le doigt sur une ligne.

— A Mathilde Garric. Dommage, mon fils. Tu me parais bon catholique.

Il le prit au poignet, l'entraîna. Comme Simon renâclait, le recteur le poussa et souffla dans son cou :

— Va, pauvre fou, une rébellion ne te vaudrait rien dans l'état où tu es.

Il se laissa tirer comme un ivrogne. A peine le seuil franchi :

— Frère Guillaume Bec, dit le moine, faites clouer trois planches au travers de cette porte. Je ne veux pas que l'on pille.

Il s'éloigna, fit halte dans l'ombre de l'orme, revint, se planta roidement devant Simon, soucieux de ne point perdre le moindre pouce de sa taille basse, et levant le menton :

— Ne te désole pas, dit-il. Certes, tout est aujourd'hui perdu, mais quoi, tu es jeune, fort, et te voilà libre. Va donc sur les routes, débusque un de ces grands hérétiques qui courent encore le pays et livre-le à notre Sainte Inquisition. Si tu accomplis cette œuvre pieuse, garçon, je te promets que te sera rendu tout ce qui te fut pris par la faute de ces gens qui ont endiablé ta mère.

Il se tourna vers le recteur, dit encore :

— Ma mule, frère Bec !

Puis à grands pas il s'éloigna. Le prêtre tendit à Simon son bagage.

— Ton sac, souffla-t-il, le front baissé.

Et il s'en alla trottant derrière l'enfroqué.

Simon resta un moment tout étourdi par le soleil tranquille puis chercha vers qui aller, mais ne rencontra que regards fuyants. Des enfants qui faisaient mine de s'approcher de lui furent aussitôt rappelés dans l'ombre des maisons. Des filles au puits, les têtes proches, l'examinèrent en sournois, mêlant leurs murmures aux cliquetis lents de la chaîne. Un compagnon d'autrefois s'avança sur la place derrière des chevaux qu'il menait à l'abreuvoir, hésita quand il le vit, le salua de loin, d'un mot contraint, et dévia du bâton ses bêtes pour ne pas avoir à lui passer trop près. Le malheur des Garric déplaisait au village. Sans doute éveillait-il de vieux effrois parents de ceux qu'inspirent les pestes. Simon releva le front, l'orgueil soudain fouetté par cette paix couarde qui l'environnait, et décida d'aller chercher refuge à la maison forte où il ne doutait pas d'être accueilli. Il s'en fut donc par le raidillon qui montait vers la noble bâtisse, se ranimant le cœur à s'assurer dans la certitude que Raymond Cat l'estimait. Il l'avait cent fois dit. Il le recevrait comme un fils et saurait faire honte à ces rustres peureusement confits en malveillance misérable.

Il lui vint tout à coup à l'esprit que Brune devait s'inquiéter mortellement de lui. Cette pensée le tourmenta. Il pressa l'allure, se dit qu'il ne pouvait point paraître devant elle ainsi défait, échevelé, souillé de larmes sèches. Elle était sa grâce et son salut, il devait être digne d'elle. Quand il la prendrait dans ses bras, Dieu garde qu'elle se salisse à lui ! Il fit halte au bord d'un ruisseau pour se laver la figure et dépoussiérer sa tunique, puis quelque peu ragaillardi par l'eau fraîche il s'efforça de marcher droit, d'un pas égal. Passée l'ombre d'un amandier au détour du chemin lui apparut le mur d'enceinte et le portail de la cour. Il était entrouvert. Des fenêtres du château on devait l'avoir vu monter. Il corrigea sa mise, résolut de tenir fermement en bride sa détresse, mais pressentant qu'il était maintenant sous le regard de son aimée il ne put retenir son cœur de battre en désordre, et se dit qu'il aurait bien du mal à parler. Le portail grinça. Raymond Cat franchit d'un pas le seuil. Il se tint à l'attendre, les mains à la ceinture.

C'était un homme trapu au front traversé de rides contraires, aux sourcils broussailleux, à la barbe drue, au cou large. Sa carrure pourtant n'était guère imposante, car son maintien trahissait une âme sans cesse inquiète et indécise. Il savait être à ses bonnes heures d'une bienveillance chaleureuse, quoique toujours un rien rusée, mais Simon s'approchant ne le vit pas ainsi. Messire Cat était sombre et paraissait résolu. Il se mit à tourmenter son nez, signe qu'il s'apprêtait à affronter quelque mauvais obstacle, et lança rudement :

— N'espère pas franchir cette porte, Garric.

L'essoufflé fit halte. Il répondit, tout désarmé :

— N'avez-vous pas su mon malheur ?

— Je l'ai su. Personne ici ne peut t'en consoler. Va ta route.

Il fit pour l'éloigner un geste de la main, comme l'on

chasse une abeille, mais Simon n'y prit garde et s'avança, presque rieur tant il était étonné.

— Pourquoi me parlez-vous ainsi, messire Cat ? Ne suis-je pas votre ami ?

— Certes non, répondit l'autre. Grâce au ciel, nous ne sommes plus au temps des fraternités inconséquentes.

Il cracha de côté, grogna, et tout à coup s'échauffant :

— Ta mère a bien dû te conter, certains soirs de basses parlotes, les errances de mon grand-père Guillaume. Aurait-il point donné son âme aux hérétiques, les champs de la Contamine qui engraissent maintenant les hospitaliers seraient encore miens, et mienne la maison de Fanjeaux où trônent ces rapaces de frères prêcheurs. Je ne risquerai pas ce qui me reste pour un pétardier de ta sorte.

Simon se redressa fièrement, soudain dédaigneux, haut de gueule. Il regarda cet homme qu'il avait cru son parent proche et qu'il découvrait aussi peu digne d'estime qu'une pomme pourrie. Il arqua sa bouche et dit, la voix sourdement raffermie :

— C'est Brune que je veux voir. Est-elle chez vous ?

— Elle y est, gronda l'autre, l'œil luisant, la tête enfoncée dans le cou. Mais sache que tu ne l'y verras pas. Sache que de ta vie tu ne l'y verras plus, à moins que par miracle tes terres et ton honneur te retombent devant. Ah ça ! Me prenais-tu pour un niais ? Me croyais-tu perdu de sens au point d'offrir ma fille à un mauvais chrétien dépossédé ? Le ferais-tu, si tu étais père et planté où je suis, dis-moi, le ferais-tu ? Mille pestes, je savais que tu serais assez fou pour me venir prier. Écoute donc, fils de cette Mathilde que j'aurais volontiers couchée dans mon foin, aux temps jeunes, mais baste, je n'ai pas de regrets. La poularde était de mauvaise graine.

Il ricana, puis sa fureur se ranimant il s'approcha de celui qui n'avait cessé de l'examiner avec un austère dédain. Sa bouche puante lui vint parler à deux doigts de la face.

— Ma fille part demain dès l'aube loin d'ici. Je ne la laisserai pas à ta portée, car je sais bien que la bougresse me filerait bientôt entre les mains et te viendrait pleurer dans la tunique, sans le moindre souci du bien de sa famille. Les femelles sont ainsi, benoîtes, évaporées au moindre feu, plus promptes à s'émouvoir du malheur des mâles que de leur puissance, et prêtes au premier signe à trotter comme l'ânesse au piège. Ta figure de crucifié ne m'attendrira pas, pauvre homme. Tu es seul perdu, je préserve ce qui doit l'être et que Dieu te sauve, s'Il le peut !

Il tourna les talons et rentra chez lui. Avant qu'il ne ferme à grand bruit le portail Simon aperçut un bref instant, au milieu de la cour déserte, Brune courant vers lui, un mouchoir sur la bouche.

Il erra jusqu'au soir alentour du château, espérant qu'elle parviendrait à s'échapper des griffes de son père et qu'elle le rejoindrait avec un bagage hâtivement bouclé, toute enfiévrée d'amour et de courage, prête à fuir avec lui vers n'importe quel horizon. A la tombée du jour il douta de la nécessité de vivre, si elle n'apparaissait point. Il s'assit exténué sous un figuier de vigne, à portée de voix de la muraille, décidé à ne plus bouger jusqu'à ce que s'ouvre sur elle ce portail maintenant semblable à une gueule d'ombre où son regard obstiné se perdait. Il faudrait bien qu'elle sorte, puisque Raymond

Cat avait résolu de l'emmener au loin. Alors il courrait droit sur elle. Le temps d'une étreinte elle échapperait à ses gardes. Elle dirait à son oreille le lieu de sa nouvelle prison, avant qu'ils ne soient l'un à l'autre arrachés, puis ils se crieraient des serments sacrés qui se perdraient dans la distance mais que rien ne pourrait jamais délier, ni la férocité des hommes, ni l'usure des jours, ni les obstacles du monde.

Il se mit à grelotter. La nuit vaste, tiède, sereine, lui parut tant indifférente à ses tumultes qu'il sentit peu à peu son exaltation s'y défaire en bribes incohérentes. Des grillons grinçaient parmi les herbes. Une chouette hulula au loin, dans les ténèbres. Ce fut le dernier bruit qu'il entendit. La remuante obscurité de son esprit envahit bientôt le chemin d'ombre et la haute maison noire où était sa bien-aimée. Il laissa aller son front contre ses genoux ployés et tomba de côté sur la terre humide, dans un soupir de sommeil tourmenté.

Il fut réveillé en sursaut par un roulement aussi fracassant que tonnerre en cascade, se dressa d'un bond dans le jour revenu, frotta vivement ses yeux, cligna, vit un chariot bâché franchir le portail grand ouvert. Il hurla quand il lui passa devant, mais le vacarme de l'attelage, les gueulements bravaches, les claquements de fouet submergèrent ses cris. Il voulut courir à sa poursuite, fit quelques pauvres pas, resta pétrifié au milieu du chemin. Un pan de la bâche s'ouvrit. S'il fut soulevé par le vent, un sursaut de roulis ou la main de Brune, il ne sut. Mais avant que ne retombe la toile, dans le fourgon cahotant qui s'éloignait au soleil neuf il lui sembla voir une ombre blanche, bientôt effacée par la poussière soulevée.

Mon maître me fit ainsi le récit de son retour dans son village et de cet instant où il le quitta sur les traces de son aimée. Après qu'il m'eut conté ces événements il se tut un long moment et son regard rêveur erra en paix parmi les souvenirs et les décombres de ces anciens temps. Des pleurs me montèrent aux yeux. Je ne voulus pas qu'il s'en aperçoive et je baissai la tête. Il me dit alors que je ne devais pas m'émouvoir, car tout cela n'était que cendre depuis longtemps dispersée.

4

De quatre jours et nuits il ne plut pas à mon maître de poursuivre son récit. Il s'enferma dans un silence songeur que son épouse même se garda de troubler, par crainte de l'irriter. Elle l'accompagna sans bruit dans cette traversée mélancolique, effacée mais en éveil constant. Je restai moi-même aussi vigilant que possible, quoique morose, car ni l'un ni l'autre ne se soucièrent un seul instant de moi jusqu'à ce crépuscule paisible et froid où l'obstiné rêveur, après une journée de travail solitaire, reprit son chemin de paroles. Comme nous emplissions nos écuelles au chaudron de brouet qui bouillonnait dans l'ombre de la cheminée, il poussa soudain un soupir robuste et dit pensivement que ce jour où il s'était vu jeté sur les routes du monde, dans son extrême détresse d'avoir perdu l'estime de Dieu et de ses créatures, il s'était bientôt senti tout envahi par un étrange fauve qu'il ignorait être. Après quoi il se tut encore, et quand nous eûmes dîné il me conta ce qu'il advint sur le chemin de Carcassonne où il suivait obstinément les traces du chariot qui emportait sa Brune prisonnière.

Sachez donc que vers le milieu de la matinée, au sortir

d'une nuée soulevée par deux cavaliers effrénés, il aperçut au pied d'un talus un homme bourbeux et débraillé qui buvait goulûment, la gourde haute et le poing si tremblant que le vin débordant de sa face béante ruisselait jusqu'à se perdre dans la toison de sa poitrine. Voyant venir celui qui cheminait à grandes enjambées de guerrier en déroute le pauvre diable se dressa lourdement, se planta devant lui, haussa à la bedaine ses braies défagotées et lui offrit de sa piquette avec une jovialité bruyante et pataude. Sa figure riait mais dans ses yeux était une lueur d'attente pitoyable. Simon découvrit alors que sur sa tunique étaient cousues deux croix d'infamie. C'était un réprouvé, comme lui. Il hésita, prit la gourde et but à peine, sans envie, troublé de se trouver dans ce matin nouveau, après les tourments et les méchancetés qu'il venait de subir, devant un être simple au cœur bonasse qui ne lui demandait rien, sauf s'il avait soif. Cependant, comme l'autre d'un grognement de bête affectueuse l'encourageait à boire encore, il se sentit pris d'effroi sournois.

Cet homme était un irrémédiable perdu. Sa crasse, ses croûtes, son sourire édenté, son bon vouloir même étaient ignobles. Il le vit soudain comme un portier de cauchemar accueillant sur ce bord de route son âme de nouveau paria au royaume de la gueusaille. Était-il donc promis à cette veulerie ? Était-il lui aussi condamné sans remède à ce dénuement inavouable, à cette misère de corps et d'esprit qui réduit celui qui s'y trouve précipité à mendier une once de chaleur en riant de la gueule et hurlant en secret comme un écorché vif ? « Plutôt mourir, se dit-il, ou tuer. Puisque la vie des bonnes gens m'est interdite, plutôt entrer en ermitage ou ravager le monde, plutôt combattre, crocs et griffes dehors, plutôt vendre mon âme à la sauvagerie que de souffrir la bassesse rédhibitoire où se vautre ce gueux. »

Il fit mine de s'en aller. L'homme le retint et lui dit dans un élan de bravoure naïve qu'il s'appelait Bouteiller. Simon se défit de lui d'un geste impatient. L'autre lui trotta derrière en rajustant ses braies qui le fuyaient et se mit à lui conter ses malheurs. Il lui dit qu'il avait été contraint au pèlerinage de Saint-Jacques pour avoir rencontré, dans l'église où il était bedeau, l'apparence brumeuse d'un prêtre défunt. Ce mort fantomatique lui avait ordonné d'aller prendre dans son presbytère trois deniers d'argent qu'il trouverait sous le matelas de son lit, et de les rendre de sa part à un greffier de ses amis à qui il les avait empruntés peu de temps avant son trépas. Bouteiller lui avait volontiers obéi, mais parce qu'il était de nature bavarde et confiante il n'avait point tenu secrète cette étrange démarche. L'évêque inquisiteur en avait eu vent. Il l'avait cité à comparaître devant son tribunal et s'était pris de colère contre lui sous prétexte qu'il n'était point de spectres dans les Saintes Écritures. Qui prétendait en avoir vu était donc coupable de mécréance et passible d'un châtiment exemplaire.

— Il m'a chassé de Pamiers où je vivais sans plus de souci qu'un œuf dans un nid de poule, dit-il. Est-ce injuste ? Je ne sais pas. Depuis ce jour je marche et je mendie. Je découvre le monde. C'est un rude chaos.

Simon lui répondit, la figure au vent, la voix fougueuse :

— Je me ferais voleur si j'étais à ta place. Qui a eu pitié de toi ? Personne. Prends donc à qui t'a pris, pars en guerre, bats-toi.

— Avec quoi ? Je n'ai rien.

— Tricherie, mensonge, méchanceté vaillante, ce sont là les armes des pauvres. N'as-tu rien de cela ?

— Hélas, je crois en Dieu, si je trouve parfois sa création méchante, dit Bouteiller, riant et trottant toujours, sa gourde au poing. Je suis Son enfant et je sais ce qu'Il veut : que j'accepte mon sort sans me plaindre, pour l'amour de Lui.

L'emballé ricana :

— Es-tu si sûr qu'Il t'aime, pauvre homme ?

Il trancha l'air vif de sa main.

— Agis, et qu'Il te juge. Si Dieu se soucie de toi, Il te fera savoir ce qui Le mécontente. Son regard n'est pas celui du monde. Selon mon sentiment, qui combat pour sa sauvegarde n'a rien à redouter de Lui.

Le pèlerin parut quelque peu ravigoté par les fermes paroles de son compagnon, mais cela ne dura guère. Après qu'ils eurent traversé des ombres de pins penchés sur le chemin, à l'horizon apparut Carcassonne, et le soleil leur vint de face avec la brise. Contemplant au loin les hauts remparts sur les blés, les tours aux toits scintillants, les deux hommes cheminèrent un moment en silence, puis :

— A mon sens, Dieu nous préfère résignés que malfaisants, dit Bouteiller. Mais je suis sans doute une pauvre bête, car il est vrai que plus que tout Son œil m'effraie.

— Pas moi. Il m'a tout pris. Je n'ai plus à le craindre.

L'autre gloussa.

— Tu es un sacré diable, dit-il. J'aimerais te servir, mais tu marches trop vite. Tu m'essouffles.

— Un diable, moi ? gronda Simon, tout à coup en arrêt.

Et se battant du poing la poitrine :

— Je traque ces fous d'hérétiques au service de la sainte Église apostolique, je les démasque et je les livre, moi, Simon Garric. J'en espère assez d'or pour me gagner de bonnes terres. Qui osera me dire que je n'en ai pas le droit ?

Il cria cette vantardise et aussitôt s'étonna de l'avoir osée. Elle s'était échappée de sa bouche avant qu'il l'ait imaginée. Il en souffrit une déchirure à peine douloureuse. Il rit sans joie, d'un grand éclat, puis cracha de côté comme font les soldats et les portefaix braves. Bouteiller le regarda, fit halte au milieu du chemin, effrayé par ce personnage tout frotté de dangers obscurs qu'il regrettait sans doute, maintenant, d'avoir rencontré. C'était là un compagnon trop sulfureux pour son humble carcasse. Simon s'en alla seul et ne se retourna pas.

Comme il cheminait parmi les charrettes et les colporteurs aux abords de la ville, il pensa que s'il s'était à tort prétendu ravageur d'hérétiques, assurément il avait dit ce qu'il devait faire s'il voulait reconquérir assez de biens pour épouser Brune et lui offrir une vie digne de ses vertus : débusquer un de ces maudits maîtres et le vendre à l'inquisiteur de Carcassonne. Le front haut et le pas traînard il se joua confusément les fourberies et les ruses de cette guerre qui s'ouvrait devant lui. Il s'en trouva honteux.

Il s'accusa aussitôt de faiblesse. Que devait-il à ces errants hypocrites qui se plaisaient à tarauder les âmes simples, la nuit venue, devant des chandelles fumeuses ? Rien d'autre que la perdition de sa mère. La figure de Pierre Isarn, transparente, indécise, lui revint à la mémoire. Il s'enragea de ses chagrins d'enfant quand au petit matin il parcourait la maison vide sans comprendre pourquoi ce père de la veille, si chaud et doux, n'était plus là. Il disait alors à Mathilde qu'il était content d'être à nouveau seul avec elle, puis chassait les chiens à coups de pied, s'armait de haine forte pour ne pas pleurer et vouait au diable le ciel, le vent, le village et ses gens. Que devait-il à cet homme ? Le malheur où il était. Ses pareils, à l'évidence, étaient pétris de même boue. « Pour Brune, se dit-il, je dois contre eux me battre. A elle j'offre la peine que j'y prendrai, à elle les blessures que j'y souffrirai, à elle les combats qui m'ébrécheront l'âme. Et si Dieu estime indignes ces batailles, que clairement Il m'en détourne. Entends-tu, Toi qui m'as abattu ? Je me relève et je marche. A Toi je m'en remets. Guide mes pas, dicte mes gestes, et j'agirai selon Ta volonté. Mais si Tu ne daignes pas me conduire, je me sauverai seul, et comme je l'ai dit. » Il se tint vaguement à l'affût d'une réponse, d'un coup de ciel tombant sur son échine ou d'un éveil soudain dans un savoir nouveau, mais rien ne survint en lui ni au-dehors où n'étaient alentour que voyageurs, enfants errants, charretées ordinaires parmi les potagers et les masures du faubourg.

Il entra dans Carcassonne par la porte des Augustins et faute d'autre lieu où se rendre il prit le chemin de la seule maison qu'il connaissait en ville : celle d'une amie de sa mère nommée Alesta Peyre. Cette matrone d'allure sévère mais de nature secourable et bavarde lui avait été familière au temps lointain où il allait avec Mathilde aux foires saisonnières du vieux bourg. Il avait gardé de ses journées chez elle le souvenir d'un petit jardin éblouissant et bourdonnant d'insectes où il s'empiffrait seul de tartines de miel tandis que les deux femmes caquetaient interminablement dans la pénombre fraîche de la salle. Assurément cette presque parente l'accueillerait comme elle le faisait autrefois, les poings aux hanches, en criaillant et l'appelant hautement « mon neveu ». Elle voudrait sans doute connaître ses projets et le submergerait de questions et de conseils. Il résolut de prendre garde à son envahissante autorité, car il désirait ne rien confier à personne et mener seul, en grand secret, sa quête éperdue de Brune autant que cette guerre de fourbe qu'il avait décidé de livrer.

Le long des échoppes aux étalages débordants il descendit la rue Mage où des cloches sonnaient midi, frayant son chemin droit parmi la foule ensoleillée qui s'attardait à palper des cuirs odorants, à s'éblouir de clinquailles, à brasser des monceaux de tissus dans une grande confusion de palabres, à flairer des viandes et des poissons souillés de mouches qu'éventaient des femmes affairées à crier au chaland. Dans cette cohue de bateleurs, de ménagères, de porcs fouineurs, de moines, de cavaliers empêtrés dans des envols de volailles il ne rencontra pas un seul regard et se sentit plus ignoré qu'une ombre. Même les hommes d'armes qui veillaient sur ce désordre le croisaient sans le voir. Il se souvint alors qu'il avait parfois éprouvé une étrange jouissance à s'imaginer invisible dans les lieux les plus populeux du monde. L'humeur teigneuse où il était s'en trouva émoustillée. Il vint errer un moment sur la place de la Viguerie où se tenaient des marchands de légumes et de farines, se planta devant l'étal d'un maraîcher encombré de commères et là, sans se cacher le moindre, vola une poignée de lentilles dans un sac béant. Nul ne s'en aperçut. Il s'en fut en semant derrière lui ces graines, et scrutant de droite et de gauche les passants indifférents il se dit avec satisfaction, pensant à ses chasses prochaines, qu'il était fort capable d'intéressantes diableries.

Alesta Peyre habitait une ruelle tranquille et pour l'heure déserte, près du mur d'enceinte du bourg qui ombrageait son jardin. Simon s'attarda le long des façades à chercher sa maison, retenant le bruit de ses bottes, attentif à ne point troubler l'air calme où pépiaient des oiseaux dans des feuillages tièdes, où tintait une enclume lointaine, où bourdonnaient des psalmodies derrière la muraille du proche couvent des Cordeliers. Il ne tarda guère à reconnaître son pas de porte, exactement semblable au souvenir qu'il en avait. Il appela la bonne femme, à voix étouffée, entendit au-dedans un trot menu, poussa le battant et vit venir à lui dans l'ombre de la salle une haute fille aux pieds nus, à la chevelure en désordre sous la coiffe, au sourire accueillant et canaille. Il lui demanda, tout hésitant, si Alesta se trouvait à son logis. Elle lui répondit qu'elle était sa servante, que Gaillarde était son nom, et désignant la chambre voisine elle ajouta que la vieille était malade et qu'elle venait à l'instant de s'endormir. Puis elle toisa ce jeune homme à l'air timide qui hésitait à s'approcher, rit effrontément de le voir s'embarrasser dans ses gaucheries, l'invita enfin à s'asseoir. Simon, mal à son aise, grogna qu'elle ne paraissait guère affectée par les malheurs de sa maîtresse. Elle lui dit :

— Je ne la connais guère. Elle m'a prise à son service il y a sept jours à peine, quand ses forces l'ont quittée.

Et se penchant en avant, dans un souffle :

— Je crois qu'elle est hérétique.

Il haussa les sourcils, hocha la tête d'un air de surprise peinée, mais ne put empêcher son cœur de s'emballer. Il rougit.

— Vous voilà bien bouleversé, dit la fille.

Elle courut à la chambre où l'on venait faiblement d'appeler. Simon, demeuré seul, s'avança jusqu'à la porte du fond ouverte sur le jardin. Il le vit envahi de mauvaises herbes. Il en éprouva de la mélancolie. Comme il s'en revenait dans la salle, il entendit la voix fringante de la servante dire à sa malade qu'elle avait un visiteur et qu'elle devait le recevoir, car il était beau garçon. Il devina que la vieille femme demandait qui était cet homme qu'elle n'attendait point. Alors il vint sur le seuil de la pièce, et tandis que Gaillarde ouvrait le volet il découvrit à la lumière soudaine Alesta Peyre couchée dans son grand lit, si amaigrie, dolente et ridée qu'il la reconnut à peine. Il dit :

— Je suis Simon, dame Alesta, le fils de Mathilde Garric.

Elle leva péniblement ses bras décharnés de sur le drap, poussa un long gémissement de surprise et répondit dans un soupir tant extasié que les larmes lui vinrent aux yeux :

— Mon neveu ! Oh, Père béni des bonnes âmes, j'ai appelé Ton bon secours et me voilà exaucée. Viens là t'asseoir. Ta main, garçon, ta main.

Et se tournant vers la servante :

— Sors d'ici, garce.

L'autre tourna vivement les talons, effleura Simon d'un pan de sa jupe et quitta la chambre. Dès qu'ils furent seuls :

— Je dois me méfier d'elle, mon neveu, dit Alesta. C'est une fille sans cœur.

Elle lui demanda des nouvelles de Mathilde. Il lui conta ce qui s'était passé. Elle l'écouta en geignant des misères. Quand il se tut, elle resta silencieuse un long moment, pleurant tout doux, les yeux perdus. Puis elle murmura qu'elle aussi quitterait bientôt ce monde, mais qu'elle avait maintenant l'espoir d'aller en paix où son Créateur la voudrait conduire, puisque le fils de son amie était là pour l'aider. Après quoi elle se souleva à grand-peine et dit, le regard implorant :

— En toi je peux avoir confiance, n'est-ce pas ?

Il pensa : « Dieu du ciel, que me veut-elle ? » Il sentit dans son esprit s'affoler une bête cernée. Les tempes battantes il s'entendit répondre :

— Vous le pouvez, dame Alesta.

— Je ne veux pas mourir sans la consolation d'un de ces hommes qui savent placer comme il faut les mourants dans le berceau de Dieu, dit-elle. Je sais où se cache celui qui saura me conduire à cette bonne fin. Si tu n'étais pas venu, j'aurais envoyé Gaillarde le chercher, mais avec quel souci que cette méchante ne bavarde en chemin ! En sa seule compagnie, mon neveu, j'étais en grand danger d'aller à une mort de chienne. Demain matin, tu te rendras où est ce Parfait dont j'ai besoin, avec une parole de reconnaissance que je te dirai. Tu l'amèneras jusqu'à ce chevet où tu te tiens, et tu éloigneras s'il se peut cette peste qui me fait boire du lait aigre et refuse de vider mes puanteurs.

Et se renfonçant dans son lit, les poings serrés au bord du drap :

— Ce sont les moines des Cordeliers qui me l'ont

envoyée. Ces paillards l'ont troussée jusqu'à plus soif, chacun sait cela dans notre rue. Va maintenant, laisse-moi dormir. Je me sens comme une figue qui tombe.

Elle ferma les yeux. Simon sortit de la chambre sur la pointe des pieds.

Gaillarde, assise dans la lumière du jardin, s'occupait négligemment à piquer d'épingles sa chevelure. Dès qu'elle entendit son pas dans la salle elle lui jeta un coup d'œil par-dessus son épaule et lui demanda ce que la vieille lui avait dit. Elle le fit avec un empressement tant ironique qu'il la soupçonna d'avoir tout entendu de leur conversation. Il ne lui répondit pas et sortit dans la ruelle où des femmes sur un pas de porte bavardaient en épouillant leurs marmots. Elles parlaient d'Alesta et semblaient la plaindre. Elles se turent quand il apparut. Il s'éloigna d'elles, à la hâte, comme un voleur.

Il se trouva bientôt à la porte du Pont où le vent vif du grand chemin qui s'engouffrait en ville le ranima. Il descendit au bord de la rivière d'Aude, s'allongea dans l'herbe de la berge à l'abri d'un bouquet de roseaux et là, les yeux errants dans les nuages, il se prit à réfléchir. Il s'émerveilla sombrement de la terrible bienveillance du sort. A peine avait-il résolu de gagner sa part de butin à la chasse aux hérétiques que lui en était offert un parmi les plus fieffés. Assurément quelque grand tentateur d'entre ceux qui gouvernent ou déchirent les destins s'était empressé de lui aplanir la route et le poussait maintenant à accomplir ce qu'il avait décidé. Mais d'où lui venait-il, cet Esprit serviable ? Du ciel, ou du fond de l'enfer ? Il ferma les yeux et revit aussitôt la pauvre figure espérante d'Alesta sur son oreiller. Il se dit qu'il n'était aucunement forcé de la trahir. Il pouvait attendre que les simagrées et patenôtres dont elle avait si soif l'aient proprement endormie, avant de livrer son maître consolateur aux hommes d'armes de l'Inquisition. Il lui faudrait alors enfermer Gaillarde s'il ne voulait pas qu'elle l'encombre. Elle était, à ce qu'il lui semblait, de ces luronnes promptes à faire patte douce sur l'échine des audacieux bien pourvus d'argent neuf. Il se sentit gagné par une impatience guerrière qui le fit tout à coup se relever au bord de l'eau. « Ni Dieu ni diable ne me poussent, se dit-il, mais la vie seule, obscure et jubilante, charitable et sauvage. Qu'elle m'emporte donc, et qu'advienne ce qui doit advenir. »

Il entendit résonner sous le pont des battoirs de lavandières. La brise avait fraîchi et les roseaux bruissaient. Il leva la tête, respira amplement, emplit de ciel son regard puis se laissa aller à contempler, de l'autre côté du fleuve, la muraille aveugle de la prison adossée au rempart de la ville haute. Mathilde était là. Peut-être à cet instant s'inquiétait-elle de lui dans le recoin d'ombre inaccessible où on l'avait jetée. Le cœur bouillonnant de pitié il ne put d'un long moment détourner les yeux de ce lieu terrible et se sentit peu à peu corps et âme envahi de souffrance insupportable. Il se dit alors dans un sursaut féroce que sa mère ne l'avait jamais aimé, et qu'il était bien sot de croire qu'elle pensait à lui. Assurément elle devait prier, à cette heure, pour son propre salut. Il l'imagina renfermée dans son âme aride et plus indifférente aux vivants qu'un roc dans le désert. Il en eut aussitôt un regain de haine jalouse contre les bergers de malheur qui l'avaient poussée à cette fin misérable et stérile. Plus solitaire dans son cœur et plus coléreux que jamais il remonta vers la haute porte où le chemin terreux se changeait en ruelle. Comme il traversait l'aveuglante fumée d'un feu d'ordures qui brûlait au pied du mur de l'hôpital Saint-Jacques, ce fut bientôt la terre entière qu'il se prit à exécrer et à vouer aux ravages de l'apocalypse.

Quand il franchit à nouveau le seuil de la maison d'Alesta, sa détestation universelle ne s'était point apaisée, mais se trouvait plus froidement ancrée dans son esprit. Gaillarde le regarda s'avancer dans la salle avec cette agaçante ironie dont elle semblait ne jamais se départir. Il fit mine de ne pas s'en apercevoir. Il s'en fut allumer la chandelle du soir à la flambée de sarments qui illuminait la cheminée, puis s'assit à la table. La fille devant lui vint poser du pain et du poisson salé et lui demanda tout de go s'il avait utilement réfléchi.

— A quoi ? grogna Simon.

Elle examina sa figure avec une avidité rieuse. Comme il s'absorbait, la mine renfrognée, à se trancher une tartine :

— Nous pourrions nous gagner de beaux jours tous les deux, dit-elle.

Elle s'installa en face de lui. Il répondit :

— Sache bien que je marche seul, fille. Ne t'avise pas d'encombrer ma vie.

Elle tendit pourtant vers lui la main sur la table, à voix de chatte s'obstina :

— Vous êtes aussi pauvre que moi, autant que moi vous détestez cette misère qui vous empêtre, et comme moi vous êtes prêt à arracher au monde autant de viande qu'il vous faudra pour vous rassasier. Vous êtes un loup, je le vois dans vos yeux. J'aime cela.

Simon mordit dans son pain et le regard errant se prit

à penser qu'à l'évidence elle le méconnaissait. Il n'était pas aussi ténébreux et pervers qu'elle voulait le croire. Cette mauvaise fille avait pourtant flairé dans les caves de son âme la bête furieuse qui s'y terrait.

— Je ne suis pas un brigand, dit-il. La pauvreté où je suis n'est que passagère. Je reviendrai bientôt à la vie convenable que je n'aurais jamais dû quitter. Sache que je suis aimé d'une femme de haut rang et de grande beauté. Tu n'es pas de taille à me distraire d'elle.

Il vit une ombre froide traverser le regard de Gaillarde. Il en fut content. Elle grinça :

— Chance pour vous.

— Sans doute, répondit Simon, car seule la pensée d'elle me rend le monde vivable et me tient debout dans mes malheurs.

Elle se tut un moment, puis :

— Savez-vous bien que je pourrais vous perdre ? dit-elle.

Il se mit à rire amèrement, pensant qu'il avait assez souffert pour ne craindre plus rien, ni d'elle ni de personne. Elle s'en alla jeter une bûche au feu et dit encore en tisonnant les braises :

— N'êtes-vous pas un ami de la vieille Peyre ?

— Tu le sauras bientôt, fille.

Il se leva, s'en fut au bahut chercher une couverture et apprêta devant la cheminée une litière sommaire. Comme il se couchait, il vit que Gaillarde s'habillait pour sortir. Il lui demanda où elle allait. Elle lui répondit :

— Au couvent des Cordeliers.

Il la regarda, étonné. Elle parut grandement réjouie de le voir ainsi bouche bée.

— Ne craignez point pour ma vertu, dit-elle. Je dors dans leur écurie.

Elle sortit en fredonnant. Il se mit à réfléchir confusément aux obstacles qui pourraient contrarier ses projets et s'endormit environné de dragons indiscernables.

Il fut réveillé par un claquement de loquet. Il se dressa, hagard. Il faisait grand jour. La fille entra, portant au poing un seau d'eau débordant en vagues argentées. Elle lui demanda, tout enjouée, s'il avait bien dormi. Il lui répondit d'un grognement. Elle troussa ses manches de ménagère et dit :

— La vieille dort encore. Peut-être est-elle morte.

Il se dépêtra à la hâte de sa couverture, se débarbouilla d'eau fraîche et s'en fut écouter au seuil de la chambre. Aucun bruit ne lui vint du dedans. Il regarda Gaillarde, l'air inquiet, se décida enfin à pousser la porte. Dans l'obscurité malodorante il entendit Alesta geindre et remuer.

— Entre, mon neveu, et ouvre le volet, dit-elle.

Gaillarde fut avant lui à la fenêtre.

— T'ai-je appelée, vipère ? gronda la vieille femme en détournant sa figure de l'éclat du soleil. Retourne chez tes moines et ne reviens pas me salir les yeux, je ne veux plus te voir.

Simon s'approcha du lit. La fille cracha entre ses dents une insulte poissarde et sortit en faisant claquer la porte. Alesta soupira.

— Faible, faible je suis, dit-elle. Ce jour est mon dernier, je le sens. Béni soit-il, puisque la paix m'attend.

Il marmonna de pauvres bontés sur son air reposé, puis se mit à lisser le drap froissé alentour de son corps.

Elle le saisit alors aux cheveux, attira son visage contre sa bouche et à grand-peine lui souffla :

— L'heure est venue, mon neveu. Cours au moulin du Béal où tu demanderas maître Alaman. A cet homme, à lui seul tu diras : je viens chercher le passeur d'âmes, Alesta Peyre a besoin de lui. Pour ton salut et le mien, sois prudent. Va vite.

Elle laissa retomber sa main, ferma les yeux et se mit à prier à voix basse. A son front luisait une mauvaise sueur. Simon l'essuya doucement, baisa sa main et la quitta.

Gaillarde l'attendait devant la porte. Elle le regarda avec une attention fort aiguisée. Il lui sourit, rengorgé comme un coq, lui dit qu'il allait visiter un compagnon d'enfance au moulin du Béal et lui demanda quel était le chemin le plus court pour s'y rendre. Comme la fille lui proposait de l'accompagner, la voix d'Alesta le rappela dans la chambre. Il revint à son chevet, se pencha sur sa figure. Elle lui dit, l'air éperdu :

— Je viens de voir Mathilde, elle riait, elle disait que Dieu t'aimait. Je sens que je m'en vais, petit.

Derrière lui un fracas bref fit trembler la cloison. Il bondit à la porte. La clé ferrailla dans la serrure à l'instant où il frappait du poing le battant. Il se mit à le secouer en gueulant à la Gaillarde puis se retourna vers Alesta. Elle s'était redressée sur le lit. Elle haletait sans pouvoir parler, les yeux immenses. Il revint à elle en deux enjambées, la prit dans ses bras. Elle se laissa aller contre sa poitrine.

— Aide-moi à passer, Simon, aide-moi, dit-elle.

Il gémit, tout embarrassé de ce corps de mourante. Elle l'agrippa, implorant encore son secours et pleurnichant que la putain allait sans doute revenir avec des hommes d'armes. Simon lui dit que non, qu'elle n'avait rien à craindre, puis il se mit à caresser sa joue fripée, il la supplia de s'apaiser, il lui promit sa protection en bégayant des mots tendres, en grand désordre, de saintes sottises, mais elle ne l'entendit pas, elle était maintenant à tout aveugle et sourde sauf à la mort qui lui venait. Elle lui ordonna soudain de s'agenouiller et de la présenter à Dieu. Il lui répondit qu'il ne pouvait pas, il lui dit :

— Par pitié, dame Alesta, ne me forcez pas à faire cela, j'en suis indigne, vous ne savez pas qui je suis.

Il se laissa pourtant tomber à genoux sur le plancher. Elle prit ses deux mains, fit effort pour les hisser jusqu'à sa figure.

— Pose-les sur ma tête, dit-elle, ne tremble pas, donne-moi ta bénédiction, au nom du Père.

Il lui obéit. Il se mit à réciter le Pater, les yeux fermés. Il entendit dans son brouillard de paroles la vieille qui disait : « C'est bien, c'est bien. » Il se laissa ainsi déborder de prières, un long moment. Quand il se tut enfin et à nouveau regarda, il vit qu'Alesta était morte. Alors il se dressa, s'en revint à la porte, la secoua encore mais ne put l'ouvrir. Il l'abandonna, bondit à la fenêtre, l'enjamba et courut jusqu'au bout de la ruelle. Là, il rencontra une voisine qui s'en revenait de son jardin. Elle lui demanda comment allait ce matin dame Peyre. Il ne put lui répondre. Elle mit sa main devant la bouche pour étouffer un cri, devinant à sa figure ce qui venait d'arriver. Il la bouscula et s'éloigna en grande hâte.

Comme il parvenait à l'hôtel Notre-Dame, il vit une troupe de gens franchir la voûte de la porte du Pont et venir à sa rencontre. Au milieu d'eux était Gaillarde. Dès qu'elle l'aperçut elle courut à lui, fière et vive. Il lui cracha une insulte à la figure et sans souci du monde il leva le poing sur sa tête. Elle se renfrogna méchamment.

— Si tu me frappes je te vends aussi, dit-elle.

Puis, à nouveau radieuse :

— Regarde celui que nous avons trouvé au moulin du Béal. Il vaut cent deniers d'argent.

D'un élan inattendu elle baisa sa joue et s'en alla rejoindre la cohorte. Passèrent quatre hommes d'armes. Ils tenaient enchaîné un prisonnier de haute taille au front saignant, à la robe noire en lambeaux. Simon le reconnut. C'était Pierre Isarn. Pierre le reconnut aussi. Il en eut au regard une surprise si tendre que le fils de Mathilde voulut aller à lui, les bras ouverts. Il buta contre les gardes qui l'empoignèrent et lui demandèrent s'il connaissait cet homme. Ce fut Isarn qui répondit :

— Il ne me connaît pas, il voulait seulement me frapper.

— Oui, dit Simon, oui.

Les gardes le repoussèrent en riant. Au tumulte qui s'éloignait il cria :

— Pierre !

Il entendit :

— Sauve-toi !

Mais peut-être fut dite une autre parole que celle-là, car la rumeur était déjà lointaine et le vent soufflait fort à cette porte de la ville.

5

Après qu'il m'eut conté cette rencontre fugitive avec l'homme le plus douloureusement aimé de sa jeune vie, mon maître me confia qu'à cet instant où sans plus voir ni ciel ni monde il avait quitté Carcassonne, par faute impardonnable il n'avait point reconnu que la poigne de Dieu imprudemment appelée sur sa tête lui avait tout net interdit les malfaisances qu'il avait résolu d'accomplir. Nous étions au crépuscule de la Saint-Martin de novembre, après une journée de soleil froid où nous avions ensemble visité des malades dans un hameau sauvage et puant nommé les Bordes-Hautes. Sont restées dans ma mémoire ses paroles exactes, tandis que nous rentrions côte à côte chez nous. « Mon esprit n'était que rage et ténèbres, me dit-il ce soir-là. A celui qui gouverne nos destins j'avais demandé qu'il me détourne clairement de cette guerre où je désirais m'engager, si elle Lui déplaisait. Il l'avait fait, mais je m'étais aussitôt enfermé dans une rancune très opaque car en vérité, quand je l'avais défié de se soucier de mon âme, je n'avais secrètement espéré que Son indifférence. Et maintenant, loin de Le bénir pour m'avoir fidèlement conduit, je ne savais que Le maudire d'avoir refusé de me suivre où je voulais moi-même aller, et je Lui reprochais sans vergogne de m'avoir encore accablé de malchance. » Ainsi me parla-t-il.

Simon s'éloigna donc de la ville dans une extrême confusion, maudissant Gaillarde de l'avoir floué, tremblant comme un fiévreux d'avoir croisé le visage presque fantomatique et pourtant éperdument familier de Pierre Isarn enchaîné, et bouleversé d'effroi à l'idée que si tout avait été selon son désir il se serait trouvé à sa face dans le moulin du Béal où il se cachait. Assurément cet homme était le seul au monde qu'il n'aurait osé livrer. Il se dit cela, submergé de honte et de chagrin, et aussitôt s'horrifiant à la pensée du prochain martyre de ce pauvre père, il s'efforça d'effacer de son esprit son étouffante présence. La tête dans les épaules il descendit au bord de l'Aude. Il suivit la rive du fleuve où des enfants nus s'ébattaient sur des plages caillouteuses et s'éclaboussaient en piaillant dans les scintillements de l'eau. Comme il parvenait à la sortie du faubourg, il vit aux carcasses de barques à demi enfouies dans les hautes herbes que la dernière cabane était celle d'un passeur. Il fit halte sous l'arbre qui l'ombrageait, pensant qu'il lui fallait décider de sa route.

La figure d'Isarn le poursuivait encore, mais le ciel et le vaste espace l'appelaient maintenant au loin. Il se jeta dans son désir de Brune. Où était-elle à cette heure ? Il lui parla dans son cœur, pria pour qu'elle l'entende et par amoureuse magie lui réponde et l'inspire. Lui revinrent des bribes d'instants heureux, des paroles simples dans le bosquet de pins parasols où ils avaient si souvent rêvé ensemble de prodigieux avenirs. Dans le déchirement qu'il en souffrit il se souvint tout à coup qu'elle avait un oncle au château de Peyrepertuse. Elle lui avait parfois plaisamment décrit ce proche parent comme un ogre de bonne nature, quoique enclin à d'époustouflantes colères. Il était le frère aîné de son père. Simon leva la tête au ciel, vit un nuage traverser l'éclat du soleil et sentit à l'instant surgir dans sa poitrine une sombre allégresse. Sans aucun doute était-ce à lui que Raymond Cat avait décidé de la confier. Peyrepertuse était à dix journées de marche vers le sud. Il résolut de s'y rendre et reprit d'un pas ferme son chemin le long du fleuve, s'exaltant à imaginer l'émouvante et pure apparence de sa bien-aimée mise aux fers dans quelque tour obscure et attendant de lui sa délivrance. Lui apparut dans une lueur de lucarne son visage altéré par la peine d'être loin de lui entravée. Il s'en trouva tant échauffé qu'il se prit à ordonner à Dieu de marcher vers elle à son côté, et rallongea furieusement ses enjambées.

Il entendit bientôt des imprécations de bataille dans un fourré de buissons et d'arbres aux branches basses penchées sur l'eau. Il ralentit l'allure, agacé de se trouver dérangé dans sa rêverie, et aperçut au travers des feuillages trois hommes en dispute violente. L'un d'entre eux paraissait le jouet des deux autres, qui le tiraillaient méchamment. Son chemin traversait ces gens. Il s'arma d'un bâton, craignant d'avoir à se défendre contre quelque débordement intempestif, et s'avança vers eux.

Deux malandrins rossaient un moinillon sur le sentier qui longeait la rivière. Il brandit son arme noueuse et les bouscula, le visage haut, la poigne arrogante, sans autre souci que de se frayer un passage au travers de leur bataille. Il en était presque dépêtré quand une main soudain jaillie hors des corps emmêlés s'abattit violemment sur sa figure. Ce lui fut comme un éveil stupéfiant. Les fumées de rancœur, de dépit, de peines accumulées qui couvaient dans son crâne s'embrasèrent d'un coup et lui bondirent dehors en éruption dévastatrice. Il fit volte-face. Son bâton tournoya, se rompit sur une échine. Le bastonné tomba le nez dans l'herbe, et le train terriblement botté bondit bientôt dans une trouée de broussailles où il disparut, les braies déchirées de la fesse au mollet, tandis que son compère à quelques pas de là ramassé en bélier donnait de la tête dans le ventre du moine. L'assailli poussa un grognement estomaqué, partit à la renverse, perdit pied sur la rive, battit des bras et tomba de cul au milieu d'une gerbe d'eau. Simon s'était déjà rué sur le voyou. Cognant des poings, du front, du genou, de la botte, il le repoussa parmi les ronciers et les branches, l'affala contre un tronc d'arbre, le souleva par le col, lui gronda de fuir sous peine de massacre et le rejeta loin de lui. L'homme essuya sa face qui saignait de la bouche et du nez, et reprenant son souffle il appela son compagnon. Comme il n'en avait pas de réponse, il s'en alla en criant des malédictions et des promesses de revanche.

Dans la brise paisible revenue parmi les feuillages, Simon se sentit alors pris de vertige. Il tituba, s'assit au bord du chemin, vidé de toute force. « J'aurais pu le tuer », se dit-il, effrayé par son emportement. Il ne s'était que peu battu dans son enfance villageoise, et jamais à Toulouse où des querelles et des rixes enfiévraient parfois les places aux abords des écoles. Il s'estimait en ce temps-là un lettré trop sensible pour se salir dans des échauffourées. Et maintenant qu'il n'avait plus ni les livres qui civilisent, ni le confort qui polit l'âme, ni l'idée fort élevée de son destin qu'il avait si complaisamment cultivée, il découvrait qu'il pouvait être en vérité un fauve parmi les pires du monde s'il se laissait aller à sa nature, et en restait hagard.

Il se dressa pour s'écarter du moine ruisselant qui envahissait son soleil en chassant à grands claquements sur son froc l'eau bourbeuse. Ce remuant jeunot ne lui parut guère affecté par sa mésaventure. C'était à l'évidence un de ces heureux invétérés que les dangers et les effrois à peine passés font rire extrêmement. Il dit qu'il avait eu très peur, partit d'un éclat, se moucha dans ses doigts, s'ébroua et se mit à se frotter d'herbes avec une vigueur de matrone à la lessive. Simon le regarda faire sans sortir de son renfrognement. Il n'était pas d'humeur à supporter la compagnie d'un pareil niais. Il le salua brièvement et s'éloigna.

— Sainte Mère du Christ, il s'enfuit ! dit le moine au ciel bleu.

Il releva sa robe sur ses mollets, lui courut après en criant :

— Hé, toi qui m'as sauvé, laisse-moi te bénir et d'abord t'embrasser. Mon nom est Barthélemy Pagès, je suis du couvent de Saint-Hilaire. Si tu veux y venir, je partagerai avec toi mon pain et mon fromage. Ne refuse pas, tu me ferais peine.

Il se planta devant lui et l'étreignit à toute force. L'autre le repoussa en grognant qu'il puait le chien mouillé. Le moine eut un sourire déconfit, puis aussitôt se reprenant de bonne humeur conciliante :

— Dieu te garde, tu es Son envoyé, je ne te veux que bien, dit-il. Va, petit frère, je marcherai derrière.

Simon lui répondit que ce n'était pas Dieu qui l'avait envoyé à son aide et qu'il ne lui devait rien, car il n'avait point agi par charité mais par mauvais désir d'en découdre après qu'une gifle hasardeuse l'ait jeté hors de lui. Frère Barthélemy l'écouta, consterné, et s'écria :

— Dans le péril où j'étais j'ai supplié Notre-Seigneur de me porter secours et c'est à cet instant que je t'ai vu surgir, un bâton à la main. Comment peux-tu prétendre que tu n'es pas celui qu'Il a poussé vers moi ? Que tu le saches ou non, Dieu t'a conduit où tu devais aller. Et je te dis, moi : viens à Saint-Hilaire, c'est là qu'Il te veut aujourd'hui.

Il lui prit la main avec l'autorité d'un guide ferme et sûr dont il n'avait point l'allure. Simon se laissa faire, pensant que le couvent où vivait ce moine lui serait en effet le meilleur logement possible pour la nuit, puisqu'il était sur sa route. Le voyant apprivoisé, Barthélemy se mit à bavarder comme un enfant confiant. Il lui apprit que ces hommes qu'il avait si joliment rossés avaient voulu le détrousser, alors qu'il ne possédait rien et s'apprêtait à leur demander l'aumône. Cela le fit encore rire. Puis, déconcerté par le silence obstiné de son compagnon, il l'examina à la dérobée et dit timidement que sans doute ce frère de bonne rencontre allait dans quelque ferme de la plaine louer ses bras pour la moisson. Simon lui répondit qu'il n'était point valet mais étudiant en droit, et qu'il voyageait. Il se sentit aussitôt vaguement coupable de n'avoir pas son bagage qu'il avait laissé chez la pauvre Alesta, où devaient être maintenant les hommes d'armes de l'Inquisition.

— On m'a volé, dit-il, ce matin même, à Carcassonne. J'avais, outre mon sac, deux livres de grand prix qui m'aidaient fort à vivre.

— Nous en avons aussi au couvent, lui répondit Barthélemy. Le prieur nous en lit parfois certaines pages, mais elles sont en latin et je les entends mal. Je ne suis que frère convers.

— Les miens étaient écrits en langue romane. L'un était de sagesse, et l'autre d'amour. Avec eux j'ai perdu tant l'esprit que le cœur.

— Il te reste la force, la bonté et l'amitié de Dieu, comme une étoile au front. Ne te tourmente pas, lui dit le moine.

Il serra sa main avec une vigoureuse affection, et le nez dans la brise se mit à chanter une fringante chanson de village.

Ils découvrirent Saint-Hilaire vers la fin de l'après-midi au sortir d'une épaisse forêt de chênes, et la lumière qui leur vint du soleil bas sur les blés et les vignes, de la rivière, de l'éperon de roc où était l'abbaye flanquée d'humbles maisons les fit cligner des yeux et respirer plus ample. Frère Barthélemy, désignant une chapelle sur une bosse de garrigue accolée au village, dit à son compagnon que là était l'oratoire Notre-Dame, et qu'il convenait qu'ils s'y arrêtent pour demander à la sainte Mère de bénir leur rencontre. Simon l'interrompit d'un geste impatient en ronchonnant dans le vent soudain levé qu'il était fatigué, et que s'il fallait prier, quoiqu'il n'ait rien à demander ni à offrir à Dieu ou à ses saints, il le ferait à l'abbaye, après le dîner. Le moine parut affecté par le mauvais vouloir de cet homme à qui il désirait tant complaire. Il resta un moment à le bouder, puis il lui dit qu'aucun voyageur n'avait jamais manqué de faire halte dans ce lieu béni, et le regarda avec une timidité si pitoyable que son compagnon le prit bonnement par l'épaule. Comprenant alors à ce signe qu'il se résignait à aller où il voulait le conduire, le petit frère se mit à bavarder avec un entrain nouveau, citant à l'envi miracles entrevus, plaies effacées et voyages menés à bonne fin grâce à la Dame de cet endroit.

Le long du sentier qui grimpait à l'oratoire étaient quelques sombres masures peuplées de femmes à la peau grise et d'enfants en grande misère. Frère Barthélemy devant chacune s'arrêta pour conter à ces pauvres figures hébétées sa mirobolante aventure et la gloire de son sauveur. Il le fit avec un enthousiasme tant appliqué à ne rien omettre que la nuit était tombée quand ils parvinrent à la chapelle. Ils entrèrent à tâtons. Trébuchant sur des bancs invisibles ils s'approchèrent de la sainte table où était une Vierge en bois peint que deux cierges illuminaient, et devant elle s'agenouillèrent. Les poings croisés sous le menton, le moine se perdit aussitôt en contemplation extasiée. Simon laissa errer son regard alentour, ne rencontra qu'ennuyeuse obscurité, revint à la noble Dame assise, les bras ouverts au monde. Il découvrit alors à la lueur des flammes droites une fine chaîne d'argent posée sur les mains tendues de la statue. Il resta bouche bée, les yeux écarquillés, le cœur soudain tonnant.

Cette parure était exactement semblable à celle que Brune portait au cou ce jour de bel été où ils s'étaient ensemble couchés sous un arbre solitaire. Elle l'avait encore le matin où partant à Toulouse il avait pour la dernière fois caressé son visage au soleil du chemin en la suppliant de se garder en vie. Il empoigna la nuque du moine et tout haletant, sans quitter des yeux l'objet bouleversant, il lui demanda si une jeune voyageuse était récemment venue en ce lieu.

— Oui, oui, répondit l'autre, toujours priant et radieux, une jeune fille très pieuse aux yeux noirs et fort tristes.

— Dieu du ciel, dit Simon dans un souffle tremblant.

Il tendit la main entre les deux flammes des cierges et se tint ainsi immobile, n'osant rien effleurer. Barthélemy se tourna vers lui et le voyant fasciné à mi-voix il s'inquiéta de ce que son compagnon regardait avec une attention aussi farouche. « Brune est venue où je suis, se disait Simon, elle a laissé pour moi ce signe car elle sait que je marche sur sa route et que tout au long de ma quête d'elle, par la force d'amour qui nous unit je serai sans faute attiré dans tous les lieux où elle fut. Jamais plus hautes preuves de confiance ne me furent données, et je crains par tous les saints que ma vie ne suffise pas à me rendre digne d'une femme d'aussi grand cœur et de foi aussi pure. »

— Barthélemy, dit-il, tu as raison. Cette chapelle est réellement miraculeuse. J'y suis à l'instant frappé par un bonheur que tu ne peux entendre.

Le moinillon riant à petits coups étouffés se mit à remercier la sainte Dame d'avoir illuminé son sauveur. Comme il s'attardait en génuflexions incessantes et signes de croix éperdus, Simon prit sa main et l'entraîna dehors.

Sur le chemin de crête qui menait à l'abbaye il demanda au novice de lui conter par le menu la visite de cette voyageuse qui avait offert son collier à la Vierge.

Barthélemy, tout remué par le coup de ciel qui venait d'ouvrir le cœur de ce frère jusqu'alors taciturne, lui apprit qu'elle était arrivée l'avant-veille de ce jour, en chariot bâché, avec deux serviteurs. Une roue de son attelage s'était rompue à l'entrée du village, et le temps que le forgeron répare le dégât ces bonnes gens avaient demandé l'hospitalité au couvent. Lui-même les avait accueillis, car il était avec un vieux moine à demi fou préposé au logement des pèlerins. Il avait alors conseillé à la jeune fille, comme il le faisait chaque fois que lui venait un visiteur, d'aller avant le dîner se laver le cœur auprès de la très bienfaisante Dame de la chapelle. Elle avait volontiers accepté, et ils s'y étaient tous deux rendus.

Simon voulut alors qu'il lui décrive exactement cet instant où elle avait défait la chaîne de son cou pour l'offrir à la Vierge. Ses mains avaient-elles tremblé ? S'était-elle agenouillée où il avait lui-même posé son corps ? L'avait-il vue espérante ou affligée ? Sereine ou tourmentée ? Avait-il entendu un nom d'homme dans ses prières ?

— Ses lèvres bougeaient à peine, répondit le moine. Je crois qu'elle était dolente d'avoir quitté sa famille. Elle m'a dit qu'elle n'avait jamais voyagé.

— La vérité, lui dit Simon, est qu'elle souffrait d'être éloignée de son ami. N'as-tu pas senti cela ?

Il haussa les épaules, et désespérant d'arracher à ce naïf d'autres nourritures pour son cœur que ces impalpables brins de Brune :

— Comment un homme qui n'a jamais aimé pourrait-il voir ces choses ?

Barthélemy parut vivement piqué. Il hésita à se rebiffer, baissa la tête.

— J'ai aimé, dit-il, la voix soudain altérée. J'ai connu tous les chagrins du monde, malgré mon jeune âge. J'étais pauvre. Ma Bernarde fut vendue ailleurs, et je me suis donné à la paix de Dieu. Je ne le regrette pas. Je n'étais pas fait pour les misérables méchancetés où croupissent les gens de mon village.

Ils marchèrent en silence méditatif dans le vent sombre jusqu'à parvenir à la lisière des maisons adossées à la haute muraille de l'abbaye. Alors Simon fit halte, et le cœur pénétré de confiance envers ce Dieu hasardeux qui l'avait conduit à ce signe de Brune, autant que de tendresse pour ce moinillon comme lui éprouvé, il dit à Barthélemy qu'ils étaient frères véritables, car à lui aussi avait été enlevée une amante promise parce que lui aussi était pauvre.

— Tu connais cette jeune fille, lui dit-il. C'est celle que tu as accompagnée à la chapelle. C'est à sa poursuite que je marche et jusqu'à la rejoindre je marcherai, ou je mourrai de la soif d'elle. Tu m'as dit que j'avais une étoile au front. C'est la pensée de ma Brune que tu as vue fichée là. Car j'aime une dame haute et lumineuse, Barthélemy. Elle est aussi pure qu'une sainte, et plus joliment charnue que la femme d'Adam. Sache bien que pour elle je suis prêt à traverser l'enfer, s'il le faut.

Le moine fut tant ému par ces paroles que deux larmes s'allumèrent dans son regard. Il leva les mains comme pour prendre son compagnon au visage, mais n'osa pas et répondit :

— Dieu fait toutes choses bien. Je lui ai souvent demandé de réchauffer un peu mon cœur, afin que la mélancolie ne le gâte pas, et Il t'a envoyé vers moi. Béni sois-tu, car tu es celui que je n'ai pas su être, noble, intrépide, aventureux. Laisse que je t'embrasse. Si tu ne méprises pas trop le pauvre Barthélemy, fais-lui le serment de revenir bientôt avec ta compagne dans ce couvent où ne passent que des jours simples. Je prierai pour toi, pour elle aussi, et je connaîtrai enfin, en vous attendant en secret, la belle inquiétude de l'ami.

— Si tu m'entendais en confession, dit Simon tout à coup assombri, tu saurais que je ne suis pas aussi bel et bon que tu le crois, petit frère.

Tandis que l'angélus du soir sonnait au clocher proche, emplissait la nuit et s'envolait vers les poussières d'astres dans le vent qui soufflait maintenant en bourrasque, le moine partit d'un grand rire, comme s'il venait d'entendre la plus savoureuse plaisanterie du monde.

— Allons dîner, dit-il.

Il s'en fut le long des façades obscures où de-ci, de-là tremblaient des lumignons et s'engagea bientôt entre deux murs de galets. Son compagnon le suivit en aveugle dans cet abri du vent, butant contre des chiens qui compissaient les ténèbres. Une lourde porte voûtée fermait le fond de la venelle. Barthélemy contre elle s'arc-bouta, la poussa de l'épaule et Simon entra derrière lui dans le silence du cloître. Il fut aussitôt fort intimidé par la parfaite tranquillité qu'il y découvrit. Nul vent, dans ce lieu clos. Nul bruit, sauf le babil d'un fil d'eau perpétuel dans la vasque de pierre qui occupait le centre de la cour. Tout était offert aux étoiles en simplicité pure, la cruche de grès noir au bord de la fontaine, près d'elle le balai sur la terre battue que la lune baignait, les colonnes de la galerie sculptées de figures indistinctes qui se perdaient au loin, dans l'ombre droite. Il se sentit un instant infiniment étranger à ces beautés immobiles, lui qui n'était plus que voyage et tourment, puis il lui vint à l'esprit que ce moinillon qui l'avait entraîné là n'était peut-être ni naïf ni touchant mais enviable et chanceux. Il se prit alors à penser qu'il pourrait lui-même goûter, s'il osait s'abandonner à la paix austère de ce lieu, l'oubli des mille misères du monde et peut-être un savoir d'âme impalpable mais sûr qu'il n'avait jamais imaginé.

Comme il laissait ainsi aller sa rêverie, Barthélemy le tira par la manche et lui fit signe de le suivre et de ne pas parler. Il l'entraîna le long de la galerie vers une porte qu'il ouvrit à peine, attentif à ne point la faire grincer, et ils se glissèrent dans l'odeur lourde et chaude d'une vaste salle où étaient dressées deux longues tables encombrées de victuailles rustiques. A l'une étaient des moines qui mangeaient en silence, à l'autre des pèlerins que servait un vieux frère convers. Au fin fond de cette assemblée, sur un haut siège creusé dans l'épaisseur de la muraille, un lecteur était assis et récitait à la lueur d'une chandelle des phrases pieuses inscrites dans un grand livre posé sur ses genoux. Sa voix monotone régnait gravement sur les toux étouffées, la rumeur des repas et les ombres immenses qui bougeaient sur les murs rugueux jusqu'à la voûte. Barthélemy, par mimiques de muet et gestes impératifs au moindre bruit sonnant, fit se pousser les voyageurs afin que Simon puisse prendre place parmi eux. Dès qu'il le vit installé à son aise il trotta vers la cuisine et s'en revint chargé d'une cruche de lait, d'une boule de pain et de fromages secs qu'il déposa devant lui. Après quoi il resta debout et souriant, plus occupé à guetter le contentement sur le visage de son nouvel ami qu'à écouter la sévère lecture qui courbait alentour les échines.

A la fin du dîner le récitant ferma son livre dans un claquement sonore. Les moines à ce signal se levèrent, se coiffèrent de leur capuchon et s'en furent en file psalmodiante vers l'église. Dès qu'ils furent sortis s'éleva parmi les pèlerins un tapage de paroles délivrées. Barthélemy présenta joyeusement Simon au vieux convers qu'il lui avait dit à demi fou, et qui l'était en vérité : la longue figure maigre de ce frère, qui s'appelait Bernard, était sans cesse secouée de grimaces convulsives, et il grondait du nez après chaque mot entendu. Son jeune acolyte lui demanda, comme l'on parle à un sourd, s'il se souvenait de cette demoiselle qui ces jours derniers était passée par chez eux. Il eut un vigoureux hochement de tête et répondit qu'il l'avait trouvée belle et touchante. Simon, à nouveau fort ému, le pria de lui dire en quel lieu du couvent elle avait dormi. L'autre interrogea Barthélemy du regard. Tous deux se mirent à rire comme des pucelles effarouchées et se consultèrent à voix basse, puis le moinillon tout émoustillé confia à son sauveur qu'avant de se coucher elle avait longuement conversé avec le vieux Bernard. Simon voulut savoir ce qu'elle lui avait dit. Ils le firent taire, le prirent chacun par une main et le conduisirent à la cuisine où s'ébattaient quelques volailles sur la table, parmi les reliefs du repas. Près de la cheminée où grésillaient des braises était une porte basse et un escalier fort étroit. Ils s'y engagèrent et se poussant au train, impatients et rieurs, parvinrent dans un long dortoir éclairé de torches fichées dans la muraille.

Là étaient des paillasses alignées. Beaucoup étaient

encombrées de sacs et de bâtons. Ils menèrent leur compagnon jusqu'au fond obscur de la salle et lui désignèrent un matelas gonflé de paille. Ils s'y assirent tous les trois en confidence comploteuse. Alors Barthélemy encouragea frère Bernard à parler, ce qu'il fit avec une grande application, les yeux étincelants et l'index sentencieux.

— Celle que vous appelez Brune, dit-il, est une jeune fille d'une famille noble d'Arzens en Carcassès. Digne est son père, fort digne et sourcilleux. Dieu garde et honore cet homme (si vous voulez, je prierai pour lui cette nuit) car il n'a point hésité à faire ce qu'il devait pour l'arracher aux manigances d'un bougre de son village soupçonné d'hérésie.

Barthélemy sursauta et brandit sa main jaillie de la manche sur la tête chenue de son compère, qui courba peureusement le dos.

— Mon ami n'est point hérétique, dit-il, l'air farouche. Maudits soient les puissants qui salissent l'âme des pauvres pour justifier leurs méchancetés. Continue, frère Bernard, et prends garde à tes paroles.

— Vous a-t-elle dit qu'elle m'aimait ? demanda Simon, le cœur en gorge.

Avant que l'autre n'ait eu le temps de grogner du nez, le moinillon ouvrit ses bras à l'évidence et répondit :

— Assurément elle l'a dit. N'est-ce pas, vieil homme ?

— Elle m'a dit, poursuivit le vieux convers, tant soucieux d'exactitude qu'il se prit à bégayer, elle m'a dit qu'elle était aimée de ce jeune homme. Après quoi elle a poussé un long soupir et elle est restée un moment silencieuse, la tête basse, comme je suis présentement.

— Sans doute pour cacher ses larmes, souffla Barthélemy à l'oreille de Simon. Il ne convient pas à une jeune fille d'avouer que son cœur est épris. Brune est extrêmement pudique, tu sais cela.

— En vérité, dit Bernard, la pensée de son amant l'a troublée. Elle a serré son châle sur sa poitrine, comme si elle avait froid, puis elle m'a regardé. A la réflexion, elle m'a paru fière de cet amour qu'elle inspirait. Elle m'a dit que son ami était étudiant en droit, et ses joues ont rosi, et ses yeux ont brillé.

Il sourit béatement. Tous trois s'en furent un moment en heureuse rêverie, sans souci de l'envahissante présence de quelques pèlerins venus avant les autres jouer aux dés sur une couche, puis Simon murmura :

— Son âme est aussi limpide que son visage. Elle est sûre de moi. Que je meure, Seigneur, que je tombe foudroyé si je déçois son attente.

— Comment peux-tu douter, toi le meilleur, le plus aimant des hommes ? lui dit Barthélemy.

Puis se tournant vers le vieux moine :

— T'a-t-elle dit où elle allait ?

— Chez son oncle de Queribus, ou peut-être de Peyrepertuse, je ne sais pas, répondit l'autre.

— Dieu te vient en aide, Simon, et moi Barthélemy plus que jamais je crois en ton étoile. Demain matin tu partiras avec ces pèlerins, et mon cœur battra pour toi, et mes prières te garderont en beau courage.

Il le serra à l'étouffer contre sa poitrine, puis il prit frère Bernard par la main et tous deux s'en allèrent vivement parmi les gens aux gestes lourds qui maintenant emplissaient le dortoir.

Simon fut réveillé au jour naissant par le sonnement

des cloches qui appelaient à la prière de l'aube et les remuements des pèlerins affairés autour de lui à boucler leur bagage. Il descendit le dernier à l'église où la messe était commencée. A la sortie il attendit Barthélemy mais ne le vit point. Comme il franchissait le grand portail avec la troupe voyageuse, il le chercha parmi les moines qui chantaient dans le vent levé, assemblés sur le seuil de l'abbaye, un chant de gloire à Dieu pour ceux qui s'en allaient. Le bon frère n'était pas parmi eux. Alors tout attristé il s'éloigna, se retournant sans cesse, puis pressa le pas pour rattraper les gens sur le chemin qui descendait vers les blés ensoleillés de la plaine. Presque parvenu au pied de la colline il s'entendit soudain appelé à grands cris dans le ciel. Il leva le front et partit d'un beau rire. A la cime, devant la chapelle Notre-Dame, Barthélemy et le vieux Bernard gesticulaient et dansaient dans la lumière du matin, tenant entre eux la statue de la Vierge qu'ils brandissaient en criant des paroles de joie désordonnée et des appels à ne point oublier leur présence en ce monde. Simon leur répondit à grands gestes et promesses de retour, puis il s'en fut en courant, le cœur délivré et rendant grâces à la simplicité rassurante de sa vie, dans ce jour nouveau.

Avec la troupe de pèlerins il chemina jusqu'à Limoux le long de la rivière d'Aude encombrée de troncs d'arbres liés de cordes que gouvernaient des bûcherons aux poitrails larges parmi les remous et les hauts-fonds de graviers. A l'entrée de cette ville était un ancien hôpital de Templiers où ils trouvèrent refuge. Des femmes que conduisait un prêtre leur apportèrent à manger, puis comme chacun s'installait pour dormir à l'abri de la nuit, un homme de haute taille à la figure d'Arabe qui tout le jour avait marché sans un instant parler ni chanter avec ses compagnons s'écarta des corps couchés en disant qu'il lui fallait trouver un bon endroit pour mourir. Seuls lui répondirent quelques ricanements ensommeillés. Simon, qui rêvait au seuil de la bâtisse, le vit s'éloigner tranquillement et s'allonger à la porte de la chapelle accolée à la muraille. Il s'en fut le rejoindre et lui dit qu'il risquait une mauvaise fluxion à dormir dans l'herbe humide, mais comme l'autre le regardait fixement, il se tut, inquiet, soudain tout envahi par ses yeux brillants, environnés d'ombre. L'homme lui répondit :

— Ta route continue, la mienne finit ici. Je ne crains rien ni personne. Demain je serai auprès de Dieu.

Il leva la main et dit encore, effleurant la joue de celui qui maintenant le contemplait, le regard étonné, la bouche ouverte :

— Je ne peux t'apprendre ce que je vois sur toi, mais il me plaît que tu sois le dernier vivant à qui j'aurai parlé en ce monde, car derrière ton front brûle la même lampe qui s'éteint en moi, et que j'ai longtemps portée. Tu l'ignores. Elle est là pourtant. Sa lumière est vive. Grâce à elle un jour tu trouveras ce que tu cherches, et tu quitteras ta défroque aussi simplement que moi, l'ami.

Il ferma les yeux et resta immobile. Simon lui demanda qui il était. Il n'eut point de réponse. Alors il s'accroupit auprès de lui et le pria doucement de rentrer au chaud de la maison. Il s'aperçut alors que l'homme ne respirait plus. Il recula, voulut appeler de l'aide, mais sa gorge resta nouée. Il s'assit dans l'herbe et demeura là, pétrifié.

De longues heures passèrent ainsi, sans qu'il distingue rien de la nuit qui l'environnait. S'il dormit, médita, souffrit de froid ou de solitude, il ne sut. Il entendit un coq chanter dans un jardin proche, se releva. Le premier feu de l'aube embrumait l'horizon. Il était dispos. Il s'en fut réveiller les pèlerins. Aucun d'eux ne connaissait le mort. Tout ce qu'il apprit fut qu'il s'était joint à la troupe à la sortie de Carcassonne, et paraissait venir de loin. Il ne put expliquer pourquoi il était resté toute la nuit à le veiller comme une dépouille sacrée, sans alerter personne.

Mon maître m'a dit que cet homme à peine vu était depuis ce jour devenu son guide invisible, et que partout où il était allé il l'avait senti à son côté. Il m'a dit aussi que cet être sans corps n'avait jamais cessé de l'instruire, mais que son enseignement était aussi inexprimable que la saveur de la source de vie. Il m'a dit enfin que sa présence était plus que tout précieuse à son âme. Comme je m'insurgeais, pensant aux beautés et vertus de son épouse, il m'a rabroué et prévenu que jamais plus il ne me parlerait de lui. Jusqu'à ce jour il a tenu parole.

L'homme fut enseveli à l'endroit même où il était mort, puis Simon poursuivit seul sa route. Il voyagea tout le jour par les monts des Corbières, où il ne rencontra que de rares bergers. Il savait maintenant où trouver Brune. Rien ne détourna sa pensée de leurs proches retrouvailles, sauf le vent, sur quelques chemins de crêtes, qui parfois l'enveloppa dans une musique plus ample que sa vie.

6

Vers la fin de l'après-midi, au sortir d'un bouquet de peupliers aussi foisonnant d'oiseaux qu'une volière, lui apparut sur une butte de terre rouge un donjon massif et rustique ceint d'un rempart de pierre sèche où menait un chemin tortueux parmi des champs peuplés de rares paysans. Il quitta la rive ombragée du ruisseau où il avait longtemps cheminé et grimpa vers cette bâtisse d'apparence fort rébarbative, ainsi dressée contre le ciel pâli par la brume du soir.

Après qu'il eut gravi une brève jachère il découvrit au ras des herbes hautes dans un creux de vallon un chaos de toits roux et de murailles tortes. A trois garçons crasseux et souffreteux qu'il rencontra au bord d'une vigne où ils traînaient des fagots il demanda quel était ce village, et qui vivait dans ce château. Les enfants lui répondirent que ces maisons-là proches étaient celles de Serres. Ils ajoutèrent avec une inquiétante fierté que leur maître à tous dans ce pays se nommait Béranger, qu'il avait quatre fils grands massacreurs de loups et une femme morte. Puis ils abandonnèrent leur chargement de bois et s'égayèrent en criant et battant des bras contre des étourneaux venus tournoyer autour d'eux.

Simon les laissa là et poursuivit son chemin vers le village. Dès les premiers murets il se sentit environné d'indéfinissables malveillances. Des bêtes furtives fuyaient l'approche de ses pas, se perdaient dans le crépuscule, se glissaient par des brèches de vieilles portes sur lesquelles étaient clouées des pattes de sangliers et de rapaces. Il vit bouger des ombres dans les profondeurs des masures, traversa des puanteurs vivantes, des bruits, braiments d'ânes, abois de chiens, chocs de sabots dans les étables, mais il ne rencontra ni visages ni paroles derrière les lucarnes obscures. La ruelle le mena jusqu'au bord de la place où il fit halte. Contre le mur de l'église dont le portail était ouvert il vit une ruine de charrette aux longs brancards dressés vers le ciel. Sur son plancher parmi des reliefs de paille était un cercueil jeté de guingois, et contre sa haute roue dans la poussière que balayait le vent une fille était assise. Elle se tenait immobile, les cheveux épars sur la figure, à contempler le sol entre ses pieds nus.

Simon chercha d'autres présences aux environs mais n'en vit point. Il s'approcha d'elle, tout hésitant, et lui demanda en désignant la caisse s'il y avait là un mort. Elle leva la tête et le regarda. Son visage était fin et pâle sous la crasse, ses yeux étaient immenses, traversés de lueurs éperdues. Tandis qu'elle lui répondait en serrant sur sa poitrine le pan de sac qui lui servait de châle il la vit d'abord chétive et pitoyable, puis pressentant en elle une âme incendiée il lui vint à l'esprit qu'elle était en vérité de ces êtres irréductibles qui par haine du monde ou par rage de vivre ne renoncent jamais à mordre ou à aimer. Il n'entendit pas ses paroles exactes mais comprit que ce défunt qu'elle veillait était son frère. Alors il s'accroupit devant elle, et soudain fort intrigué voulut savoir pourquoi on ne l'enterrait pas. A nouveau elle baissa le front et dit, parlant à la terre battue :

— Le seigneur de ce village lui a interdit le cimetière. Il veut que lui soient d'abord rendues les trois pièces d'argent que lui doit ma famille. Mais je n'ai plus ni père, ni mère, ni le moindre denier. Je n'ai rien que ces hardes sur moi, et cette peau de garce que personne ne veut.

Simon partit d'un éclat incrédule. Il la prit au menton, releva doucement sa tête, lui demanda son nom. Elle parut effarouchée. Elle répondit qu'elle s'appelait Fabrissa. Alors il lui dit que son seigneur n'était sans doute pas l'ogre qu'elle croyait, puis s'inquiéta de savoir si elle avait parlé au prêtre, et l'invita enfin à ne point rester morfondue comme une mendiante sur cette place où venait le froid de la nuit. Comme elle demeurait obstinément muette, il se trouva démuni et lui proposa d'aller demander pour elle de l'aide aux gens du village. Elle lui répondit, tout à coup sauvagement hérissée, tremblante, fière aussi :

— Fabrissa n'a pas d'amis. Personne ne parle à Fabrissa, ni riches, ni pauvres, ni Dieu. Fabrissa est maudite.

Il recula, effrayé par sa hargne et le feu de ses yeux. Il s'en alla demander à un vieil homme qui poussait son âne le long des façades pourquoi on laissait ainsi cette pauvre folle avec son mort sur cette misère de charrette. L'autre jeta un mauvais coup d'œil à la fille, cracha dans la poussière et poursuivit son chemin. Simon revint vers elle, se sentit aiguillonné à fuir au plus vite ce lieu mais le souci de cette abandonnée que nul ne voulait secourir le retint là, à soupirer impatiemment. Il lui demanda où elle avait jusqu'à ce jour vécu. Elle lui désigna la colline sombre au-dessus des toits. Il y avait aperçu, à son arrivée, de vagues cabanes. Il lui dit alors qu'il cherchait un abri pour la nuit et qu'il lui donnerait quelques sous, si elle voulait l'héberger.

Elle l'examina avec avidité et se dressa lentement sans quitter des yeux son visage, semblable à une affamée devant sa proie cernée mais point encore prise. Il lui sourit, débonnaire, et lui tendit la main. Elle la saisit, entraîna le voyageur, vivace, nerveuse, tenant sur l'épaule comme une outre vide le sac qui la couvrait et jetant des regards de défi aux lucarnes et aux portes closes. Ils s'enfoncèrent dans l'ombre d'une venelle qui grimpait hors du village parmi des rocs éboulés et des ronciers griffus. Au bout d'un champ en friche aux grisailles mauves sous la lune ils parvinrent devant une bâtisse à demi ruinée, aux abords encombrés de fagots pourrissants, au seuil envahi d'herbes. Fabrissa s'en fut ramasser une brassée de paille et de bois, poussa d'un coup de pied le battant vermoulu. Une puissante odeur de fumée déborda de l'antre obscur. Il attendit avant d'entrer que lui vienne quelque lumière, entendit la fille souffler sur les cendres chaudes, ranimer les braises. Bientôt jaillirent des flammes crépitantes contre un mur à la cime trouée.

Alentour se mirent à bouger de hautes ombres de décombres. Simon s'aventura dans la maison désolée jusqu'à un lambeau d'escalier qui se perdait entre le sol et une grange inaccessible dont le plancher était de-ci de-là effondré parmi la salle, tandis que la fille s'affairait au fond ténébreux, réveillant des courses de bêtes invisibles. Elle traîna devant le foyer une lourde paillasse gonflée de foin moisi, l'épousseta vivement, en brave servante, et attendit le bon vouloir de son hôte, attentive à ses gestes, à ses pas, à son silence. Se voyant ainsi observé il revint auprès du feu. Elle se raidit, le regard tout à coup tourmenté, et s'efforçant à la fermeté elle lui demanda à voix menue l'argent qu'il lui avait promis. Il chercha dans son aumônière une pincée de pièces, les lui tendit. Elle les prit d'un coup de griffe et s'accroupit dans la lumière des flammes pour les compter et les examiner au creux de sa main. Alors Simon lui demanda quelle malédiction avait ruiné sa maison, qui semblait avoir été belle et prospère, et pourquoi les gens du village détestaient sa famille au point de laisser pourrir sans sépulture le cadavre de son frère. Elle détourna son regard, et lissant encore la paillasse avec application elle lui répondit que ses parents avaient été plus estimés qu'il ne croyait dans le pays. Puis elle lui dit, faussement légère, qu'il n'avait à s'inquiéter de rien, qu'il lui fallait maintenant dormir et qu'elle veillerait à ce que le feu ne s'éteigne pas.

Il se coucha. Les yeux à peine fermés dans les lueurs mouvantes il appela le visage de Brune, se plut à imaginer son regard ensoleillé, moqueur, ses épaules rondes, sa gorge pointue offerte à ses caresses et aussitôt refusée dans un rire effarouché. Il se vit bientôt parmi des arbres poursuivant son apparence de plus en plus évaporée, rieuse, désirable, insaisissable, jusqu'à sombrer dans un sommeil troublé de crépitements, de fuites de rats, de rêves turbulents. Il se dressa, réveillé en sursaut par la porte battante. Il s'était débraillé dans son sommeil, il avait froid, le feu se mourait et Fabrissa n'était plus où elle s'était assise quand il s'était endormi. Il l'appela, n'eut point de réponse. Il se leva pour renflammer les tisons et s'aperçut alors qu'à sa ceinture ouverte n'était plus son aumônière. Il bondit dehors, trébuchant et pestant dans le noir contre d'informes obstacles. Il ne vit que le champ paisible sous la lune, n'entendit que le vent bruissant dans les buissons. La garce l'avait volé, et elle s'était enfuie.

Il retourna dans la chaleur de la maison, jeta furieusement une bûche sur les braises qui jaillirent en gerbe d'étincelles mais n'en furent point ranimées, puis se laissa tomber sur la paillasse en maudissant pêle-mêle le diable et ses démons, Dieu et ses mille saints voués ensemble aux mêmes ordures pour avoir permis ce nouveau malheur. Après quoi il se mit à échafauder d'épouvantables représailles contre cette fille qui l'avait si traîtreusement trompé. Dès le jour levé il irait se plaindre au village. Elle était tant haïe des gens qu'assurément ils la poursuivraient avec lui et ne tarderaient pas à la cerner comme une renarde dans quelque tanière forestière. Sans amis ni famille, où pouvait-elle ailleurs trouver refuge que chez les loups et les rapaces ? Il se leva, s'en fut à nouveau dehors, et se rafraîchissant au vaste silence de la nuit il ne put empêcher de sourdre dans son cœur une sorte de pitié grincheuse pour cette créature si vive, si souffrante, si tenace et fragile qui s'était elle-même promise, en le pillant ainsi, à la mort solitaire et sanglante des fauves. Comme il renâclait à laisser la compassion contrebattre ses désirs de vengeance, il entendit un bruit de cailloux éboulés sur le sentier qui descendait du château. Il s'avança jusqu'à l'angle de la bâtisse et se tint aux aguets, dissimulé dans l'ombre du coin. Quelqu'un venait. Ce n'était point Fabrissa. Les pas qui rocaillaient sur le chemin pentu étaient ceux d'un homme lourdement botté. Un bref éclat de voix traversa l'air calme parmi les bruits de marche dans la pierraille. Quelques criaillements contraints lui répondirent. L'intrus n'était pas seul. Simon revint parmi les rebuts qui encombraient la maison, s'arma d'un bâton et se posta à l'entrebâillement de la porte.

Au clair de lune qui baignait le champ il vit bientôt paraître un escogriffe hirsute à l'enjambée trop furibonde pour la fille qu'il traînait derrière lui par le poignet. Il n'eut que le temps de reculer jusqu'au foyer où le feu s'était repris de vigueur avant que le battant poussé de poing de maître ne se rabatte à grand fracas contre la muraille. L'homme resta un instant à souffler fort, planté sur le seuil, puis jeta Fabrissa sur la couche de paille et dit, les sourcils froncés, examinant Simon de pied en cap :

— Ainsi, voilà le voyageur.

Il s'avança pesamment dans la lumière. Il avait l'air d'un brigand arraché à quelque bombance, vêtu comme il l'était de hautes bottes, de braies étroitement lacées sur son ventre et d'un gilet de cuir ouvert large sur sa poitrine touffue. Il jeta un bref coup d'œil au gourdin que tenait le détroussé. Ses yeux s'allumèrent entre barbe et tignasse. Il ricana, fit tinter dans sa main l'aumônière volée et dit encore :

— Je ne suis pas venu vous chercher querelle, jeune homme. Je suis Béranger de Serres, le seigneur de ce maudit pays. Il paraît que vous avez donné à cette malfaisante ce bel argent sonnant qu'elle est venue me rendre. Je n'en crois rien. Dites-moi qu'elle vous a dépouillé et de bon cœur dès demain je la ferai pendre. Depuis trop longtemps la présence de cette diablesse en ce monde est une insulte aux bonnes gens.

De la paillasse où elle était tombée Fabrissa leva les yeux vers Simon et le contempla comme Celui à qui l'on offre son âme nue à l'heure du jugement dernier. Il la vit si résignée à ce qui devait être, si démunie, si défaite et pourtant si prodigieusement confiante qu'il se sentit sur l'instant pétrifié à l'idée de l'abandonner à ce bon bougre impitoyable. Il jeta au feu son bâton et le cœur noué, les tempes bourdonnantes il répondit d'un ton rechigné qu'il n'avait pas été volé et qu'à tort ou à raison il avait offert sa bourse à la greluche pour prix de cette maison ruinée qu'elle lui avait voulu vendre. Béranger resta un moment stupéfait, regarda l'un et l'autre, et désignant d'un coup de poing dans l'air la fille qui s'était agenouillée et semblait maintenant prier, courbée sur ses mains nouées contre sa bouche :

— Savez-vous bien qui elle est ? dit-il.

Simon haussa les épaules. L'homme, bégayant encore des paroles empestées de haine, botta si rudement la couche que Fabrissa s'en fut rouler au bord du feu. Il se pencha sur elle et gronda :

— Puisque ta maison est vendue, va-t'en de ce village, je ne veux plus t'y voir. Tu as payé, ton frère sera proprement enterré. Chance pour toi d'avoir rencontré un fou qui ne craint pas de vivre où tu as vécu. Il apprendra bientôt ce que tu vaux, et devant Dieu il regrettera de t'avoir sauvée de la corde. Bien le bonsoir.

Il fut à la porte en deux grands pas et disparut dans la nuit.

Alors Simon se débonda. Emporté par la rage un moment contenue il vint à Fabrissa, l'empoigna aux cheveux, la força à se dresser debout, et lui criant au nez d'infernales insultes il la gifla et la jeta au sol et la battit encore à coups de bâton sec. Elle ne chercha pas à le fuir. Elle se traîna dans un recoin de mur et se tint là pelotonnée, le front dans les genoux et les mains sur le crâne, sans se défendre ni gémir. La voyant ainsi il se trouva honteux, lui jeta sa trique noueuse, s'en revint s'asseoir sur la paillasse et contemplant le feu se reprit à ruminer contre la mauvaise chance qui l'avait conduit dans ce village.

Après un long moment de silence buté il sentit tout à coup la fille à son côté. Il se tourna vers elle. Il ne l'avait pas entendue s'approcher. Elle lui prit vivement la main et la baisa. Il la repoussa. Elle s'écarta de lui, craintive, et dit en regardant elle aussi les flammes, le souffle haletant à chercher les mots simples qu'il lui fallait, et qui n'étaient jamais sortis de sa bouche :

— Je t'ai volé, tu m'as sauvée. Je ne savais pas que pareille bonté pouvait être au monde, je ne savais pas. J'ai peur, j'ai mal aussi, je ne sais pas pourquoi. J'aimerais vivre pour te servir, j'aimerais mourir pour toi, Seigneur Dieu, j'aimerais.

— Paroles de folle, ricana Simon. Je ne veux ni de ta vie ni de ta mort. Que pourrais-je en faire, dans l'état où tu m'as mis ?

Ils restèrent encore l'un renfrogné et l'autre fascinée de rêves, le temps que le feu s'épuise en braises, puis elle vint d'un bond s'accroupir à ses pieds et soudain ragaillardie, volubile :

— Veux-tu que j'aille reprendre ta bourse chez Béranger ? Ses trésors sont maigres, je sais où il les range. Au temps où ma mère vivait, elle servait au château. J'y passais avec elle mes jours. J'en connais toutes les salles, tous les couloirs, tous les coffres et les bahuts. Quand j'y suis montée tantôt ses quatre fils buvaient, ils étaient presque ivres. Ils doivent maintenant dormir comme des trépassés. Leur père dès son retour les a sans doute rejoints dans leur saoulerie, je le connais assez pour être sûre de cela. Dans une heure, il ne saura plus distinguer un son de cloche d'un bruit de mouche.

Elle se dressa. Simon aussi, effrayé de la voir si farouche et résolue. Comme elle s'apprêtait à courir vers la porte, il la retint.

— S'il te prend il te tuera, dit-il. Et si tu sors vivante de ce repaire d'ivrognes n'espère pas me suivre Ma route va vers une femme. Je ne veux être distrait d'elle par aucune compagnie.

Elle lui répondit :

— J'irai où tu voudras que j'aille. Si tu m'abandonnes sans rien me dire je m'enfuirai vers nulle part, et tant que j'aurai la force de marcher vers nulle part à chaque pas je te bénirai. Ne crains rien de moi.

A contrecœur il la regarda partir, se reprit, lui courut après jusqu'au seuil, resta là planté, gronda contre lui-même. Il lui vint à l'esprit qu'il ne pouvait laisser aller seule cette fille imprévisible. Il lui cria de l'attendre, ce qu'elle fit au milieu du champ. Il la rejoignit et dit, désignant à la cime de la colline la bâtisse noire contre les étoiles :

— Béranger empêchera à nouveau que l'on enterre ton frère s'il s'aperçoit que tu as repris ta dette. Rentrons. Tes manigances me déplaisent.

Elle hésita, parut se résigner à rebrousser chemin avec lui, puis soudain se signa et s'en alla courant à l'assaut du château. Il la poursuivit, s'enrouant à la rappeler, à la menacer de partir aux mille diables sans espoir d'être jamais revu d'elle. Elle n'en ralentit pas son escalade, coupant par des traverses ravinées tandis qu'il s'échinait, trébuchant aux rocailles, à suivre le sentier. Quand il parvint, l'haleine rauque, à la muraille, il s'y trouva seul. Fabrissa avait disparu. Le portail était fermé. Il suivit le rempart, cherchant une entrée de poterne qu'il trouva bientôt, à demi dissimulée par des buissons grimpants. Il franchit le seuil et se trouva dans une vaste cour où étaient un puits et des cerisiers immobiles. Le long du mur du donjon il vit une ombre cheminer prudemment et s'enfoncer dans un escalier de cave. Il s'en approcha, descendit à pas hésitants quelques marches ténébreuses, parvint devant une porte entrebâillée et n'osa pas aller plus loin.

Il se tint un long moment à l'affût du moindre grincement dans l'ombre opaque. Comme il s'impatientait et se décidait à s'y aventurer, un brusque remue-ménage d'éclats de voix, de bruits de pas précipités et d'aboiements de molosses à l'étage de la demeure lui fit bondir le cœur et le poussa à remonter en grande hâte à l'air lunaire de la cour. Il courut à la poterne et là attendit, prêt à la fuite si venaient des hommes. Il vit Fabrissa surgir de l'escalier. Elle fut aussitôt sur lui, haleta à sa figure des mots qu'il ne comprit pas, l'empoigna par la manche et l'entraîna à travers une lande pentue semée de rochers semblables à d'effrayants veilleurs vers l'abri d'une ligne d'arbres qu'ils atteignirent à l'instant où des torches apparaissaient au portail du château. Ils s'enfoncèrent dans le sous-bois, aveuglés par les branches basses et trébuchant à mille traîtrises broussailleuses. Ils cheminèrent ainsi longtemps à marche forcée sans que Fabrissa ne lâche un instant la main de son compagnon qu'elle tenait étroitement serrée. Parvenus dans une clairière où était une ruine de cabane, ils tombèrent ensemble à genoux dans l'herbe humide. Quand ils eurent repris leur souffle, Simon demanda à la fille ce qui était arrivé. Elle lui répondit qu'à l'instant d'entrer dans la salle haute elle avait trouvé le fils aîné de Béranger occupé à pisser sur les braises de la cheminée. Il était fin saoul mais l'avait reconnue. Elle avait voulu fuir. Il s'était jeté à sa poursuite dans l'escalier en criant à la rescousse. Par chance il avait bientôt perdu pied et s'était affaissé contre une meurtrière.

Ils allèrent jusqu'à l'abri de la cabane. Ils étaient tout mouillés de rosée nocturne, grelottants, pâles et de partout griffés et déchirés. Simon se recroquevilla dans un coin contre les pierres, sous un reste de charpente. Fabrissa s'en fut rassembler une brassée de chaumes tombés du toit crevé et les vint déposer autour du corps de son compagnon, afin qu'il s'en enveloppe. Elle lui parut si indifférente à sa propre fatigue, si sauvage et pourtant si soucieuse de le bien servir, si craintive aussi à ses moindres gestes qu'il s'en trouva ému et irrité de l'être. Personne depuis son enfance n'avait ainsi pris soin de lui. Il tira sur sa jupe pour la forcer à se coucher. Empressée de lui obéir elle s'allongea sur le sol froid, poussa sur lui toute la paille et resta les yeux ouverts dans la pénombre à scruter anxieusement sa figure. Il ramena sur elle les feuilles sèches à grands gestes impatients et se serra contre son flanc. Puis contemplant le ciel entre les brèches du toit il se mit à écouter les mille bruits de la forêt, des grincements d'insectes proches à la houle lente des feuillages familiers des étoiles. Il se sentit dans ce refuge infiniment démuni et minuscule, mais avec la chaleur qui lui revenait l'envahit bientôt une confiance animale dans l'obscur bercement du monde. Il poussa un long soupir, guetta le visage de Fabrissa immobile contre son épaule. Elle regardait aussi la vaste nuit mais il lui apparut à l'évidence qu'elle n'était préoccupée que de sa présence auprès de son corps. Elle l'écoutait respirer, attentive à ses moindres frémissements, aux moindres sursauts de ses muscles, au moindre espace entre eux où le froid pourrait s'insinuer. Surtout elle veillait à ne bouger qu'imperceptiblement, de peur de troubler son repos. Voyant ses yeux fixes, son front lisse et luisant sous le rayon de lune qui baignait leur litière il se demanda quelle pensée, quelle souffrance, quel espoir ou peut-être quelle prière travaillait son esprit. Il ne sut le deviner. Soudain hargneux, il murmura :

— Pourquoi es-tu maudite ?

Après un long moment de silence elle répondit sourdement :

— Je veux te le dire,

mais ne se décida point à poursuivre. A nouveau il l'examina, vit que ses sourcils s'étaient froncés, que sa bouche s'était ouverte pour de brèves inspirations de paroles qui lui restaient en gorge et que ses yeux semblaient chercher dans l'obscurité une porte par où sortir d'un tourment inexprimable. Comme elle ne se résignait pas à la confession demandée il se tourna contre le mur et fit mine de se désintéresser d'elle. Alors brusquement délivrée, elle parla.

Mon maître hésita longtemps à me conter ce qu'elle lui avait dit cette nuit-là. Il le fit après que son épouse l'eut encouragé à se confier à moi sans détours. Je l'interrompis plusieurs fois pour m'émouvoir de ce que j'entendais, mais je sortis paisible de ce récit, assuré qu'il n'y a pas d'horreur au regard de Dieu qui ne puisse être changée en vaillance et en pure bonté.

Sachez donc qu'au temps où Fabrissa avait environ dix ans d'âge, elle avait un jour été convoquée avec son père, sa mère et sa sœur aînée par l'inquisiteur de Carcassonne pour témoigner contre un bûcheron du pays accusé d'hérésie. Elle ne savait rien de cet homme, sauf qu'il était un ami de la maisonnée et que sa sœur, selon ce qui lui paraissait, en était secrètement éprise. Elle s'était plu à le dire au moine qui la questionnait, espérant ainsi se délecter un moment à épouvanter ses parents qu'elle détestait parce qu'ils préféraient à ses turbulentes manières la dignité ostensible de son aînée, qui affectait une urbanité de bourgeoise. La voyant d'humeur bavarde, l'inquisiteur l'avait alors conduite dans une chambre attenante à la salle du tribunal et l'avait interrogée seule avec tant de prévenances, de flatteries et de promesses célestes qu'elle s'était trouvée bientôt prête aux pires confidences pour le satisfaire. Il avait voulu savoir si l'on avait reçu chez elle en sa présence de ces prêcheurs qu'on appelait « bons hommes ». Elle lui avait répondu que oui, et comme l'autre paraissait heureux de la nouvelle elle avait ajouté, pour agrémenter sa révélation d'ornements et peaufiner sa vengeance force détails ambigus. Or son père ni sa mère n'étaient aucunement hérétiques, ne l'avaient jamais été, et n'avaient de leur vie reçu à coucher qu'un mercier colporteur et un parent lointain. Ils avaient pourtant été enfermés avec sa sœur en prison noire, malgré leurs protestations d'innocence et ses propres dénégations, quand elle en était venue enfin à s'effrayer du malheur qui par sa faute emportait les siens. Ils n'en avaient pas réchappé. Peu de temps après, alors même que leur procès n'était point encore instruit, tous les trois étaient morts de coliques irrémédiables dans le bas-fond pourri où ils avaient été jetés.

Elle s'en était revenue seule à Serres avec une déclaration du frère inquisiteur Jean Galland inscrite sur parchemin, que le recteur avait lue solennellement en chaire le dimanche de son retour. Tout le village assemblé avait entendu que Fabrissa était désormais sous la bienveillante protection de l'Église et que nul ne devait lui chercher noise sous peine d'être considéré comme parfumé d'hérésie et rebelle à l'ordre saint de l'Inquisition. Elle n'avait donc point été persécutée, mais de ce jour on s'était éloigné d'elle comme d'une lépreuse, et on l'avait regardée avec horreur. Ses parents avaient toujours été fort estimés dans le pays, surtout de Béranger qui considérait son père comme le plus avisé de ses compagnons de chasse, et sa mère comme une servante de haute confiance, au temps où elle tenait le ménage dans son château. Il avait donc fait en sorte que la maudite manque de tout, tant de manger que de vêture, et elle serait sans doute morte quelque hiver un peu rude si son frère Roger n'était revenu du port de Collioure où il avait un temps vécu la vie des pêcheurs au large.

Quand ce coureur de vents avait appris ce qui était

arrivé en son absence, il avait failli tuer sa sœur à force de la battre. A l'instant où elle s'était sentie perdue elle s'était offerte à ses coups, agenouillée devant lui. Il s'était alors détourné d'elle et s'en était allé ravaler sa peine en marchant tout le jour par la lande. Il l'avait nourrie et protégée sept ans durant, sans jamais la regarder ni lui dire un seul mot, louant ses bras aux fermiers alentour qui tous le méprisaient de n'avoir pas laissé mourir celle qui par mensonge avait poussé ses père et mère au trépas des réprouvés. Elle avait appris au cours de ces ans à vivre en sauvageonne, chassant les lièvres à la course et les oiseaux à l'affût, sans plus de souci pour son âme gelée qu'elle n'en avait pour la froideur du monde. Peu de temps avant qu'il ne tombe malade Roger avait décidé de relever leur maison qui menaçait ruine, et pour cela s'en était allé demander à Béranger de lui prêter de l'argent. L'autre lui avait offert ce qu'il demandait à condition qu'il ordonne à sa sœur de quitter le pays. Sans doute l'avait-il promis, et s'il n'avait point tenu parole peut-être était-ce simplement que le temps lui avait manqué. La fièvre l'avait pris le lendemain de Pâques. Il s'était fait de jour en jour plus maigre. Elle l'avait soigné aussi bien qu'elle avait pu, volant pour lui du lait aux chèvres dans les champs, du miel aux ruches, mais elle n'était point parvenue à lui rendre ses forces. Un soir, il avait été pris de douleurs de ventre insupportables. A ses yeux égarés et charbonneux elle avait vu qu'il allait mourir. La nuit durant elle avait prié, offrant follement à Dieu sa propre vie en échange de celle de son frère. Mais Dieu n'avait point voulu de ce marché, sans doute, dit-elle avant de se taire, parce que son âme ne valait rien.

Tandis qu'elle parlait, Simon n'avait cessé de s'emplir les yeux d'étoiles, peut-être pour chercher dans l'indifférence du ciel une porte par où fuir les spectres dont la pauvre fille remâchait les brumes accablantes. Quand elle se tut il n'osa pas la regarder. Il voulut lui dire qu'elle ne lui faisait pas horreur mais il n'éprouvait pour elle, sans qu'il sache pourquoi, aucune compassion. Sa bouche resta close. Il ne sentait plus la chaleur de son corps à son côté, elle ne bougeait pas plus qu'une morte. L'envie lui vint de se lever, de la laisser là, de partir librement. Elle dit soudain, à voix sourde et sèche :

— Toi qui m'as donné de la bonté, si tu sais que ma délivrance est dans la mort, tue-moi.

Il sentit brusquement affluer dans son crâne, avec le sang battant, la révolte et l'effroi. Il chercha sa main sous la paille, par souci d'elle ou de lui seul, il ne sut. Elle la retira vivement, à peine effleurée, comme si le feu l'avait touchée. « Elle déteste la pitié, pensa-t-il, elle a raison, je ne peux rien pour elle, son fardeau est trop lourd, le mien aussi. » Il lui dit qu'il avait soif. Elle lui répondit qu'elle connaissait une source au-delà de la clairière.

Des aboiements lointains les firent se dresser d'un même bond. Ils furent aussitôt dehors. Ils coururent à l'abri du sous-bois, firent halte derrière un tronc de chêne, écoutèrent. Ne leur parvinrent que des hululements rassurants d'oiseaux nocturnes, des bruissements de brise dans les cimes, des froissements nerveux dans les fourrés. Alors Fabrissa s'en alla devant, battant de droite et de gauche les branches. Il la vit s'accroupir et se couler entre deux buissons, où elle disparut. Il s'empêtra dans des enchevêtrements à tenter de la suivre, l'appela.

Elle apparut tout à coup devant lui, comme surgie de terre, la chevelure piquée de feuilles, les épaules vêtues de longues herbes, les mains jointes offertes en vasque d'où ruisselait un filet d'eau. Il les prit dans les siennes, s'abreuva goulûment, puis attira les paumes mouillées de sa compagne, et la figure enfouie en elles se rafraîchit longuement le front, les joues, les paupières. Quand il en sortit, il ne vit que les yeux de la fille environnés de pâleur et de ce feuillage humide qui l'ornait et la souillait. Dans son regard brillait cette sorte d'émerveillement fragile que l'on imagine aux fées, son corps haillonneux était celui d'une sorcière, ses mains tremblantes et toujours tendues celles d'une enfant mendiante.

— Partons d'ici, dit-il.

Comme la nuit grisaillait ils sortirent de l'épaisseur du bois et se trouvèrent sur une friche désolée qui descendait en pente raide vers un torrent peuplé de rocs. Fabrissa entraîna Simon en course débridée jusqu à la berge. Ils s'arrêtèrent là, essoufflés. Elle lui dit en désignant l'autre versant de la vallée que là-bas était la forêt d'Arques et qu'ils y seraient en sécurité, car elle était très vaste et ne se trouvait point sur les terres de Béranger. Il lui répondit avec une satisfaction provocante que leurs chemins ne tarderaient donc pas à se séparer, car il avait à se rendre à Peyrepertuse, où l'attendait sa future épouse.

— Brune est son nom, dit-il en bondissant sur un rocher au milieu de l'eau.

A l'instant où elle le rejoignait il sauta sur un autre environné de bouillonnements d'écume. Elle lui cria dans le fracas du torrent :

— Est-elle belle ?

— Belle et noble. Si tu pouvais entrer derrière mon front elle t'apparaîtrait et tu tomberais à genoux devant elle, la bouche ouverte, sans pouvoir dire un mot.

Elle s'échevela rageusement à refuser de l'entendre, lui tendit la main par-dessus le courant, s'époumonant encore :

— Prends-moi pour servante, permets que je te suive, je veillerai sur ton feu dans la forêt, je chasserai pour toi, le chemin est long jusqu'à Peyrepertuse, je te conduirai, tu n'auras pas à te plaindre de moi, je te mènerai jusqu'à elle.

Il lui tourna le dos, ouvrit les bras pour s'élancer vers l'autre rive. Il la sentit qui s'agrippait à ses épaules sur le même caillou. Il faillit perdre l'équilibre. Elle l'entraîna. Ils tombèrent ensemble dans l'herbe grasse. Il se dressa d'un bond. Elle resta à ses pieds, murmura :

— Dieu veuille que tu ne me laisses pas en chemin après m'avoir sauvée.

Elle leva le front.

— Pardonne-moi, lui dit-il, j'ai trop de soucis, je ne peux m'encombrer de toi.

Il s'en alla d'un bon pas. Elle bondit debout et de loin le suivit.

7

Il s'enfonça dans la forêt d'Arques par un sentier tracé au travers de foisonnements débordants et bientôt ombragé d'une voûte si épaissement feuillue que le soleil ne lui vint plus qu'à brefs et rares traits de lances, au gré des souffles de la brise et des envolées dans la haute verdure. Longtemps à marche malaisée il avança le long de ce tunnel transparent, luttant des genoux et des bras dans les froissements buissonniers, de plus en plus irrité de ne point déboucher sur la route forestière qu'il espérait rejoindre autant que de se sentir obstinément suivi, à distance craintive, par Fabrissa. Vers le milieu de la matinée son chemin n'était plus qu'une vague piste de sangliers à peine distincte d'autres trouées de bêtes qui de temps en temps le tentaient et l'égaraient bientôt au secret des fourrés. Il s'acharna pourtant, butant contre des enchevêtrements inextricables, brisant des broussailles, déchirant des voiles d'araignées tendus depuis des siècles entre lumière et silence, jusqu'à se voir forcé de s'avouer perdu. Il fit halte sur une aire rocheuse où ruisselait une eau ténue parmi la mousse. Autour de lui n'étaient que pénombre d'arbres paisibles, insectes voletant dans des éclats de jour. Il aperçut

Fabrissa, plus proche de lui qu'il ne l'avait cru, à demi cachée derrière une touffe de noisetiers. Elle le guettait sans oser s'approcher, comme une fautive espérant le pardon. Il lui demanda hargneusement si elle savait où ils étaient.

Elle fut à son côté en quelques enjambées agiles, examina en tous sens le sous-bois avec une extrême application, le regard et les joues ravivés par le contentement d'avoir été appelée à l'aide. Elle désigna au loin un roc assailli de ronciers. Au-delà, les feuillages paraissaient s'enfoncer dans un creux de vallée. Elle lui dit qu'ils trouveraient peut-être au fond de la ravine un ruisseau aisé à suivre. Elle lui saisit la manche et voulut l'entraîner, toute à sa hâte de le sortir de l'embarras où il était. Il se défit d'elle d'un geste outragé, la poussa devant. Alors elle s'empressa de lui ouvrir le chemin, veillant à prévenir ses trébuchements et à retenir les branches flexibles afin qu'il n'en soit pas fouetté.

Ils descendirent parmi les caillasses branlantes jusqu'au bord d'un torrent presque sec où Simon décida de prendre quelque repos. Il s'assit dans l'herbe odorante. Il était épuisé de fatigue et de faim. Fabrissa le comprit au coup d'œil alarmé qu'il lui jeta. Elle s'éloigna aussitôt sous le couvert des arbres. Il s'en fut boire au ruisseau qui s'épandait entre les pierres, chercha le reflet de son visage dans une flaque vive, le découvrit brisé en mille éclats. Il s'aspergea abondamment la face, se redressa de son haut et chercha du regard sa compagne. Il l'aperçut dans la feuillée. Elle était occupée à glaner comme une femme au jardin. A peine découverte, elle se releva. Un rayon de soleil illumina sa chevelure, ses épaules, son visage surpris. Un bref instant il parut à Simon qu'elle lui souriait. Elle courut à lui avec une brassée de fraises sauvages, de mûres, de noisettes et de pommottes qu'elle déposa à ses pieds. Ils mangèrent sans mot dire, assis face à face. Le soleil était haut dans le ciel quand ils se résignèrent à remonter le cours du torrent.

Ils cheminèrent tout le jour, à peine distraits de loin en loin par des cris aériens et de lourds battements d'ailes dans le silence oppressant qui les environnait. Le cours de l'eau se fit peu à peu plus abondant et vivace. Vers la fin de l'après-midi, ils entendirent une rumeur de cascade. Comme ils grimpaient à elle parmi des rocs moussus ils aperçurent une fumée au travers des feuillages. La brise rabattit sur eux une bonne odeur de maison vivante. Par un sentier humide, à peine apparent, pressant soudain le pas ils s'en furent vers elle, et dans une éclaircie du bois découvrirent une chaumière.

Elle était basse et bâtie de pierres. Devant elle dans l'herbe ensoleillée une couverture de laine bleue était étendue près d'une bassine de grès. La porte et la lucarne étaient ouvertes. Simon s'en approcha. Apparut alors, sur le seuil, une vieille femme. Il la salua. Elle ne lui répondit pas. Il la sentit extrêmement méfiante, bien qu'elle se tînt impassible et droite. Il lui dit aimablement qu'il était un voyageur, et qu'il était perdu. Elle vit Fabrissa qui cheminait derrière sortir de l'ombre des arbres. Elle en parut quelque peu rassurée. Elle répondit :

— Dieu vous bénisse,

mais resta circonspecte à lancer des regards inquiets au loin, derrière leurs épaules. Ne découvrant rien qui la menace elle eut un sourire apaisé, entra dans la maison et ressortit presque aussitôt avec une cruche d'eau et une boule de pain sur laquelle elle traça un signe à peine perceptible et murmura une prière hâtive avant de la tendre à Simon. Tandis qu'il la partageait avec sa compagne, la vieille femme lui dit que s'il se rendait au village d'Arques il ne pourrait y être avant la nuit. Elle se tut, amusée de voir avec quelle fougue dévorante les deux égarés mordaient dans la provende, puis elle leur conseilla d'accepter son hospitalité jusqu'au prochain matin. Elle le fit avec une simplicité si franche, une autorité si légère et sereine que Simon, l'observant derechef sans cesser de s'empiffrer, s'étonna. Cette aïeule chenue, menue, haillonneuse mais fort digne malgré l'âge n'était ni paysanne, ni mère de bûcheron, ni veuve de charbonnier, ni personne qui soit du peuple. Sa figure était trop finement ridée sous l'ébouriffement neigeux de sa chevelure, son regard bleu trop limpide et subtil, sa parole trop déliée. Après qu'ils eurent bu jusqu'au fond de la cruche, elle leur demanda s'ils avaient encore soif. Comme ils essuyaient gauchement, sans oser répondre, l'eau ruisselante sur leur menton, elle s'en alla trottant vers la cascade. Alors Fabrissa se pencha à l'oreille de Simon et murmura :

— C'est dame Jordane.

Il lui demanda, l'œil allumé, si elle était sûre. Elle hocha vivement la tête. Ils attendirent, attentifs à l'alentour, sans bouger ni parler. La vieille femme s'en revint avec la cruche pleine, parut surprise de les trouver muets et timides où elle les avait laissés. Elle leur dit, rieuse :

— A ce qu'il me semble, vous avez besoin d'une pleine nuit de sommeil près d'un bon feu. Ma maison est étroite et fort pauvre, mais elle est accueillante aux perdus.

Elle franchit le seuil. Ils l'entendirent remuer du bois sec. Un rossignol crépusculaire se mit à chanter dans le feuillage d'une branche penchée sur le toit de chaume. Une brise fraîche se leva, les arbres frissonnèrent. Vint à l'âme des créatures, sous le ciel pâli, l'infinie mélancolie des fins de jour.

— Partons, dit soudain Fabrissa.

La vieille femme à nouveau apparut sur le pas de la porte. Elle ne s'était point départie de sa droiture mais dans son regard était maintenant cette sorte de tristesse tranquille où s'enferment parfois les êtres abandonnés aux volontés de Dieu. Elle dit :

— Vous savez qui je suis, n'est-ce pas ?

Puis, à nouveau bravement enjouée :

— Entrez tout de même, enfants. Il y a des loups dans les parages. Coucher dehors ne serait pas prudent.

La maison était presque aussi réduite qu'une cabane de jardin. Contre un mur brûlait le feu. Il était maigre mais assez vif pour tout illuminer jusqu'aux quatre recoins, la litière et le tabouret, le fagot de branches et la profusion d'herbes sèches pendues à la pente du toit, le livre, l'écuelle et la lampe posée sur le rebord de la lucarne. Les deux égarés s'assirent près du foyer avec la vieille femme enveloppée dans sa couverture bleue qu'elle avait ramenée du pré. Elle contempla un moment Simon, cherchant à deviner quelles pensées se tramaient derrière ses yeux fixes. Il se détourna.

— Beaucoup de gens vous croient morte, dit-il.

L'aïeule eut un petit rire. Elle répondit, indulgente et moqueuse :

— Il en est aussi qui me disent immortelle et capable de miracles. Rares sont ceux qui me savent ici vivante.

Ceux-là viennent parfois chercher de mes herbes pour leurs malades. Ils me donnent de quoi survivre. Dieu les garde, ce sont de bonnes gens.

Simon l'entendit à peine parler. Dès qu'il avait su qui elle était, il s'était senti poigné par un méchant enthousiasme, et maintenant, tandis qu'il lui souriait, l'œil aigu et l'esprit bourdonnant, il se prenait à se demander si près d'Arques était une abbaye où conduire cette femme prisonnière.

Car Jordane de Chateauverdun était tant recherchée, et depuis si longtemps, qu'elle devait valoir au bas mot la moitié de son poids d'argent. Elle comptait parmi les plus fameux rebelles du pays. Chacun savait d'elle, en terre d'Aude et d'Ariège, qu'elle était entrée en hérésie au lendemain de son veuvage, comme d'autres se vouent à la paix des monastères. Cette dame assez noble et désirable pour avoir inspiré dans sa jeunesse fortunée quelques poètes de convenable renom s'était alors abandonnée à la religion fautive avec une ardeur si intrépide et persuasive qu'en autant de jours qu'il fallut à Dieu pour créer le monde elle avait converti à la foi des « bons hommes » sa vaste maisonnée, famille, serviteurs, villageois et bergers, jusqu'à son confesseur, un moine franciscain que l'on avait brûlé à Pamiers, il y avait de cela une huitaine d'ans. Face à la croix tendue à sa figure parmi les flammes du bûcher cet homme avait osé crier son adoration à celle qui l'avait conduit à sa perte. Elle était ainsi devenue pour certaines gens du peuple objet d'admiration, et de haine irréductible pour les polices et les juges inquisiteurs. On l'avait durement pourchassée, mais d'obscurs et fidèles dévouements, autant que son habileté à passer parfois pour mendiante, parfois pour fille de bordel, avaient fait d'elle une proie insaisissable. Quand son frère Pons, prêcheur comme elle et fort réputé pour sa beauté, avait été arrêté au sortir d'un couvent où des nonnes l'avaient longtemps caché par dévotion pour son avenante figure, certains avaient prétendu dame Jordane enfuie pour toujours en Lombardie. D'autres avaient affirmé qu'elle s'était privée de nourriture jusqu'à mourir au plus épais de la forêt d'Ariège, entourée de bêtes compatissantes. En vérité, personne ne l'avait plus vue nulle part.

Simon lui demanda s'ils étaient loin du village. Elle lui répondit qu'ils le trouveraient à cinq heures de marche au-delà de la colline sans chemins d'où jaillissait la cascade.

— Au pied de la prochaine pente vous apercevrez au loin, vers le sud, la cime du donjon d'Arques. Je vous y accompagnerais volontiers mais je n'ai pas confiance en vous, dit-elle avec un pauvre sourire.

Comme il demeurait songeur elle l'observa un moment, puis à Fabrissa elle demanda :

— Avez-vous vraiment l'intention de me trahir, enfants ?

La fille leva la tête, lui jeta un coup d'œil étonné, revint à ses mains qui trituraient une brindille.

— J'aurais pu le faire voilà trois années, répondit-elle. J'ai entendu un jour dans la forêt de Serres un berger parler de vous avec Bertrand, le fils cadet de Béranger. A ce que j'ai compris, il s'en venait d'ici et vous connaissait bien. Ils ne m'ont pas vue. J'étais cachée dans un fourré où j'attendais un lièvre.

— Et vous, garçon ? dit doucement Jordane.

Simon, l'air sombre, resta à contempler le feu qui

crépitait et frôlait haut le mur. Elle soupira, dit encore :

— Vous ne pouvez m'emmener d'ici sans vous exposer à de grands dangers, sachez-le.

— Sottises, répondit Simon.

Puis il plissa les yeux, et souriant malignement :

— Je vous fais peur ?

— Assurément, lui répondit la vieille femme, car vous me semblez réellement égaré, et pas seulement en forêt d'Arques.

Il ricana, piqué au vif :

— A quoi reconnaît-on un égaré, dame Jordane ? A ce qu'il ne suit pas le chemin que les peureux aimeraient lui voir suivre ?

— Non, fils. A ce qu'il en vient à maudire sa propre vie, sur le chemin où il est.

Il soutint son regard et resta silencieux. L'envahit une vague de détestation soudaine contre cette vieille hérétique qui prétendait impudemment lui sonder le cœur. Jordane perçut cela mais n'en montra rien. Elle s'en fut apprêter la couche de fougères et de feuilles sèches.

— Il vous faut dormir, dit-elle. Ne vous souciez pas du feu, je veillerai. Demain sera ce que Dieu voudra.

Fabrissa offrit à Simon toute la litière mais il n'en voulut pas. Il s'allongea et se tourna aussitôt contre le mur. Elle resta un moment pensive près de lui, puis se coucha contre son dos. Jordane sortit sur le seuil. Le rossignol sur le toit se remit à chanter.

Alors la fille dans la pénombre chaude à voix basse parla. Elle dit au fils de Mathilde qu'elle ignorait pourquoi il voulait livrer cette femme aux gens de l'Inquisition, mais que si c'était là ce qu'il devait accomplir et s'il s'en trouvait tourmenté, de grand cœur elle le ferait pour lui. Elle lui demanda comme une grâce de la charger de cette basse corvée qui ne l'effrayait en rien, car depuis longtemps elle s'estimait perdue et ne se souciait plus d'être jugée mauvaise. Qu'il lui laisse donc mener à bien ce travail de damné, puisque damnée elle était, mais qu'au moins il se garde de tout mal, qu'au moins il ne soit pas abîmé ni sali, lui qui avait été le seul vivant au monde à lui témoigner de la bonté.

Simon s'offusqua de l'offre extravagante qu'elle lui faisait. Il lui répondit qu'il n'était pas homme à imposer à qui que ce soit, et surtout pas à cette fille pour qui il n'éprouvait aucune amitié, le maudit ouvrage qui lui revenait. Puis après qu'il se fut vertement indigné de ses prétentions à encombrer sa vie, il lui dit pourquoi il s'estimait forcé de vendre Jordane, bien qu'il en ait une répugnance infinie. De mauvais gré il lui conta des bribes de ses malheurs et de ses tribulations. Puis il lui dit son amour pour Brune jusqu'à laisser sourdre de son cœur, dans cette nuit peuplée de murmures véhéments et de chants d'oiseaux, un cantique fiévreux et naïf où sa fiancée d'enfance apparaissait insurpassablement désirable et peut-être inaccessible, s'il ne parvenait pas à racheter ses terres et à poursuivre jusqu'à leur terme ses études de docteur en droit. Fabrissa se sentit alors envahie par un froid inconnu autant qu'insupportable et voulut savoir s'il était sûr d'être aimé de cette femme trop magnifique pour qu'elle puisse l'imaginer vivant parmi les gens de ce bas monde. Sa question le scandalisa. Avec force il lui affirma que privée de son secours et de sa présence, Brune à l'évidence souffrirait jusqu'à périr de langueur, et que lui-même s'il devait renoncer à la rejoindre ne tarderait pas à se perdre dans les jardins du diable.

Ces paroles accablèrent sa compagne. Elle voulut s'en retourner au désert d'âme où elle avait si longtemps vécu, mais elle ne put. Mille tourments vivants maintenant l'habitaient, mille désirs teigneux et doux, humbles et pourtant exigeants Elle en vint bientôt à se vouer au pur sacrifice de servir Simon et son amie, pour l'amour de lui qu'elle n'osait se dire, car bien qu'elle se sentît indigne d'ouvrir son cœur à ce sentiment noble dont elle le voyait empli, elle ne pouvait s'empêcher d'espérer qu'il se trouve avoir besoin d'elle, et qu'elle puisse lui être utile, elle que l'on avait toujours estimée de trop sur cette terre. Elle posa timidement la main sur son épaule pour le forcer à lui faire face et le réchauffer dans ses bras. Elle n'osa pas le supplier encore de lui laisser perdre Jordane. Il la repoussa rageusement et lui ordonna de dormir.

Jusqu'à l'heure d'avant l'aube il balança de décision méchante en horreur de sa vie. Lorsqu'il entendit Jordane ranimer le feu mourant il voulut se lever. Il sentit son corps comme roué de coups. Il se dressa sur le coude. Fabrissa se trouva d'un bond assise contre lui. Pas plus que lui elle n'avait dormi. La vieille femme agenouillée devant le foyer souffla sur les braises, tourna vers eux sa figure ombreuse auréolée de lueurs fauves et leur dit à voix paisible qu'ils pouvaient encore sommeiller.

Simon, la regardant redresser son corps fluet et sortir dans la nuit, l'imagina soudain brûlant en place publique, environnée de flammes effrénées, de croix brandies, de haine jubilante, de psalmodies pompeuses, Il se rencogna contre le mur, se dit qu'il ne pourrait jamais arracher cette vieille à sa tranquille sainteté forestière, mais que s'il ne le faisait pas assurément il mourrait bientôt, car Brune lui serait à jamais interdite et il n'aurait pas longtemps la force de marcher absurdement sur les chemins sans but qui seuls s'ouvriraient désormais à ses pas. Alors la rage déborda de son cœur. A l'ombre devant lui où n'était rien qu'indifférence brute il dit qu'il avait jusqu'à ce jour suffisamment erré dans ce labyrinthe sinistre où il avait été jeté. Il exigea de l'obscurité immobile que lui soit révélé pourquoi ces épreuves sordides lui étaient imposées. Mais avant que soit venue la moindre réponse, s'il en était une en quelque lieu de son esprit, affluèrent en lui mille autres questions. Pourquoi avait-il été rejeté du troupeau de ceux qui allaient sans encombre leur route ? Pourquoi, grand Dieu, souffrait-il ? Pour la conquête de quel royaume, le service de quelle cause, l'expiation de quel crime ? Pourquoi se voyait-il privé de tout signe et de toute espérance dans l'extrême danger de perdition où il était ? Et s'apitoyant enfin sur lui-même, au bord des larmes : « Pourquoi, se dit-il, pourquoi notre Père Créateur est-il d'une cruauté si opiniâtre envers moi qui ai tant imploré Sa pitié ? N'est-il décidément nulle part de secours ? »

Dehors, une bouffée de vent secoua les feuillages. A son côté Fabrissa remua. Peut-être dressa-t-elle la tête pour écouter la nuit avec l'attention pétrifiée des bêtes sauvages quand rôde alentour la mort charnue, sagace et puissamment armée. Il se pelotonna plus encore contre la muraille, le front dans les mains, obstinément à l'affût d'une lueur dans ses ténèbres, mais tout demeura obscur, tempétueux. Parmi les rumeurs qui lui venaient du monde il se trouva bientôt assailli comme en un mauvais rêve par la figure sèche de Mathilde, celles d'Alesta Peyre et de Gaillarde, celles de vieilles mères terrifiantes à force de désintérêt pour sa présence affamée de bercements. Pris de révolte ravageuse il maudit ces femmes impassibles, les accabla d'imprécations, les jeta hors de lui. Il fut soudain debout, dispersant à coups de pied sa litière, sans qu'il ait eu conscience de se dresser. En trois enjambées il sortit devant la porte. L'air frais chassa de son esprit les brumes mais affermit son cœur dans la résolution qu'il s'étonna d'avoir prise sans en avoir clairement débattu. Jordane était assise contre un arbre. Il vit sa figure maigre sortir de la couverture où elle était de pied en cap enveloppée. Sans doute devina-t-elle ce que Simon avait décidé car sa bouche trembla. Elle se mit debout, sans cesser de l'examiner. Il dit :

— Je ne vous veux pas de mal, bonne femme, mais il faut que vous me suiviez.

Il la saisit par le poignet et l'entraîna. A Fabrissa accourue pour lui prêter main-forte il ordonna si méchamment de s'éloigner qu'elle recula et n'osa plus que suivre, un bâton au poing, prête à bondir sur qui viendrait au travers du chemin. « Fou tu es, Garric, pensa-t-il, marchant sans rien voir à grands pas de brigand, le cœur emballé, la figure et le corps offerts aux branches du sous-bois qui déjà le fouettaient, tu mourras de honte, d'horreur de toi, de douleur d'elle. Lâche-la, va te noyer dans la cascade, va t'enfoncer dans une grotte, va vivre ermite au centre de la terre, aussi loin que possible des regards du monde. »

— Pauvre enfant, lui dit Jordane, haletante, résistant

à peine à son emportement, aie pitié de toi, aie pitié, tu ne franchiras pas vivant le ruisseau.

Il lui répondit d'un rire sonnant, cria aux arbres, au ciel aussi qu'il ne craignait rien ni personne, qu'il ne voulait plus de la vie, qu'elle ne lui valait rien. Il provoqua Dieu qui n'avait point entendu ses prières à venir sur l'instant la lui prendre, s'Il osait.

La rumeur du torrent emporta dans ses poussières d'eau le bruit de sa colère. La lune pleine apparut entre deux cimes feuillues, baignant de lueurs immobiles les rochers sur la cascade, les écharpes luisantes autour d'eux déferlant, la chute d'écume dans le chaos ombreux. Comme il s'engageait sur le raidillon le long du gouffre, tirant derrière lui Jordane trébuchante, elle lui parla, le souffle exténué, mais il n'entendit pas ce qu'elle lui disait. Presque aussitôt Fabrissa hurla. Il leva le front et fit halte, voyant deux ombres longues traverser agilement les étoiles entre les rocs et les feuillages. Il comprit que lui venaient des loups. Il lâcha la vieille femme, fit un pas hésitant. Seul enfin face au dévalement dévorant qui lui déferlait dessus il attendit, vaguement étonné, sans plus d'épouvante ni de fureur. A peine perçut-il le chuintement vif des ténèbres trouées. Il se demanda pourquoi Fabrissa s'égosillait derrière lui parmi les arbres, lointaine comme un songe.

Le premier loup d'un haut rocher lunaire lui bondit sur la poitrine et l'emporta à la renverse, tandis que l'autre jailli d'un buisson noir l'agrippait aux mollets dans un crépitement de broussailles. Il roula sur l'herbe, les membres emmêlés de ces corps frénétiques, suffoquant à tenter en vain de se dépêtrer des fourrures rêches, les poings poisseux de bave, la face aveuglée de sang, repoussant à coups hasardeux et sursauts désordonnés les mufles, les poitrails, les flancs, les griffes, jusqu'à succomber à trop de déchirures et de puissantes pesanteurs, la poitrine clouée par les pattes roidies plantées dans sa tunique en loques, la gorge offerte aux babines troussées à deux doigts de sa chair.

Il entendit un ordre bref et se sentit soudain respirant avidement l'air léger de la nuit dans la paix revenue. Il était couché sur le dos au creux d'un fourré ravagé. Des feuillages bruissants étaient penchés sur lui. A travers eux il vit briller des étoiles. Il voulut se lever mais il n'y parvint pas. Il aperçut Jordane au milieu du sentier occupée à caresser les deux fauves qui se frottaient contre sa longue robe terreuse. Fabrissa accroupie contre son corps léchait des plaies le long de ses jambes où ne tenaient que des lambeaux de chausses. Il voulut lui demander de l'aider à se hisser debout mais ne put que bafouiller misérablement. Alors il s'avisa que sa joue était déchirée, et sa bouche emplie d'écume sanglante. L'aïeule s'approcha. Avec elle n'était plus qu'un loup qui se coucha à ses pieds et se mit à haleter à petits coups, comme un chien tranquille, la langue pendante entre les crocs. Fabrissa pria rudement la vieille femme de s'en aller avec sa bête et de les laisser en paix. Jordane ne bougea pas. Comme elle examinait Simon, elle rencontra son regard. Un long moment ils restèrent seuls ensemble à se parler des yeux, elle apaisante et soucieuse, lui privé de mots mais s'efforçant de dire les simples misères d'enfant qui maintenant affleuraient dans la confusion de son esprit. Enfin, sans se détourner du blessé qui ne quittait point son visage, elle répondit à la fille :

— Je crains qu'il ne puisse marcher. Nous allons devoir le porter jusqu'à la maison.

Il s'insurgea sourdement, fit effort pour s'asseoir. Les deux femmes le saisirent aux aisselles et le firent se dresser. Alors son corps s'éveilla aux douleurs. Sa jambe gauche n'était que chair à vif, son poignet aussi, qui avait protégé sa gorge. Il laissa aller sa tête de côté pour palper sa figure à demi arrachée. Il poussa un grognement, fit un pas, le menton sur la poitrine et les bras ouverts entre Jordane et Fabrissa qui titubaient sous son grand corps abandonné. Il vit le loup trotter devant. Il s'acharna à claudiquer sans le quitter des yeux, à si grand-peine qu'il ne vit plus que brume rouge, et dans la brume cette bête qui le guidait et lui inspirait la rage de ne point sombrer dans l'inconscience. Il ne succomba au vertige qu'à la sortie des arbres où lui apparut la maison. Le rossignol babillait intarissablement dans le feuillage penché sur le toit que baignaient les pâleurs de l'aube.

Les femmes le couchèrent devant le foyer sur une litière neuve où deux jours durant il ne fit que grelotter, sans rien proférer que de vagues délires, insensible aux gestes de Jordane qui sans cesse renouvelait les emplâtres sur ses plaies. Son état s'aggrava jusqu'à la troisième nuit, où il faillit mourir. Fabrissa qui pas un instant depuis qu'il gisait là n'avait faibli à le veiller s'était enfin laissé prendre par le sommeil. Des râles la réveillèrent en sursaut. Elle découvrit près du feu réduit en tisons Jordane agenouillée qui priait sans paroles, tenant au creux du bras la tête du blessé et baignant d'un linge frais son front. La vieille femme lui ordonna de ranimer les braises, ce qu'elle fit en toute hâte. Aussitôt Simon parut revenir au monde. Vers la première lueur vive sa figure se tourna. Il se mit à la contempler sans mot dire ni se plaindre, respirant avec moins de fièvre, et bientôt s'endormit apaisé. Fabrissa fut alors prise de trouble extrême. Elle se dit qu'assurément seules sa vigilance et la lumière des flammes avaient jusqu'à cet instant gardé Simon en vie. En succombant à la fatigue et laissant périr le feu elle avait sans aucun doute abandonné le champ aux manigances de la mort. Elle se sentit épouvantablement fautive, et comme elle se reprenait en tremblant à veiller, les yeux grands ouverts dans le noir, cette nuit-là s'ancra dans son cœur la certitude déraisonnable mais peut-être justifiée, car nul ne sait en vérité ce qui se trame sous l'écorce du visible, que ce feu et sa propre capacité à se tenir aux aguets près de cet homme le sauveraient seuls du trépas. Dès lors elle ne se préoccupa plus que de nourrir sans repos le foyer et de se tenir en éveil, ne tombant en somnolence que par bribes inévitables, assurée de poursuivre son œuvre vivifiante dans ses brèves traversées de sommeil par son souffle sur la main de son compagnon fermement tenue contre sa bouche.

Jusque vers le milieu de l'été où les souffrances de sa chair et la faiblesse de son corps tinrent Simon couché, malgré la chaleur des jours et les réprimandes amusées de Jordane elle se voua donc au culte de son feu avec une dévotion inquiète et précise. A chaque retour du ruisseau où elle allait puiser l'eau des soupes et des décoctions elle se soucia de son entrain à brûler haut. A la moindre fumée elle prit coutume de lui parler, l'encourageant bravement à reprendre vigueur ou lui ordonnant à mi-voix grondeuse de ne point se laisser périr. Elle lui prodigua enfin l'ardent dévouement qu'elle n'osait offrir à cet homme renfrogné dans ses douleurs, plus que tout au monde chéri mais trop effrayant pour qu'elle ne tremble point d'affronter ses regards.

Vers le milieu du mois d'août un visiteur vint par le haut de la cascade. Fabrissa qui la première l'aperçut parmi les feuillages courut à Jordane pour la prévenir et la pousser à se cacher dans quelque fourré. La vieille mère ne s'effraya point, au contraire, son visage s'éclaira comme à une bonne nouvelle. Elle laissa sur le pas de sa porte les bouquets d'herbes qu'elle s'occupait à lier et s'en alla à sa rencontre. Elle revint tenant par la main un noiraud capuchonné d'un sac et chargé d'une hotte dont elle l'aida à se défaire sur le seuil. C'était un berger de Missègre qui venait lui porter des provisions de la part d'un seigneur dont il se garda de dire le nom, quand il découvrit dans la pénombre du dedans le blessé et sa gardienne au bord des flammes. Il aligna contre le mur ensoleillé un sac de farine, un autre de sel et un tonnelet d'huile, puis resta l'œil aiguisé à examiner les intrus de l'autre côté de la porte, sans oser demander qui ils étaient. Jordane tout enjouée répondit à sa question muette que lui étaient venus un fils et une fille par des chemins tortueux et cruels, mais néanmoins bénis de Dieu. Elle lui recommanda de n'en rien dire à personne, puis douta en riant qu'il tînt parole et l'invita à boire et à manger. Ils s'assirent tous deux dans l'herbe, l'un savourant lentement son pain, l'autre questionnant, et parlèrent jusqu'au soir de la vie des gens qu'ils connaissaient.

L'homme partit le lendemain dans la matinée. Jordane s'en fut avec lui fort loin dans la forêt et s'en revint vers midi portant sous chaque bras une gerbe de plantes, accompagnée d'un loup qui lui jappait autour. Elle trouva devant la porte Simon marchant à grands efforts vers l'ombre d'un arbre et grimaçant à chaque avancée de pas, courbé sur Fabrissa qui le soutenait. Le loup resta indécis à distance, tandis que la vieille femme venait vers celui qu'elle appela joyeusement son ressuscité, contente de le voir pour la première fois dehors depuis la nuit de son écharpement. Il avait résolu d'aller jusqu'au ruisseau pour y contempler le reflet de sa figure et se baigner dans ses haillons. Mais il voyait bien qu'il n'en aurait pas la force. Il dit cependant à Jordane qu'il se sentait en santé dévorante, et que bientôt il serait assez vigoureux pour reprendre sa route vers Brune dont le nom à peine sorti de sa bouche suffisait maintenant à illuminer ses yeux de ces félicités festoyantes que seuls savent imaginer les pires affamés. La vieille mère, l'air soucieux, lui répondit qu'il avait beaucoup changé. Puis elle laissa là ses gerbes et tandis qu'il se reposait sous l'arbre elle prit la bassine de grès contre le mur de la maison et s'en fut vers le torrent. Elle revint portant contre son ventre une brassée d'eau, qu'elle déposa devant Simon.

Ni elle ni Fabrissa ne l'invitèrent à s'y regarder dedans, mais à leur silence il sut qu'il devait le faire. Il se pencha à sa propre rencontre. Il découvrit un visage qu'il ne connaissait pas. Il avait tout perdu de son air vif et de cette grâce sombre qui troublait autrefois les pucelles. Il était balafré de la tempe au menton, n'avait que peau livide sur ses pommettes et ses yeux enfoncés et brillants n'étaient plus d'un jeune homme mais d'un éprouvé recuit par les errances. D'un geste las il effaça l'image. Les femmes lui sourirent, tendrement craintives. Dans le bourdonnement qui envahissait son crâne il entendit Jordane lui dire qu'il resterait boiteux, outre entaillé comme il s'était vu, mais que s'il voulait devenir un homme véritable, frère des loups et bienfaiteur des âmes, avec l'aide de Dieu elle pouvait lui apprendre.

8

Devant ma figure attentive mon maître se souvint de l'ombre de l'arbre où il releva la tête, après qu'il se fut regardé dans la bassine d'eau. Le feuillage était silencieux. Même les oiseaux semblaient à l'affût de ses pensées. Un moment il resta les yeux enfuis du monde, puis il se dressa, repoussa les mains empressées à l'aider et se traînant sur l'herbe, il s'éloigna au soleil puissant.

De ce jour, rudement renfrogné en lui-même il s'appliqua seul à apprivoiser ses jambes inégales. Il le fit sans pitié pour son état, comme si son corps lui était devenu une bête détestée qu'il lui fallait à toute force soumettre. Il se tint tant acharné à son labeur que de longues semaines durant il parut oublier la présence de ces deux femmes qui l'avaient ramené de la mort. Sans un mot de merci, sans même prendre garde aux visages aimants il se nourrit de pain, de baies, de miel sauvage que Fabrissa venait déposer sur des pierres ombreuses, près de lui, aux instants où il se reposait de ses marches incertaines. Chaque fois que l'humble fille voulut prévenir ses trébuchements, essuyer la sueur sur son visage ou alléger l'invisible fardeau qui voûtait ses épaules quand il s'acharnait trop à dompter ses souffrances, d'un regard il la fit reculer au large. Elle eût préféré les pires insultes à ces silences implacables qui la faisaient parfois tomber à genoux parmi les buissons, impuissante, implorant le Ciel de détourner sur elle les maux dont elle le voyait accablé tandis qu'il cheminait de la maison aux arbres et des arbres au pré, courbé sur son bâton à deux poings agrippé. Mais de longtemps elle n'eut point la moindre parole de cet homme entêté à refuser tout secours et toute tendresse, après qu'il eut si souvent, au temps de ses forces intactes, exigé l'indulgence et la grâce de Dieu.

Seule Jordane prit soin d'elle, une nuit, après qu'il fut tombé dans le sommeil, le front contre son coin de mur. De trois journées elle avait à peine mangé, suivant de loin son homme dans ses dérives titubantes. La voyant épuisée, la vieille mère la prit contre sa poitrine, auprès du feu, et caressant sa chevelure elle lui demanda de rester confiante dans son cœur, comme une amante dont l'ami est au loin, car Simon en vérité ne s'était éloigné de leur présence que pour livrer contre lui-même une guerre inévitable. Elle lui dit que sans aucune aide il devait vaincre et revenir au monde, et que le seul travail que puisse accomplir une femme dans cette épreuve de séparation était de garder la maison accueillante et de prier pour que l'homme ne se perde pas dans les batailles qu'il affrontait. Elle lui dit aussi que malgré son apparente insignifiance l'œuvre de celle qui ne combattait point était essentielle et sacrée, car les âmes des séparés restaient jointes dans l'invisible. Si celle de l'amante manquait à la confiance et se desséchait, celle de l'ami au loin s'épuiserait et se perdrait, et si celle de l'amante était sans cesse comme une lumière à la fenêtre, celle de l'ami sur le chemin du retour ne s'égarerait point. La pauvre fille ne répondit pas à ses paroles, mais elle leva vers son visage des yeux emplis d'une telle gratitude et d'un si grand désir de s'élever à la merveille d'être comme elle lui demandait que Jordane reprit contre elle sa figure et se mit à la bercer en priant Dieu de la garder hors des peines insurmontables. Fabrissa s'endormit au chaud de son giron, et jusqu'au jour elle sommeilla ainsi, sans que la vieille femme n'ose se défaire de son embrassement. Elle fut réveillée par les froissements de la litière dans l'ombre du fond. Dans le foyer n'étaient plus que braises. Le pas claudicant de Simon frôla son épaule. Sur le seuil il hésita, flaira l'air, prit son bâton contre le mur et s'enfonça dans le brouillard de l'aube. Elle eut un élan que Jordane retint. Elle se résigna à rallumer le feu, tandis qu'il s'éloignait.

Parvenu à la lisière du sous-bois mon maître sentit soudain renaître en lui une vigueur impatiente qu'il n'avait plus éprouvée depuis la nuit où son corps déchiré avait buté contre la porte de la mort. Sa jambe boiteuse ne le faisait plus guère souffrir que de douleurs désormais familières. Il se dit qu'il pouvait se désintéresser de ses tiraillements, passer outre les anxiétés qu'elle lui inspirait encore et laisser, s'il voulait, peser son corps sur elle. Lui vint le désir d'embrasser l'espace et de le dévorer à grandes enjambées, comme au temps où il était un homme sans entraves. Son bâton sur l'épaule il contempla l'épaisseur immobile des arbres où des trouées de soleil neuf éblouissaient des brumes errantes parmi les verdures, et tout à coup battant les fourrés qui débordaient sur le sentier il se mit droitement en marche. Il fut bientôt à la cascade, escalada le raidillon qui la longeait, fit halte à sa cime pour reprendre souffle et examiner à son aise ce lieu de la forêt où il n'était jamais venu. Il découvrit que le ruisseau dévalait d'une grotte à demi ensevelie sous les ronciers. Il grimpa jusqu'à la bouche obscure, s'assit là au bord des scintillements et écouta les mille bruits de l'eau qui seuls peuplaient le silence foisonnant du jour à peine éveillé.

Bientôt l'envahit une tranquillité si émouvante et légère qu'il ferma à demi les yeux pour ne rien perdre de ses saveurs. Pourquoi avait-il cru la paix morte en lui, à jamais éloignée ? Elle était à nouveau là, forte, délicieuse, intacte. Laissant aller ses pensées, l'esprit traversé d'appels d'oiseaux, au loin, dans les feuillées ensoleillées, « quand on endure le tourment, se dit-il, pour toujours on se croit son esclave, et quand la paix est de retour, ce sont les souffrances qui semblent n'avoir jamais été, ce sont elles qui s'effacent dans un passé tout à coup si lointain que l'on se prend à douter de l'avoir traversé. Quel homme de mauvaise foi ai-je été pour avoir cru mon malheur infini dans cette vie où rien n'est durable ni sûr, sauf les changements et retours incessants des êtres, des sentiments, des corps, des saisons et des jours ! ».

Comme il se laissait aller à rire doucement de lui-même, un jappement bref tout proche à ses oreilles le fit brusquement se raidir. Il tourna en tous sens la tête, ne vit rien qui l'alarme, ne perçut pas le moindre froissement dans les fourrés. Ombre et lumière ne baignaient qu'un innocent sous-bois. Du haut de la grotte tombèrent dans l'eau des brindilles parmi les poussières d'un rayon de soleil. Il leva le front, entendit un piétinement précipité. Il prit appui sur son bâton pour se dresser mais resta posé au sol, soudain pétrifié, découvrant de l'autre côté du ruisseau un grand loup argenté qui le regardait fixement.

Il était immobile comme un roc, sauf ses flancs qu'un halètement court faisait par à-coups palpiter. Tout alentour de lui aussitôt s'effaça. Sans plus rien savoir de son corps ni du lieu où il était Simon se trouva sur l'instant captif de ce museau tendu dans un brouillard de feuillage, de ces oreilles droites, de ces yeux luisants qui le tenaient à distance rigoureuse et pourtant l'attiraient vers d'effrayantes et profondes lueurs. Un long moment tous deux restèrent ainsi l'un par l'autre médusés. Puis, comme la bête s'obstinait dans son attente impassible, l'homme se prit à penser avec une absurde et tremblante espérance que quelque chose était à faire, sans savoir quoi. Il osa laisser s'entrouvrir l'armure qui l'enfermait dans son effroi. Un mot impossible à dire affleura à son esprit, un désir d'accueil infiniment respectueux et fraternel, un élan d'abandon confiant dans l'impérieuse noblesse de cet être qui lui semblait venu à sa rencontre non point du pays de la mort mais d'un sombre au-delà plus puissamment vivant que ce monde incertain où il avait jusqu'à ce jour vécu. Il ouvrit la bouche, s'efforça de pousser son souffle hors de sa gorge nouée, parla peut-être par les yeux. Dans le regard du fauve s'alluma une lumière étonnée. Alors Simon sentit au fond de lui germer une chaleur nouvelle. Il flaira que ce loup voyait dans son esprit, que ce loup entendait ses pensées et ne les fuyait pas, et ne se hérissait pas contre elles, que dans ce loup était un savoir sauvage plus familier des mystères de la vie que l'entendement des hommes. Vint à son cœur, comme une prière sans paroles, une image de songe où il se vit derrière son corps infatigable cheminant par des tunnels de verdure, galeries de cavernes, chemins rocailleux et monts nocturnes jusqu'à la délivrance inespérée de son âme au bord d'une lande venteuse. Il se laissa emporter un bref instant hors du jour qui l'environnait, revint brusquement à la conscience de ce regard où il s'était perdu, pensa, tout à coup désemparé : « Ne te laisse pas fasciner, Garric, où sont tes jambes et tes bras, où ton cœur, où ta tête ? Quitte ce lieu avant que cette bête te bondisse dessus et te broie la gorge. » Mais il ne put bouger.

Il fit front. Il se mit à fouiller ces yeux imperturbables. Le loup dressa le museau, à peine recula, comme pour se défaire d'un insecte importun. Simon le vit alors dans une solitude hautaine, fière, désirante aussi qui le bouleversa, car il la reconnut comme en un miroir exactement semblable à celle qui l'habitait. « Dieu du ciel, se dit-il, tout à coup débordant de force affectueuse, il faut que ce sombre vivant sur l'autre rive vienne à moi et me reconnaisse comme son frère. » Il tendit sa main ouverte au-dessus de l'eau, parmi les éclats de soleil. Le loup parut soudain remué par une sorte de tendresse assoiffée, craintive. Un fil ténu, une passerelle invisible joignit alors ces êtres dissemblables. La bête avança d'un pas sans quitter l'homme des yeux, resta en arrêt, une patte dressée, tendit la gueule à cette main lointaine, poussa au ciel un bref gémissement, fit brusquement volte-face et disparut dans les fourrés.

Simon resta longtemps sur ce bord de ruisseau, l'esprit vertigineux et le corps immobile pour ne point briser la fragile lumière de miracle où il était. Puis peu à peu l'envahirent à nouveau les bruits de la forêt, les murmures de l'eau, et il se trouva incrédule. Il se dit que ce loup ne pouvait avoir perçu ses sentiments ni cet élan qu'il avait eu vers lui, qu'il avait seul erré dans son esprit ruiné par trop longtemps de silence et d'épreuves, qu'il devait en toute hâte revenir à la fréquentation des humains et oublier cet instant de foudroiement où il s'était jeté dans l'amitié illusoire d'une bête sauvage. Il se leva. Un long hululement lui vint du haut de la colline. Il le reçut comme un salut sacré.

Parmi les rocs et les arbres enchevêtrés de broussailles mortes il grimpa à grand-peine vers la cime, s'aidant de touffes terreuses à pleines mains happées, ahanant et reniflant l'humus, le front bas entre les épaules, loin sous les hauts feuillages offerts à la grâce inaccessible des oiseaux. Au sommet de la butte il s'abattit la face dans l'herbe, resta un moment à haleter puis se prit à espérer confusément l'approche de la bête, son haleine chaude sur sa nuque, sa présence contre son corps, mais ne lui vint des verdures paresseuses qu'un souffle de brise qui rafraîchit la sueur sur son échine et le fit bientôt frissonner. Il se hissa debout, et poursuivant sa marche vers l'est il se laissa dévaler parmi les faisceaux de soleil au travers des branches ombreuses jusqu'à parvenir sur une avancée rocheuse dans le bois éclairci d'où il aperçut au loin, sur la pente de la vallée, les quatre tours du donjon d'Arques.

Brune lui revint aussitôt à l'esprit. Il se dit qu'il était libre maintenant de laisser s'effacer derrière lui les figures des deux femmes qu'il avait laissées dans la forêt et d'aller son chemin, offert à la seule pensée de son amie lointaine. Elle ne pouvait avoir désespéré de lui. Sans doute hésiterait-elle à le reconnaître dans ce mendiant infirme qu'il était devenu, mais il lui suffirait de plonger ses yeux limpides dans son regard, quand il serait devant elle, pour qu'elle s'émerveille sans paroles de l'amour d'elle tout entier préservé, malgré les déchirements et les malheurs qu'il avait soufferts. Alors, par Dieu, elle ne saurait voir rien d'autre et tomberait en larmes bienheureuses contre sa poitrine. Droit sur la pierre, humant le vent, il se représenta ces retrouvailles exaltées, mais pour la première fois depuis le matin de septembre où il s'était séparé d'elle sur le chemin de Toulouse, son cœur en fut alourdi de peine.

Il n'avait à offrir à cette femme aimée que son âme nue, sa tunique trouée, ses mains poussiéreuses et sa honte de n'être plus rien qui vaille. Contre lui-même il s'insurgea. Contemplant, l'œil sombre, les garrigues au loin sous le ciel sans nuages, les champs, les toits et les fumées, les chemins ocre, les blés en gerbes : « Le monde est désormais trop convenable pour accueillir mes guenilles, se dit-il, ses félicités ne me sont plus accessibles et moins que toute autre celle de m'avancer à la face bénie de Brune dans cette insupportable pauvreté où je me trouve réduit. Il me faut d'abord retrouver force d'homme, vertu de sage ou de guerrier, fortune de noble ou de brigand, qu'importe, pourvu que celle qui m'espère ne soit pas souillée de mes misères et que je puisse l'emporter, fière de moi, sur un cheval digne de sa belle figure. » Se prenant à rêver fiévreusement d'un secours providentiel qui pourrait l'arracher à son dénuement, Jordane lui apparut à l'esprit. Il s'avisa qu'en vérité cette vieille femme était au monde le seul être à éveiller en lui quelque espérance confiante. Il la vit bientôt, songeant à elle, d'une bonté joyeuse et d'un savoir enviable. Pourquoi l'avait-il ressentie si froidement distante tout au long des jours où elle l'avait soigné, et de ce temps où il avait seul combattu contre la faiblesse de ses membres ? Il réfléchit à cela. Il pensa : « Parce qu'elle ne s'est pas souciée de me parler. » Il savait pourtant qu'elle avait souvent prié pour sa guérison. Une bouffée d'affection envahit son cœur et avec elle la nostalgie nouvelle et forte d'un loup insaisissable, partout présent dans cette forêt qu'il ne pouvait se résoudre à quitter. « Ma famille », se dit-il. Et laissant aller son regard autour de lui parmi les arbres : « A moi si je le veux est ce royaume impénétrable aux peureux, et dans ce royaume m'attendent un frère pour tous redoutable, sauf pour moi, et une mère savante. » Il rebroussa chemin, sourdement conforté. Comme il se renfonçait dans le sous-bois, le visage de Fabrissa lui vint en tête. Il pensa d'elle, agacé : « J'ai aussi par malheur une sœur pitoyable et pesante. » Mais pendant un long moment, tout remué par l'impatience d'apprendre ce mystérieux et bienfaisant savoir que Jordane lui avait promis, et dont il espérait une dignité nouvelle, ce fut l'esprit occupé de sa compagne implorante et tendre qu'il chemina.

Elle l'attendait au pied de la cascade où vers la fin du jour il arriva fourbu. Quand elle entendit son pas en haut du raidillon elle s'élança jusqu'à mi-pente, puis le voyant paraître contre le ciel et les hauts feuillages où s'attardait la lumière elle resta en arrêt et le regarda descendre vers elle, encore enfiévrée par l'inquiétude qu'elle avait éprouvée tout au long de la journée à ne point trouver trace de lui parmi les arbres proches où il s'était jusqu'alors aventuré. Il l'aperçut, s'en trouva traversé par un bref et très secret contentement, mais se renfrogna aussitôt, craignant que la fille ne le devine, et se laissa dévaler à sa rencontre comme si nul obstacle n'obstruait le sentier. Elle recula dans les buissons pour lui laisser le passage, espérant un regard. Il la frôla, la mine ombrageuse, sans paraître se préoccuper d'elle. Alors elle le suivit à distance jusqu'à la chaumière où la vieille hérétique s'affairait au chaudron de soupe. Il fit halte sur le seuil, resta là planté, soudain bouleversé par un flot de paroles qu'il ne pouvait dire, et se mit à examiner Jordane, étonné de se voir s'éveillant comme d'un sommeil de tombe hors du silence et de l'oubli des êtres proches où il était resté de si longs jours enfoui. Elle tourna vers lui la tête. Ses joues envahies de cheveux blancs échappés du chignon lui parurent plus colorées qu'à l'ordinaire, ses yeux plus vifs. Elle lui sourit, puis s'occupant à nouveau à pousser des bûches dans le foyer, paisible comme une mère accoutumée à cette heure crépusculaire et bienheureuse où rentrent les hommes, elle lui demanda s'il avait faim. Il répondit :

— J'ai vu un loup.

Il s'étonna du bruit de sa voix, rauque et brute, à peine distincte. Il sentit la main de Fabrissa, derrière lui, qui effleurait son bras. Il le lui retira vivement, déposa son bâton contre le mur, entra enfin d'un pas pesant dans la maison. A sa suite elle se glissa, furtive, jusqu'à la vieille femme, la prit par l'épaule, lui murmura des mots qu'il ne put entendre, lança à Simon un coup d'œil triomphant, puis s'en fut trancher une miche brune près de la lucarne. Il ne la quitta point des yeux tandis qu'elle allait tendre au chaudron une écuelle, que Jordane emplit. Quand ce fut fait, elle vint d'un pas précautionneux lui offrir son dîner de soupe et de pain. Il lui grogna :

— Merci.

Elle en resta éblouie. Comme elle se détournait, il lui demanda rudement ce qu'elle avait dit à Jordane. Elle lui répondit, sans oser le regarder :

— Que tu étais revenu, grâce à Dieu.

Quand il eut mangé, il vint s'asseoir près du feu tandis que les deux femmes s'occupaient à renouveler la paille de sa couche au fond de la chaumière. Puis la vieille mère et la fille sortirent devant la porte. Il en fut irrité. Il avait espéré qu'elles viendraient en sa compagnie, aussitôt le ménage fait. Il se leva, but à la cruche, fut un instant tenté par sa litière et le silence, s'en vint nonchalamment au seuil de la maison. Sur une pierre couchée contre la muraille Jordane et Fabrissa environnées de chants de grillons étaient blotties ensemble sous la couverture bleue et contemplaient la nuit. Il dit :

— C'était un loup au pelage argenté, haut sur pattes et de forte gueule. Je l'ai rencontré en amont de la cascade, devant la grotte d'où sort le ruisseau. Nous sommes restés un long moment ensemble.

La voix tranquille de Jordane sonna clair dans l'air calme.

— Je sais, dit-elle. Je vous ai vus. Vous étiez beaux. J'ai pensé : notre Simon goûte enfin à la vie.

Ces paroles l'emplirent tout soudain d'un bonheur inexprimable et tant émouvant qu'il ne put que pousser un ample soupir hésitant entre sanglots de rire et d'action de grâces. Il resta un moment dans l'étrange merveille d'être libre, démuni et plus savoureusement vivant qu'il ne l'avait jamais été, puis il dit :

— Bonsoir, les femmes.

Et il rentra se coucher.

Le lendemain, quand il s'éveilla dans son coin de chaumière, à peine l'œil ouvert il vit le feu fumant, presque mort d'abandon, et à portée de main près de sa tête hirsute la cruche d'eau, le pot de miel sauvage et une boule de pain serrés ensemble dans un rayon de soleil tombé de la lucarne. Il se dit que Fabrissa avait sans doute déposé là ces nourritures pour lui seul, de grand matin, en prenant garde de ne point troubler son sommeil. Il se sentit entravé par ce soin trop attentif qu'elle avait eu de lui, et vaguement honteux, comme si lui était faite une bonté qu'il ne méritait pas. Mais la faim le tiraillait et son scrupule s'en trouva aussitôt éteint. Il prit les provisions, s'en alla s'asseoir devant la porte et se mit à dévorer de bon cœur.

La chaleur du jour, éblouissante et lourde, avait depuis longtemps dissipé les brumes de l'aube. Aucune des deux femmes n'était aux environs. Le désir le prit de monter à la grotte où il avait rencontré le grand loup argenté. Il n'espérait pas l'y rencontrer, mais il pensa que peut-être, s'il était patient et l'appelait dans son silence avec assez de force, il verrait avant le soir son museau trouer la feuillée. Comme il s'enfonçait dans le bois il aperçut entre les arbres Fabrissa qui courait à lui. Sa course était si débridée qu'il craignit qu'elle ne se jette tout de go dans ses bras, mais à quelques pas elle retint son élan, s'arrêta et se mit à l'examiner sans rien dire, l'œil vif et circonspect, la poitrine essoufflée. Il lui demanda ce qu'étaient ces plantes dont elle portait une brassée. Elle lui répondit avec une fierté naïve qu'elle apprenait la médecine. Jordane apparut, loin derrière elle, un long bâton au poing, cherchant de-ci de-là des herbes. Il délaissa la fille et s'avança à sa rencontre. L'aïeule, sans cesser de fouiller les buissons, lui dit distraitement en guise d'accueil qu'il n'y avait là que feuilles et racines à soupes vulgaires. Puis levant la tête, tout à coup enjouée :

— Allons à la grotte, dit-elle. Nous trouverons là-haut de ces menthes qui purifient le sang et dissipent les humeurs mélancoliques.

Il la regarda avec étonnement. Vint à la vieille femme un air si malicieux qu'il lui demanda comment elle savait que son intention était d'aller en ce lieu béni où rêvaient ensemble les loups, les eaux, le soleil et les ombres. Ce fut Fabrissa qui répondit, rieuse :

— Elle m'a dit tout à l'heure que nous t'y trouverions.

Il les conduisit sans hâte et sans souci des simples que sur leur chemin elles cueillaient. Dès qu'ils y furent, il chercha au bord du ruisseau l'endroit exact où la veille il s'était assis, s'y posa et se mit à scruter avidement l'autre rive, tandis que Fabrissa effarouchée restait à l'affût du moindre bruit. Jordane, en quête de plantes médicinales à quelques pas d'eux, parut un moment se désintéresser de leur attente, puis Simon sans la voir entendit soudain sa voix tranquille entre l'eau murmurante et les pépiements d'oiseaux. Elle dit :

— Oublie-toi, fils, chaque grain de doute dans ton esprit est un pas de séparation. Parler aux loups est simple. C'est comme parler à Dieu. Ils sont là, tout proches.

Il demanda :

— Dame Jordane, pourquoi n'apparaissent-ils pas ?

— Ta fébrilité les inquiète. Sois accueillant, sois sans mémoire. N'espère pas ce qui fut hier, attends, désire, ne crains pas. Ils s'éloignent, fils.

— Comment le savez-vous ? Je n'ai rien entendu.

— Si tu savais entendre, ils seraient venus, lui dit la vieille femme en s'asseyant à son côté, dans l'herbe tendre.

Il répondit :

— Apprenez-moi, dame Jordane.

Elle tendit la main à un insecte sur une herbe penchée. Il vint s'y poser dedans. Tandis qu'il s'ébattait sans crainte dans sa paume elle dit à Simon que s'il s'avançait dans le monde le corps ou le cœur bardé d'armes il ne rencontrerait jamais que batailles, fuites, mensonges, et que s'il voulait se faire un ami véritable il devait se rendre capable de lui offrir sans peur ni retenue tout pouvoir sur sa propre vie, car ainsi se nouaient les fraternités inaltérables, par confiance mutuelle et soumission noble. Elle lui dit aussi que s'il parvenait à se dépouiller de tout ce qui lui faisait accorder du prix à sa chair, aux songes de son esprit, aux turbulences de son âme, il découvrirait au fond de ses greniers intimes, comme une flamme immuable, cette grâce de vivre qui est dans chaque être la présence de Dieu, et qui peut faire qu'une louve ne dévore point l'enfant nu qu'elle découvre dans les broussailles du bois, mais au contraire lui offre sa mamelle et le prenne pour fils.

Elle ne lui dit rien d'autre mais il s'en trouva nourri d'un savoir débordant autant qu'indélébile car les mots de Jordane lui vinrent accordés à l'inoubliable bonté du lieu, à la lumière des regards, aux mille musiques des branches, aux pluies de soleil sur le ruisseau. Les yeux perdus au loin il se tint longtemps attentif à retenir en lui les parfums d'intime vérité qui lui étaient offerts, puis il soupira et dit enfin :

— Je crains de ne pouvoir jamais retourner dans le monde.

Elle lui prit la main sur l'herbe.

— Tu seras un jour accueilli aux portes des maisons avec un respect dont tu n'as pas idée. Tu seras un homme rude, mais savant.

— Je ne peux vous croire, dame Jordane. Avec ce corps infirme il me faudra sans cesse combattre pour ma survie, pour mon honneur. Qui m'apprendra ?

— Les loups, si tu fais d'eux tes frères. Moi je ne sais que soigner, prier et franchir les hivers. Rien d'autre, fils.

— Elle m'apprend, dit Fabrissa.

Elle rejoignit Jordane qui s'était levée, et elles s'en furent alentour de la grotte, cherchant des menthes.

Ce jour encore Simon se plut à errer seul dans les feuillées sauvages. Comme il s'en revenait par la cascade, lui vint du haut de la colline le même hululement qu'il avait entendu la veille. Il fit halte, écouta, hurla lui aussi longuement et pour la première fois depuis l'aube où, quittant Toulouse, il avait salué le soleil en bonnet rouge au bout du long chemin, il se prit à rire sous les arbres, dans l'air crépusculaire, à grands éclats heureux.

Jordane lui dit ce soir-là qu'il lui fallait maintenant approfondir l'art des plantes qui guérissent, et aussi celui de flairer les êtres, leurs peurs, leurs forces de vie, leurs odeurs de mort, comme savent faire les bêtes, et encore s'appliquer à l'abandon confiant sans lequel on ne peut prier avec bonheur pour ses semblables. Elle lui dit :

— Souviens-toi de ne jamais appeler Dieu à ton aide, car ce sont les enfants qui demandent secours. Les hommes véritables servent Celui qui brûle en eux et en Son nom agissent, sans rien vouloir pour leur propre bien-être. Là est la liberté la plus digne que je connaisse. Là est mon seul secret, que volontiers je te donne.

Ils parlèrent longtemps devant le feu, jusqu'après la minuit, sous le regard de Fabrissa prise par l'un et l'autre à chaque parole dite, vide d'elle, emplie de ces êtres aimés qui face à face s'écoutaient et se questionnaient à voix presque basse. Simon voulut savoir pourquoi la vieille femme l'instruisait ainsi, lui qui avait voulu sa perte et n'avait rien fait pour mériter son indulgence. Un sourire mélancolique vint aux yeux de Jordane. Fabrissa se tendit vers elle, attendit, les joues empourprées, puis soudain emportée par les bouillonnements de son cœur, elle lui demanda :

— N'est-ce point parce qu'il est bon, malgré ses fautes ? N'est-ce point parce qu'il est le meilleur des hommes, dame Jordane ?

Elle lui répondit :

— Non, fille.

Et cette nuit-là elle ne parla pas plus avant.

L'automne vint sans que Simon ait revu l'Argenté. Jordane lui dit qu'il s'en était allé chasser avec sa horde vers les monts des Hautes-Corbières, mais qu'il reviendrait avant les premières neiges. Il passa donc des jours tranquilles et studieux, sans guère quitter la maison, sauf pour aller aux plantes utiles dans les fourrés, contant à Fabrissa, quand ils se trouvaient seuls ensemble, ses heures heureuses avec Brune, et s'exaltant à imaginer les bontés et les trésors qu'il déploierait pour son aimée, quand il serait médecin. Elle accueillit ses paroles avec une incessante ferveur, et dans la simplicité de son âme tout entière vouée à cet homme qui lui était devenu plus précieux que son propre souffle, elle se prit aussi d'adoration pour cette femme lointaine. Ainsi peu à peu ils allèrent rêvant d'elle à deux voix accordées, cheminant sous les arbres.

Vers la Saint-Luc d'octobre le berger de Missègre revint avec de la farine d'avoine, une peau d'ours et des vêtements de bonne laine que Jordane voulut lui payer d'un sac de millepertuis et autres plantes à plaies vives, mais il ne voulut accepter rien d'autre que sa bénédiction. Le soir venu il parla avec Simon, tandis que les deux femmes cuisaient des galettes. Sa parole était rare et brève, mais précise. Il lui dit que jamais autant d'hérétiques n'étaient trépassés en un seul été, tant par le feu que la prison, et dévida des noms en comptant sur ses doigts. Simon entendit ainsi, parmi d'autres sans visages, celui de Mathilde Garric. Elle s'était laissée mourir de faim dans son cachot. Il en éprouva un chagrin sans plainte ni parole, mais d'une violence qui le fit grelotter et se renfoncer, le regard égaré, dans un angle de la chaumière. L'homme comprit aussitôt que ce compagnon dont il ignorait tout venait d'apprendre de sa bouche la mort d'un être proche. Il ne lui dit pas un mot mais resta près de lui assis, les yeux ouverts, jusqu'au matin, avec Jordane et Fabrissa elles aussi muettes, tandis qu'au-dehors tombait une pluie droite qui semblait ne devoir jamais cesser.

Le lendemain, longtemps après que le berger fut parti,

Simon s'enveloppa d'un manteau de grosse laine et sortit dans le jour brumeux, mais il ne fit qu'un pas hors de la maison, et resta en arrêt. Trois loups l'attendaient parmi les feuilles mortes, sous l'arbre le plus proche du seuil. Parmi eux était l'Argenté qui le fixait intensément, planté sur ses pattes raides, tandis que les autres rabaissaient l'échine comme pour amadouer l'approche dangereuse mais désirable de cet homme qui les contemplait. Sans se détourner du regard de la bête il appela Jordane qui était restée à nourrir le feu. Elle ne lui répondit pas. Il tourna vivement la tête, entrevit à la lucarne le visage de Fabrissa qui sur l'instant s'effaça. Il la sentit qui sortait derrière lui, entendit la vieille mère la rappeler vertement dans l'humble pénombre des femmes où pour l'heure était sa place. Alors lentement il s'avança.

Dans les yeux de l'Argenté il vit la juste distance où il devait faire halte. Il s'agenouilla, dit dans son cœur que Mathilde était morte, car en vérité rien d'autre n'était en lui, et tendit sa paume ouverte. L'animal approcha son museau, huma longuement, puis ouvrit sa gueule, saisit le poignet entre ses crocs et s'assit sur son train, tandis que les autres venaient s'ébattre et flairer autour du manteau déployé sur l'herbe. Ainsi passa un moment où tenant ferme la main offerte, le fauve parut prendre fièrement à témoin d'invisibles présences. Puis sans qu'il ne résiste Simon se dégagea et enfonça les doigts dans la fourrure de ses flancs, en grognant des saluts tranquilles. Le loup se laissa bonnement caresser jusqu'à ce qu'une alerte indécelable le fasse se dresser soudain, les oreilles droites. Il s'en alla trottant vers le bois mouillé, où ses compagnons le suivirent.

Mais ils ne quittèrent pas les abords de la maison, et l'après-midi ils accompagnèrent le fils de Mathilde aux funérailles silencieuses où il voulut aller, portant seul sa mère impalpable et lourde. Il les vit loin devant traverser son chemin en course effrénée, se perdre un temps dans les broussailles, revenir à ses trousses en longs galops haletants. Ils jouèrent ainsi longtemps, s'éclaboussant de feuilles mortes, tendant au ciel leurs pattes et griffant les écorces, se roulant dans l'âcreté puissante des humus, exaltant leurs corps fumants dans le deuil magnifique des arbres. Ainsi fut la danse des loups à la messe funèbre de cette femme au cœur sec, mais éperdument aimée. Ainsi furent leurs actions de grâces parmi les mille morts flamboyantes de l'automne. Ainsi fut leur accueil jubilant à Simon Garric, enfin défait des spectres du monde, dans l'inapaisable sauvagerie de la vie.

9

L'hiver s'en vint en pluies glaciales, en vents teigneux, en neige aussi, vers fin décembre, rare et glacée parmi les arbres effeuillés. De ces jours où les voix se firent embuées dans le bois et les cris des corbeaux plus sèchement présents les matins de froid calme, Simon, Fabrissa et la vieille Jordane ne sortirent guère que pour aller aux branches mortes, à de rares rencontres de bêtes épuisées et à l'eau glacée du ruisseau. Nul ne les visita. Mais en vérité aucune saison de la vie de mon maître ne fut dans son humilité plus nourrissante que cet hiver-là. Ce fut un temps de travaux accroupis dans les manteaux terreux, de silence émerveillé au bord de mystères autrefois insoupçonnés, de paroles errantes autour du feu et d'apprentissage constant, lent et paisible, tandis qu'au-dehors les nuées tourmentaient les jours rétrécis. Il apprit les cuissons d'herbes, de feuilles et de fleurs sèches, les mélanges précis de poudres et de sels, le brûlement des racines, la confection des onguents et des essences, les lunes pleines de l'an où il convient de récolter les moisissures, les prières conjuratoires, l'écoute du ventre, du cœur, des souffles malacifs et autres secrets médicinaux que j'ignore car moi, Bernard de l'Auradieu, son scribe et disciple par la grâce de Notre Saint Sauveur, je ne suis encore qu'à l'aube du savoir.

Il apprit aussi à aimer Jordane en fils confiant, et à l'écouter en homme soucieux de faire fructifier en lui-même tout ce qu'elle lui offrait, sa science, sa bonté d'éprouvée que rien ne rechignait, et sa limpidité rieuse dont il ne sut jamais si elle lui venait de l'abandon de toute espérance terrestre ou d'une grâce d'innocence préservée. Car elle souriait de presque tout, même du diable, sauf aux instants de creusement où elle cherchait les mots qu'il lui fallait pour allumer les feux de l'âme. Mais si dans ses conversations avec Simon et Fabrissa s'insinuait quelque peur ordinaire comme celle de manquer bientôt de provisions nécessaires, elle n'abondait point dans la crainte ni ne rassurait, mais faisait de ce spectre un ange aux ailes déployées emportant son corps sans pesanteur au-dessus des clochers étonnés. Et si le souci de la mort assombrissait autour d'elle les voix, elle affirmait que cette dame de tous les effrois était en vérité la seule vraie mère du monde, et bientôt rêvait plaisamment à voix haute d'enfants courant vers son giron ténébreux, les bras chargés des mille fruits de la vie. Ces contes joyeusement brodés sur les malheurs possibles nourrirent aussi mon maître. Ils allégèrent ses fardeaux et ouvrirent sur des terres obscures des sentiers de lumière. Ainsi tout au long de la morte-saison, tant par le rire et la rêverie que par le labeur quotidien, il fut remué comme une terre fertile. Si bien qu'au sortir des froidures il s'avisa un jour que l'étudiant en droit qu'il avait été, fragile et pourchassé, n'était plus qu'une dépouille abandonnée dans les ruines des anciens jours.

Par une après-midi de mars acide et fringante, comme

il cheminait vers le haut de la colline en compagnie de l'Argenté, tandis que d'autres loups de la horde s'ébattaient dans les broussailles proches, il vit venir le berger de Missègre par le sous-bois encore maigre et cassant. Il fit halte sur un roc pour l'attendre et se tint là droit comme un arbre dans son long manteau de laine rousse qu'il n'avait pas quitté depuis l'automne, le poing fermé sur une houlette de buis plus haute que lui, et la figure si rugueuse et creusée, le regard si sombre et luisant sous la tignasse, le corps si fièrement planté que l'homme s'arrêta à distance, circonspect, prêt à la fuite. Simon le salua et s'approchant de lui il s'étonna qu'il parût avoir oublié son visage. L'autre lui répondit qu'en effet il ne l'avait pas reconnu, et hésitant à s'approcher il lui demanda d'éloigner ces bêtes redoutables dont il semblait familier.

Mon maître, indifférent à sa prière, le prit par l'épaule et l'entraîna vers la chaumière. Après quelques arpents de silence, l'homme lui avoua sa surprise de le voir si différent du perdu endeuillé qu'il avait rencontré aux pluies d'octobre.

— J'ai appris, lui dit son compagnon. Je sais maintenant soigner, comme dame Jordane. J'irai bientôt dans les maisons où elle ne peut se rendre.

— C'est une bonne nouvelle, répondit le berger.

Il ne sut dire plus. Mais au coup d'œil que le bonhomme lui jeta et à la réserve embarrassée où il se tint, Simon se découvrit soudain dans une autre vie que celle des pauvres gens, des nobles, des rois, des prêtres, des soudards qui peuplent le monde. Il était désormais séparé d'eux, comme un voyageur voilé d'obscurités étrangères et armé d'un savoir fascinant mais imprévisible. Il en fut surpris. Il n'avait pas désiré la solitude considérable où il se voyait sous le regard de cet homme simple. Cependant il ne fut point amer de cette distance malgré lui creusée, au contraire, il se sentit avec lui-même en compagnie suffisante, car il n'avait plus de ces vaines espérances qui poussent sans cesse les êtres vers leurs semblables. Les loups disparurent aux abords de la cascade. Jordane et Fabrissa accueillirent le berger sur le pas de la porte, contentes comme s'il était le bonhomme Printemps, courbé sous sa hotte débordante, et Simon son guide.

L'homme ne s'attarda guère. Il se rendait dans la plaine du Carcassès où il espérait de l'ouvrage, car le maître dont il avait jusqu'à ce jour conduit le troupeau était mort après le carême, et il ne voulait point obéir aux ordres de sa veuve dont il proféra le nom avec une moue rancunière, sans vouloir rien dire d'autre. Il prévint Jordane qu'il ne savait pas quand il pourrait lui porter de nouvelles provisions. Elle lui répondit de ne point s'inquiéter, et que Dieu pourvoirait à son nécessaire.

Ce fut ce jour que Simon décida de quitter la forêt. Il n'en parla point, mais dès que le berger eut déchargé sa hotte et s'en fut allé avec la vieille femme par le sentier qui longeait le ruisseau, Fabrissa demeurée seule en sa compagnie ne tarda pas à flairer une odeur de menace dans la tranquillité du jour. Elle s'en trouva fébrile et se tint malgré elle dans une vigilance apeurée. Simon était resté sous l'arbre, tandis qu'elle rangeait le sel et les farines dans la pénombre de la maison. Comme elle passait devant la lucarne elle l'examina à la dérobée, et fut tout à coup alertée par son immobilité, son regard lointain et son poing trop fermement serré sur sa houlette. Elle suspendit ses gestes, perçut autour de lui une sorte d'impatience de l'air, et sur sa figure une envahissante rêverie où n'était plus la chaumière, un désir de vent neuf, une soif de femme inoubliée, de Brune, se dit-elle, l'insurmontable. Elle voulut lui parler, éperdue comme si, déjà, il s'éloignait. Elle resta muette mais si suppliante dans son âme qu'il en fut tiré de ses songes. Il la regarda, vit son désarroi et sut à l'instant qu'elle avait tout deviné de ses intentions. Aussitôt il se détourna, s'en fut, lentement claudiquant, vers la cascade. Alors elle ne douta plus que parvenait à son terme le temps de bienheureux engourdissement où elle s'était enfoncée auprès de cet homme cerné par l'hiver dans l'humble et chaude tanière de leur mère commune. Ce fut comme si les mille fils de sa vie lui échappaient soudain, emportés loin d'elle par une brusque bourrasque. Elle se dit dans son égarement qu avant le soir peut-être, il se mettrait en route sans le moindre souci d'elle, et qu'il lui fallait en toute hâte le secours de Jordane pour empêcher sa fuite.

Elle laissa là ses sacs, ses fioles, et s'en alla en courant follement vers le sous-bois où elle l'avait vue disparaître avec le visiteur. Bataillant contre les branches qui entravaient sa course, les yeux immenses partout cherchant, elle l'appela à s'en déchirer la gorge parmi les arbres à peine bourgeonnants. Elle l'aperçut bientôt dans une éclaircie rocheuse, au loin. Le berger devant elle se tenait un genou à terre. Les mains sur sa tête, elle le bénissait. Fabrissa vit l'homme se relever et s'en aller à grands pas à travers les fourrés. Elle cria encore. Jordane resta immobile à regarder s'effacer derrière les branches celui qu'elle avait jusque-là accompagné, puis elle vint tranquillement vers elle.

— Simon s'en va, lui dit la fille.

La vieille mère la vit tant implorante et sauvage, tant impatiente de l'entraîner qu'elle se mit à l'examiner en souriant malicieusement jusqu'à ce que s'allume dans les yeux de l'affolée une lueur d'espérance étonnée, à peine inquiète.

— Il va partir, dame Jordane, venez vite, dit-elle encore.

Mais elle ne bougea pas, car à l'évidence Jordane n'ignorait rien de ce qu'elle lui disait, et Jordane savait qu'il n'y avait point d'urgence à courir, et pour peu qu'elle s'apaise Jordane lui dirait ce qu'elle devait faire pour apprivoiser cet être plus terrible que les loups dont il avait fait ses frères.

L'aïeule prit sa main, l'entraîna vers le ruisseau, la fit asseoir près d'elle sur la rive et resta longtemps à contempler l'eau turbulente. Comme la fille se prenait à grelotter, elle l'attira contre son corps maigre et lui offrit la chaleur de sa large pelisse. Ainsi blotties ensemble sous les grands arbres nus elles se tinrent encore un moment silencieuses, puis :

— Toutes les nuits, ces temps, je le sens qui s'éloigne, dit la vieille femme. Il remue, il combat, il renâcle, il tire sur la corde qui le retient à moi. Il croit qu'il m'est infidèle, il s'effraie, il se renfrogne. Il se sent mal vivant. Il ne sait pas qu'en vérité il se réveille, que le soleil se lève dans ses veines, quand dans son cœur les oiseaux par milliers s'ébrouent, que le printemps l'envahit et l'attire au large, jubilant mais point aimable, violent comme la vie défaite enfin de ses entraves. Dieu veuille qu'il cesse bientôt de lui résister. Il hésite, la mine sombre, au seuil de la maison. Il ne sait pas qu'il doit aller bravement son chemin avec ses forces neuves, avec les provisions de savoir que je lui ai données. Ou s'il n'ignore plus, il n'ose pas me dire, car il croit que je l'espère à jamais près de moi. Pauvre enfant ! Il ne sait pas qu'il m'alourdit, maintenant que je n'ai plus rien à lui apprendre. Il ne sait pas que mon désir est de l'offrir au monde, que ma fierté est dans sa vigueur, ma paix dans la fermeté de son cœur, mon bonheur dans celui qu'il saura donner, ma crainte dans les pièges de sa route, et ma confiance dans la seule Providence, pour sa sauvegarde.

Elle se perdit dans la contemplation du torrent aux mille murmures. Fabrissa gronda, tout enfiévrée :

— Si je ne peux le suivre, je mourrai de rage, ou je me ferai putain pour le punir de ne rien savoir de l'amour des femmes.

Jordane sourit, pencha de côté sa figure, accola sa tempe à la tête de la fille et dit tout doux :

— Il croit que tu lui pèses. Il ne sait pas que tu lui es aussi précieuse que l'outre d'eau sur l'épaule du voyageur qui va par le désert. Il ne sait pas que sans toi il se desséchera.

— Que fera-t-il de moi, dites, quand il aura rejoint cette femme qu'il désire ?

— Et toi, que feras-tu de lui quand tu sauras l'homme qu'il est en vérité ? Tu n'es pas dans sa main mais dans celle de Dieu, où il est aussi.

Elle ouvrit son manteau, dit encore :

— Va préparer ton bagage et le sien. Il est temps.

Fabrissa s'envola le long du ruisseau vif.

Ce soir-là Simon ne revint à la chaumière qu'après la nuit tombée. Sans un mot aux deux femmes qui se tenaient assises au bord du feu il se coucha. Le lendemain, quand il sortit ébouriffé dans l'aube à peine pâle, il trouva Jordane devant la porte, sous l'arbre qui l'avait si souvent aidé à se dresser debout, au temps où il s'acharnait à dompter sa jambe boiteuse. Elle lui saisit la manche et sans un regard à sa figure elle le retint et attendit. Fabrissa presque aussitôt les rejoignit. Alors celle qui les avait autrefois accueillis à tous deux ordonna de s'agenouiller devant elle, ce qu'ils firent, l'une empressée, l'autre hésitant et fort troublé. Elle posa une main sur chaque tête penchée et remit à Dieu ces deux êtres qui lui avaient été confiés dans son grand âge. Après quoi, comme si personne n'était plus dans le pré à la regarder, elle se mit à ramasser de-ci, delà des branches mortes pour le feu. Quand elle en eut une brassée, elle rentra dans la maison et poussa sur elle la porte. Un sac était contre le mur, près du seuil. Simon le prit avec son long bâton, se tint un moment à ne savoir que faire, puis voyant Fabrissa vivement s'éloigner parmi les arbres, il la suivit à grands pas.

Jusqu'au sommet de la colline elle chemina loin devant lui. Dans la lumière tourmentée de la cime elle fit halte parmi les arbres nus, leva le front vers les nuages débridés qui roulaient à travers ciel et soleil, mais ne se retourna point. Comme il s'échinait encore à gravir la pente elle s'assit contre un rocher, à l'abri du vent. Parvenu devant elle il s'appuya sur son bâton, resta un moment haletant, les yeux vagues, et s'en fut s'affaler à distance dans l'herbe. Après quoi il ouvrit son sac, y trouva des provisions qu'elle y avait mises et se trancha un croûton de pain.

Tandis qu'il mangeait posément il jeta un coup d'œil à sa compagne, la jugea maussade, s'en détourna, agacé. Alors comme un flot de lumière lui déferlant en tête l'envahit la pensée de Jordane. Depuis l'aube froide où il l'avait hâtivement quittée, tout embarrassé de son souffle à chaque pas le long des raidillons broussailleux il avait malaisément porté le souci d'elle. Maintenant qu'il avait atteint ce sommet venteux où elle ne pouvait plus le rejoindre, il se prenait d'envie de rire, s'étonnant prodigieusement que la vieille femme ait pu lui offrir avec tant de simplicité cette liberté qui lui paraissait, hier encore, si lourde à prendre. Mais sa jubilation ne dura guère. Il se sentit bientôt circonspect comme devant une grâce imméritée, amer aussi, sournoisement. « Pour avoir d'un cœur si simple béni ma fuite, se dit-il, peut-être ne m'a-t-elle jamais aimé, peut-être n'ai-je été entre ses mains, sous son regard, dans ses prières même qu'une œuvre à façonner pour la gloire ou le plaisir de Dieu qu'elle porte en elle, et qu'elle s'est toujours gardée de dévoiler en ma présence. D'elle à Lui, peut-être n'ai-je été qu'une offrande, rien d'autre. » Lui vint à l'esprit que jamais elle ne lui avait confié le moindre récit de sa vie, le moindre doute, le moindre sentiment, qu'il n'avait rien connu de cette femme que son attentive compassion, et que presque tout d'elle en vérité lui était resté indifférent.

Il s'en trouva honteux. Lui revinrent alors à la mémoire saisons et jours et nuits mêlés, vents et soleils, feux et froidures, mille visages de Jordane, ses veilles obstinées (l'avait-il jamais vue dormir ?), ses incessantes collectes d'herbes médicinales qui ne servaient à soigner personne, ses longs silences intimidants, douloureux peut-être, ses soudaines rudesses de poigne, certains matins, quand il tardait à s'éveiller. Se pouvait-il que la rage et l'impatience l'aient parfois traversée, elle aussi ? Il se souvint de certains regards à mourir de pitié qu'elle changeait aussitôt en sourires, voyant l'étonnement inquiet de ses enfants. Il resta si songeur que son quignon de pain tomba de sa main abandonnée. Il pensa : « Pauvre d'elle, c'est moi qui n'ai pas su l'aimer. » L'envie le prit de retourner à la chaumière, débordant de remords et d'urgente tendresse. De droite et de gauche il regarda l'espace, les nuées lourdes dans le ciel, les arbres secoués par la bourrasque, puis il baissa la tête, accablé, et parlant à lui-même : « Seigneur, se dit-il, je sais pourquoi elle ne m'a jamais fait l'aveu de ses humeurs, de ses peines, des épreuves qui l'ont brûlée : parce qu'elle les oubliait dans le seul souci de ma vie. Et moi, qu'ai-je fait ? Je ne lui ai rien donné que mon acharnement à renaître et à savoir. J'ai cru m'être hissé à sa sainte hauteur à force de science dévorée. Misère ! Regarde-toi, Garric, regarde ton âme embourbée, tu n'es qu'un loup à face d'homme, comme un voleur tu t'en es allé sans un mot de merci ni d'espérance, sans aucune promesse de retrouvailles, sans un regard qui dise : sois en paix, tu m'as appris l'amour véritable. Et maintenant, comment savoir si elle m'entend, Seigneur, comment savoir si elle n'a pas perdu toute foi dans son fils écervelé ? »

Comme il se perdait ainsi dans son tourment lui revint une lointaine et foisonnante lumière de plein été. Il se trouvait avec Brune, cheminant à elle enlacé. Ils cherchaient ensemble à s'égarer comme ils le faisaient souvent loin des jardins, par la lande embaumée de genêts. Il lui avait demandé ce qu'elle voudrait qu'il soit si par grâce ils rencontraient à l'instant une vieille fée assez bienveillante pour leur offrir toute fortune désirée. Elle s'était arrêtée, pensive, puis lui avait répondu : « J'aimerais que tu sois le plus grand sage du monde, voué aux pauvres et respecté des rois. »

« Que je parvienne dans cette vie non point à l'intimité de la sagesse mais seulement à toucher le bas de sa robe céleste et je m'estimerai aimé de Dieu, se dit-il, le cœur impétueux. Que je fasse ce que je dois pour n'être point indigne de l'affection de Jordane et du regard de Brune, quand je la retrouverai, que je devienne enfin un homme accompli, malgré mon boitement, ma méchante balafre et l'ignorance de mon âme, et je n'aurai regret ni rancœur d'aucune souffrance. Et si maintenant me venait de ma vieille et savante mère un signe de son pardon et de son indulgence aimante, certes, je ne craindrais plus rien au monde. »

Il jeta un rude regard à Fabrissa tandis qu'il se dressait et sentit que pas un instant elle ne l'avait quitté des yeux depuis qu'il avait ouvert son sac sur l'herbe humide. Elle paraissait ruminer des orages impitoyables. Cela le fit ricaner en lui-même. Il s'éloigna sans autre souci d'elle.

— Moi aussi, j'ai faim, lui cria-t-elle hargneusement.

Il s'arrêta, se mit à fouiller dans son bagage. Alors il l'entendit gronder dans le vent turbulent :

— Regarde-moi, Garric.

Il leva la tête, étonné. Il vit ses joues si pâles que l'envie fugace le prit de tendre ses doigts à cette peau fragile et de la caresser tout doux. Mais dans les yeux de la fille brûlait un feu féroce et résolu. Il en fut tenu à distance, tout à coup hautain et renfermé contre cette tourmente de combat qui lui venait de ce regard, de cette bouche frémissante.

— Une fois dans ta vie, dit-elle tout enrouée de rage, oublie ta promise céleste, ta haute Brune, ta brumeuse, ta désirée, celle à qui je te vois penser sans cesse, pauvre fou, ivrogne d'elle, une fois pour mon salut oublie-la et regarde Fabrissa d'en Bayle, c'est mon nom, tu ne me l'as jamais demandé, pourtant c'est toi qui me l'as rendu. Je m'appelle Fabrissa d'en Bayle et j'ai fait jeter père et mère dans la prison où ils sont morts et tu m'as ramenée de l'enfer où j'étais et je t'ai suivi, Garric, sans qu'un instant tu te retournes vers moi. Et quand les loups t'ont dévoré, moi revenue vivante j'ai lavé tes plaies avec ma langue et ma salive et pendant une pleine saison que j'aurais voulue éternelle j'ai connu l'odeur de ta crasse et de ta sueur, Garric, j'ai tenu ta tête pour te faire boire l'eau, la tisane, la soupe, je n'ai pas permis qu'une mouche t'effleure, j'ai débarbouillé ta figure, tes bras, tes jambes, ton ventre, je t'ai torché, je t'ai réchauffé contre ma peau, j'ai tout connu de ton corps, la place de tes os, le goût de ton sang, le creux au milieu de ta poitrine et ce que toi-même tu ne peux pas connaître, tes grimaces, les trois couleurs de tes yeux, les bruits de ton cœur et de ton souffle, les sursauts de tes muscles à l'instant de dormir, la blancheur morte de tes mains quand tu avais la fièvre, les mots de pauvre enfant et les gémissements échappés de ton sommeil. Sais-tu qu'une fois tu as appelé Fabrissa au bord de la mort où tu étais ? Fabrissa, point Brune, moi, Garric ! J'en ai eu comme un grand hurlement de soleil au-dedans. Sais-tu ce que j'ai fait ? Je me suis couchée contre toi et j'ai parlé sur ta bouche, parlé de toutes mes forces, parlé pour te retenir dans la vie, pour que tu oublies de mourir, parlé, parlé jusqu'à ce que le jour vienne à mon aide et que tu te réveilles. Et quand tu t'es réveillé je me suis levée pour ranimer le feu et j'ai failli tomber dedans tellement j'étais faible. Ivre, lasse, bienheureuse, en paix, Garric, tu m'as laissée ainsi. Et de ce matin-là tu t'en es retourné dans ta pure femme, ta parfaite, ta lointaine, ta folie. Et moi je me suis mise à tant espérer de toi que je crains d'en venir bientôt à te haïr. Par pitié, fais-moi taire, Garric, ne me laisse pas dans la honte de te parler comme je fais, je ne veux rien de toi qu'un peu de bienveillance. S'il te plaît, sois bon avec Fabrissa comme tu sais l'être avec ces loups qui te regardent. Dis, ont-ils mieux que moi mérité ton amitié ?

L'Argenté se tenait immobile à quelques pas et haletait, les flancs palpitants, les yeux brillants, comme emplis de paroles heureuses, inexprimables. Il était avec six compagnons dispersés derrière lui, et pareillement attentifs. Simon pensa qu'ils venaient de la cascade et que Jordane les avait envoyés à lui en réponse aux pensées qui l'avaient tenaillé. Il s'en fut tomber devant eux à genoux, étreignit les encolures, se frotta aux museaux affectueux à l'excès, s'en défendit en grognant d'aise. Puis il revint à Fabrissa qui grelottait de rage et de chagrin, appuyée contre un arbre. Il lui dit avec un sourire affecté qu'il savait aussi bien qu'elle ce qu'ils avaient ensemble enduré. En vérité, il se sentait confusément bouleversé. Cette fille avait vécu si longtemps soumise à ses moindres humeurs qu'il ne s'était jamais soucié de quitter en sa présence l'ombrageuse et confortable indifférence où il avait résolu de se tenir. Or, voilà que sa soudaine révolte dispersait en sentiments contraires cette tranquillité revêche qu'il croyait bien assise. Il voulut soutenir son regard, en fut tout entier envahi, se trouva penaud du peu de soin qu'en vérité il avait eu d'elle, autant que scandalisé par la liberté qu'elle avait prise de lui parler si vertement, désireux aussi d'apaisante amitié, et par ce désir effrayé. Il esquissa un geste tendre, le retint, se mit à pester contre lui-même et bientôt ne sachant plus par quelle porte sortir de sa dispute intime il s'insurgea contre cette compagne de ses malheurs, l'accusa d'avoir dévoilé à tous les vents ce qu'elle aurait dû par pudeur garder secret et qui maintenant par sa faute l'empêtrait de vergogne. Il s'impatienta, s'enrogna même au point qu'il leva la main sur sa tête en bégayant des imprécations désordonnées. Elle tendit bravement le visage à sa haute figure, lui lança :

— Tu ne me fais pas peur, Garric.

Et riant sec, les yeux batailleurs :

— Tu ne m'as jamais fait peur.

Il se détourna, jeta son sac sur l'épaule et s'en alla, environné de loups.

Comme il abordait la pente abrupte qui dévalait vers le village d'Arques il se sentit retenu par son bagage dans un enchevêtrement de branches mortes, se retourna pour l'arracher, s'aperçut que Fabrissa ne le suivait pas, poussa un juron, l'appela à voix tonnante, la vit sortir de derrière un rocher, marchant à son pas. Il lui ordonna de se hâter. Elle ne lui obéit point mais il fit en sorte qu'elle ne tarde guère à le rattraper. Après un moment de marche silencieuse elle se mit à maugréer, à quelques enjambées de lui, dans le sous-bois. Il tendit l'oreille, entendit qu'elle parlait aux loups. Ostensiblement, il les rameuta. Alors, ricanante et criant presque :

— Il se croit votre frère, dit-elle, il n'est qu'un chien trottant derrière un parfum de fantôme. J'imagine qu'il vous amuse, ce mendiant amoureux d'une dame dorée, voilà pourquoi vous le suivez. A moi il fait pitié. Qu'espère-t-il, le pauvre ? Être reçu comme un cavalier aux belles bottes dans le château où il va ? Dites-lui donc qu'il sera bastonné dès le portail entrouvert et chassé comme un porte-malheur avant même d'avoir aperçu sa Brune dans le jardin. Vous qu'il aime, peut-être vous croira-t-il. De moi, il ne veut rien entendre.

— La paix, gronda Simon.

Mais l'autre, imperturbable :

— Il ne sait rien des femmes. Il ne sait pas qu'elles peuvent faire leur maison dans la main d'un homme, pour peu qu'elle leur soit tendue. Il ne sait pas qu'elles sont capables de marcher jusqu'au bout du monde pour un regard qui les fasse vivre. Il ne sait pas qu'elles savent attendre comme aucune bête ne le peut. Les épousées, les abandonnées attendent, les filles de bordel les saintes attendent. Les hommes vont, les femmes attendent. Jusqu'au fond des fonds de l'espérance elles attendent. Jusqu'à la haine même. Et quand la haine vient aux femmes, que Dieu protège ceux qui les ont bafouées. Entends-tu, Garric ? Je te parle.

Elle se tut car venaient d'apparaître parmi les arbres trois cavaliers vêtus de cuir sur des chevaux harnachés de fourrures pelées.

Ils allaient au pas. Derrière eux, à peu de distance étaient la lisière du bois et la lumière des champs, entre les branches. Ils s'arrêtèrent, voyant planté dans les broussailles basses le haut corps de Simon, sa tête hirsute environnée de bourgeons éclos et ses loups en arrêt devant son long manteau. Leur voix claqua dans l'air où le vent n'était plus. Des éclairs de couteaux jaillirent de leurs ceintures. Un cheval se cabra en hennissant, effrayé par les fauves, tandis que les autres renâclaient. L'un des hommes héla le voyageur et lui demanda d'éloigner ces bêtes qui inquiétaient leurs montures. Simon leur répondit qu'ils n'avaient rien à craindre, mais il ne fit pas le moindre geste pour renvoyer la horde. Alors les cavaliers s'avancèrent au pas rétif de leurs bourriques prudemment éperonnées. Leur tunique était recuite et trouée d'usure, quoique solidement sanglée, leurs bottes informes étaient lacées de chanvre paysan, leurs armes semblaient sommaires mais bien fourbies. Fabrissa sans les quitter des yeux dit à son compagnon qu'ils étaient des routiers. Celui qui parvint devant eux le premier la salua d'un grasseyement de rustre émoustillé. Elle lui sourit avec un empressement excessif, puis jeta un regard provocant à Simon occupé à examiner les rudes figures de ces gens qui lui venaient. Les loups reculèrent lentement, l'échine basse, jusqu'à se poster à l'affût dans les rochers.

— Il paraît qu'il faut être sorcier pour apprivoiser ces bêtes, dit l'un des hommes les désignant, l'œil mauvais.

— Je suis médecin, répondit Simon. Si vous connaissez des gens qui se trouveraient bien de mes services, vous serez bons de m'envoyer à eux.

— Et moi je suis putain novice. Qui me veut ? dit Fabrissa, méchamment rieuse, un poing au creux de sa taille déhanchée.

Les hommes s'esclaffèrent. Le dernier de la bande, un bouffon au long nez, menu et presque chauve, bondit à terre, rengaina son couteau et lui ouvrit les bras. Comme elle faisait mine de s'avancer vers lui, Simon l'empoigna aux cheveux et la ramena si violemment à son côté qu'elle tomba dans l'herbe assise. Puis s'efforçant à la plaisanterie avec les autres il prétendit qu'elle n'avait pas toute sa tête. Le bouffon lui répondit hautement que volontiers il se contenterait d'une idiote aussi fringante. Il s'approcha d'elle en jouant les galants grotesques et voulut l'aider à se relever. Simon d'un pas lui fut devant, son bâton haut brandi. Il entendit autour de lui des courses brèves. Les loups s'enfoncèrent dans les broussailles proches et là se tinrent dissimulés, prêts à la bataille. Les chevaux hennirent et s'agitèrent. Le routier recula, l'œil aux aguets. Ses compagnons, soucieux d'apaiser cet homme redoutable qui restait fermement planté sur ses longues jambes à guetter leurs gestes, lui dirent que près d'Arques, à la ferme de l'Aiguille, il trouverait une femme malade. L'un d'eux ajouta qu'elle était la sœur de Sicard Font-Rouge, leur chef, tandis que l'autre pressait leur imprudent compère de remonter en selle. Tous trois, criant à hue et à dia, disparurent bientôt parmi les fourrés secs.

— Bénis soient Dieu et dame Jordane sa meilleure servante, dit Fabrissa extasiée.

Elle prit la main de Simon et la baisa. Il la lui retira impatiemment, grommela qu'elle n'était qu'une greluche inconséquente, l'accusa de l'avoir par pure malice mis en danger mortel, serra le poing sous son nez. Elle ne s'en défendit pas.

— Quel bonheur d'avoir par toi la vie sauvée, dit-elle.

Il lui répondit, reprenant sa marche, que s'il l'avait retenue de se jeter à la tête de ces pestes d'hommes c'était par simple souci de ne point voir se perdre en enfer putassier celle qui avait eu soin de lui dans son malheur, et s'emportant encore il lui cria qu'elle lui était décidément un insupportable fardeau et qu'il l'abandonnerait à la première maison convenable qui voudrait l'accueillir. Elle, derrière lui, chantonnait à la horde revenue :

— L'entendez-vous, mes belles bêtes ? C'est la voix de Simon Garric qui tonne ! Entendez-vous comme il parle haut et fort, l'homme qui me tient dans sa main ? Ma vie lui importe, comprenez-vous ? Seigneur Dieu, il n'a pas voulu que Fabrissa se perde !

A la sortie du bois ils firent halte et restèrent un moment en silence ébahi à contempler devant eux les vastes champs dans la lumière du soir, puis ils s'avancèrent côte à côte sur le sentier charretier qui menait au village. Les loups ne les suivirent pas. Ils coururent le long des arbres comme s'ils cherchaient à contourner un obstacle invisible, puis Simon ne les vit plus. Il leur dit adieu dans son cœur. Au loin, un angélus sonnait dans l'air paisible et froid.

10

Les beaux jours cette année-là vinrent sans hâte par détours de pluies, regains de gel et rares éclats de soleil franc sur les champs, les villages et la sauvagerie rocailleuse des landes. Par traverses pareillement incertaines une paix active et durable s'établit peu à peu dans les laborieuses journées de mon maître. S'estimant rude, gauche, effrayant de figure, hirsute et par trop sale, il craignit d'abord de se voir de partout chassé. Avec une excessive humilité il se présenta donc au pas des portes, Fabrissa derrière lui cachée comme une pauvresse honteuse. Il en subit des rebuffades. Bien lui prit alors de redresser le dos et de s'armer de dignité. Ses paroles fermes et mesurées, son air grave et l'évidente bonté de sa figure firent qu'il ne tarda guère à être reçu au seuil des fermes et des resserres autant que dans les demeures de belle pierre avec la méfiance espérante qui accueille d'ordinaire ces colporteurs savants dont on ne sait s'ils vendent vie ou vent. Il put ainsi soigner, comme Jordane le lui avait appris. Il le fit sans compter son temps au chevet des malades, et parfois fut assez chanceux pour ramener à la santé d'obstinés grabataires. Cependant, toujours occupé de la pensée de Brune, et convaincu qu'il ne pouvait, pauvre homme comme il était, se présenter à Peyrepertuse où il ne doutait point qu'elle l'attendait encore, il prit bientôt la décision de gonfler sou après sou sa bourse jusqu'à posséder assez pour s'établir honorablement dans quelque ville, rejoindre en beaux habits sa promise et lui offrir sa fortune faite. En deniers, biens de bouche ou vêtements vendables il exigea donc d'être payé pour ses bienfaits, se fit comptable strict de la moindre pièce d'argent et ne cessa de vivre en vagabond insoucieux des intempéries et de l'inconfort des granges.

Sa compagne partagea de bon cœur cette rude existence. Elle apprit à parler sans crainte aux familles affectées, se ravivant comme une fleur sous l'averse d'être simplement regardée sans méchanceté et s'offrant éperdument, au moindre regard éploré, à passer des nuits de veille dans la puanteur maladive de corps inconnus. En vérité, à rencontrer ainsi les peines désarmées des pauvres gens dont elle n'avait autrefois connu que l'hostilité silencieuse, elle se découvrit débordante de bon secours autant que de force et de vive finesse. Hommes et femmes en vinrent à leur confier leurs soucis et leurs plaintes, tandis que l'austère médecin prenait soin de leur corps. Elle les écouta, consola autant qu'elle put, osa bientôt assister activement Simon et se prit parfois à lui souffler à voix basse, au risque de lui déplaire, des avis qu'elle ne pouvait contenir. Ils étaient toujours précis et de sens subtil, malgré sa moindre science. Il s'en émerveilla souvent, autant qu'il s'inquiéta de ces pressentiments fulgurants qu'elle se risquait timidement à lui dire. Il lui parut bientôt que cette acuité infaillible était par nature l'insaisissable pouvoir des femmes, quand elles se laissaient aller à la passion de deviner les êtres. Comme une femme et point comme une sœur pesante il se prit donc à la regarder. Il tenta de la mieux connaître, par approches ombrageuses et questions faussement bénignes. Elle lui répondit avec un empressement vivace mais contenu, craignant de se révéler sotte, espérant se voir enfin désirée. Ses frémissements rougissants et l'éclat de ses yeux, quand elle cherchait ses réponses, troublèrent fort Simon, sans qu'il ose se l'avouer. Ils s'établirent ainsi dans une connivence souvent rétive mais enracinée dans l'âme, jusqu'au jour où vint à cet homme renfermé, avec la certitude de vivre auprès d'un être fort mystérieux, non point l'amour de cette fille qui ne lui était pas permis, mais la fierté d'elle et l'estime forte.

Ils se trouvaient peu de temps avant Pâques sur le plateau d'Albières, dans une pauvre maison plantée à la sortie d'un hameau et battue par des averses qui forçaient les gens à l'abri des cabanes dans les jardins épars. Là était une femme qui venait d'accoucher, et qui souffrait de forte fièvre. Quand ils entrèrent, son mari quitta le chevet de sa couche et vint les saluer impatiemment, tout encombré de lui-même sous les poutres basses, parmi les oignons suspendus. Près de la lucarne où ne passaient que nuages et rares éclaircies de soleil étaient une aïeule assise et un garçon d'une dizaine d'ans affalé à ses pieds sur la terre battue. Sa tête était posée au creux des vieilles jambes, sous les longs doigts qui égrenaient un chapelet. Ses yeux étaient grands ouverts et fixes mais ne regardaient rien, ni la mère couchée, ni cet homme inconnu qui près d'elle se recueillait, ni son père qui allait au seuil interroger le ciel, puis s'en revenait remuer gauchement la soupe sur le feu, ni cette jeune compagne du médecin qui, elle, l'observait, distraite de tout, sauf de lui.

Fabrissa se trouva bientôt si captivée par cet enfant qu'elle abandonna Simon et l'accouchée, vint s'agenouiller devant son visage, chercha son regard. Il renfonça aussitôt le front dans l'abri des mains sèches et du tablier rugueux. Elle s'approcha de son oreille, lui murmura des paroles pressantes. L'homme qui tisonnait les bûches sous le chaudron lui dit, la tête aux braises :

— Laissez-le donc, il ne vous répondra pas. Depuis qu'il marche seul il ne parle à personne. C'est un teigneux perdu. Un muet.

Il cracha ce mot comme une insulte amère, jeta dans un coin le bâton dont il s'était servi pour attiser le feu puis s'en revint à sa femme sur qui Simon était penché. Fabrissa examina l'aïeule, qui paraissait elle aussi absente du monde. Elle lui tira la manche à petits coups, lui demanda où était le nouveau-né. La vieille sans rien dire se détourna d'elle. Ses doigts un instant abandonnés dans la chevelure du garçon reprirent fébrilement les grains du chapelet. La fille comprit que l'enfant était mort. Alors elle resta un moment silencieuse puis se mit soudain à parler au muet, à voix basse. L'autre bientôt releva la tête et tendit à ses paroles son visage, d'abord inquiet puis stupéfait, la bouche tremblante, les yeux écarquillés comme si ce qu'il entendait lui était une telle révélation qu'il s'en trouvait bouleversé de terreur autant qu'envahi de lumière. Il eut un sursaut d'étouffé, prit une inspiration avide. D'un mot bref elle le retint au bord d'un cri, se dressa de son haut et sortit. Il lui courut derrière. La vieille par la lucarne les regarda s'éloigner sur le sentier, poussés par le vent. Des larmes roulaient sur ses joues creuses.

Quand ils revinrent, il faisait nuit et la pluie tombait à verse. De la maison silencieuse où l'aïeule priait, où somnolaient les hommes au bord du feu et la femme pâle sous la couette, chacun les entendit s'ébrouer et racler leurs semelles sur la pierre du seuil. Tous tournèrent la tête vers la porte. Des bruits rauques, des couinements répondaient à la voix fraîche de la fille. Dans une fringante bouffée d'air sombre les deux envolés entrèrent, rieurs, ruisselants. Fabrissa d'un mouvement preste ôta à l'enfant sa tunique mouillée, se mit à frotter vigoureusement sa poitrine maigre. L'autre lui échappa, vint tout grelottant entre les hommes chauffer son dos aux flammes. Comme elle tenait son vêtement à secher au-dessus du foyer :

— J'ai appris qu'il se nommait Pierre, dit-elle. Il n'est pas muet. Il fera un beau vivant, s'il ne désespère pas trop des pauvres gens qui l'ont mis au monde.

Le garçon prit son souffle, fit un grand effort gémissant, puis tout à coup jaillit de sa gorge un long cri ténu comme un fil de source.

— Pierre-Trompe-la-Mort, dit Fabrissa, le présentant à l'assemblée avec une solennité joyeuse.

A grands hochements de tête l'enfant approuva et rit, étonné d'oser défier le monde. Sa mère se dressa sur le coude en balbutiant à petits sanglots des émerveillements incrédules, son père le prit aux épaules, tourna vers la fille sa figure effarée, revint à son fils, parut un instant le soupçonner d'être si longtemps resté silencieux par malignité de vaurien, l'étreignit enfin violemment.

Fabrissa n'avait cessé de regarder Simon. Elle ne le vit point manifester son contentement comme les autres, mais tandis qu'il forçait doucement la femme à rester au chaud dans sa couche, à ses gestes tout à coup déliés, à l'affectueuse sévérité de son visage, à d'infimes éclats du regard, il lui parut tout pénétré d'une chaleur pudique et si secrètement jubilante qu'elle se prit à l'aimer comme jamais. A le contempler encore, lui vint l'évidence éblouissante et déraisonnable que s'éveillait à l'instant, au cœur du cœur de cet homme, peut-être par contagion de miracle, un autre enfant pareillement bâillonné qui souffrait de ne point savoir lui parler d'amour. Simon rencontra les yeux de sa compagne. Un sourire indécis traversa son visage. Elle s'en trouva baignée comme par le soleil du premier jour du monde. Jamais encore il ne lui avait fait pareil cadeau. « Seigneur Dieu, pensa-t-elle, se peut-il qu'il sorte lui aussi du silence, qu'il vienne à moi avec des mots de beau désir ? » Le garçon courut à elle se blottir. Elle lui dit :

— Regarde cet homme, il s'appelle Simon. Lui aussi est un Trompe-la-Mort.

Comme ce balafré considérable s'approchait de lui, l'enfant se renfonça craintivement dans l'abri de la fille. Elle le hissa contre son corps et s'en fit un bouclier, effrayée peut-être, elle aussi, par ces bras inespérés qui grands ouverts lui venaient. Simon étreignit ensemble Fabrissa et la créature malingre qui s'agrippait à son giron. Un moment il les tint étroitement enclos dans l'obscure confusion de leurs souffles et du grand vent mouillé qui faisait autour d'eux grincer les murs et la charpente. Quand il les délivra, il vit que l'aïeule les regardait. Elle avait cessé d'égrener son chapelet. La face vaguement éclairée par la lueur du feu dans la pénombre du fond elle se tenait adossée à la nuit, et les yeux grands ouverts semblait veiller sur eux. Il lui vint à l'esprit que cette vieille femme était sans pensées et qu'elle se tenait simplement assise sur le seuil de l'au-delà à contempler leur vie, leurs visages et peut-être leur âme, sans autre souci que d'en donner de réconfortantes nouvelles au village des trépassés où elle irait bientôt. Comme il se disait cela, il pressentit soudain que l'accouchée était promise à une guérison prochaine. Assurément, selon les contours des êtres et la franchise du feu, des bruits, de l'air ombreux, la mort n'était plus inscrite dans ce lieu, ni ces jours. Le cœur allégé, il s'en fut soulever sa tête contre son épaule pour lui faire boire sa première décoction de la nuit. Elle était épuisée mais n'avait plus de fièvre. Il lui dit de dormir, et qu'elle était sauvée.

Le lendemain dans la matinée Simon et sa compagne quittèrent cette maison avec un denier d'argent, un quartier de viande fumée, la bénédiction silencieuse de l'aïeule et de bonnes paroles de l'époux, qui sur le pas de sa porte leur fit longtemps des signes d'au revoir. Le garçon les accompagna jusqu'au chemin de crête qui menait au village de Savignan où ils avaient à visiter un bûcheron aveuglé d'un œil par un éclat de chêne. Vers midi il s'arrêta sans un mot et baissa la tête à la lisière d'un vaste champ d'herbe grise où étaient de ces cabanes de pierrailles qui servent d'abri aux bergers. Fabrissa le serra sur sa poitrine en le recommandant aux soins de Dieu puis le poussa hors d'elle. Il s'en fut en courant et bondissant agilement parmi les rochers et les fourrés de buis. Il ne se retourna pas. Après que la fille l'eut suivi du regard, comme elle s'attardait, les yeux perdus sur la lande où il avait disparu, Simon lui prit la main et la tenant fermement dans la sienne il l'entraîna à son côté.

Dans l'après-midi de ce jour, sur ces terres où n'étaient que cailloux, buissons épars, vaste ciel et brise violente, ils virent surgir au bout de la route indécise une troupe serrée de cavaliers au galop qui leur vint droit dessus, le soleil dans le dos et la poussière au vent. Comme ils s'écartaient pour laisser le passage à ces furieux, ils reconnurent l'un de ceux qui chevauchaient devant et qui de loin les désignait aux autres en criant des paroles joyeuses dans le fracas de la cavalcade. C'était l'entreprenant bouffon au long nez qu'ils avaient rencontré avec deux compagnons routiers au sortir de la forêt d'Arques, et que Fabrissa avait imprudemment émoustillé. A peine eut-il donné de sa voix aigre qu'un cavalier en toque d'ours à son côté leva haut sa main gantée et ordonna de faire halte. La bande alentour de Simon et de sa compagne à grand bruit s'ébroua dans de puissantes odeurs de cuir et de sueur fumante. Le bouffon, se frayant un passage dans l'encombrement des montures, vint saluer Fabrissa avec une galanterie exubérante, lui tendit la main et l'invita à monter en croupe en lui promettant mille plaisirs d'entrejambes. Aiguillonné par les ricanements de ses compères il se fit si pressant qu'elle ramassa une pierre plus grosse que son poing et menaça sèchement le mauvais bougre de lui fracasser le crâne s'il la harcelait encore. Simon, tenant derrière lui la fille qui s'était reculée à l'abri de son corps, regarda le capitaine de ces gens chasser d'une empoignée le paillard hors de son espace et venir à lui. Il était seul vêtu d'une longue veste de fourrure ouverte sur sa tunique lacée parmi la toison de sa large poitrine. Une main aux rênes et l'autre largement étalée au travers de sa cuisse, il ordonna la paix à ses hommes sans que ses yeux bleus, étrangement limpides entre barbe rugueuse et sourcils drus, ne cessent d'examiner le voyageur immobile au bord du chemin. Il lui dit enfin, tandis que ses routiers se voûtaient sous le vent :

— Je te connais, tu es Simon Garric, bon médecin, voyageur respecté et familier de personne, sauf des loups, à ce qu'on m'a conté. Tu me connais aussi, je suis Sicard Font-Rouge, brigand, tueur, ami de qui n'est point aimé de Dieu. Je sais que tu as soigné ma sœur. Tu n'auras aucun mal de moi.

Et comme son cheval piétinait et hennissait au ciel :

— Ce soir nous logerons au château d'Auriac. Tu es des nôtres avec ta femme. Tu as beaucoup à m'apprendre, bonhomme.

Il tourna bride et ordonna au bouffon de laisser sa monture à ses invités. L'autre mit pied à terre en bougonnant dans son nez, puis s'en fut entre les cavaliers quémander aux uns et aux autres une place parmi les bagages qui pendaient aux harnachements. Tandis que Simon et Fabrissa se hissaient en selle, tous le repoussèrent de la botte en le moquant bruyamment. La troupe s'ébranla sans lui. Tombé de cul au milieu du chemin il battit l'air du poing en braillant des imprécations féroces qui se firent bientôt dérisoires dans l'emportement des galops.

Fabrissa, tenant enlacée la taille de son compagnon mal à son aise sur ses étriers, se laissa aller contre son dos et se mit à fredonner des tendresses et des mots d'amour d'autant plus librement offerts à cet homme contre elle serré qu'elle savait n'être entendue que du vent poussiéreux qui leur dansait autour. Lui vint bientôt le désir de se voir engloutie, chair et sang, dans ce naïf qui la croyait sans doute, à se sentir étreint aussi étroitement, effrayée par la houle de la chevauchée, tandis qu'elle lui soufflait, la bouche sur la nuque, qu'il était son bien-aimé, son esclave autant que son roi, le maître de ses jours et la lumière de son œil. Car Sicard Font-Rouge ne l'avait pas regardée comme une compagne passagère, ni comme une servante, mais comme la femme de celui qu'elle tenait là. Fallait-il, pour que le brigand n'ait point hésité à la nommer ainsi, que sur son visage soit clairement inscrite cette double alliance qui lui paraissait être la plus haute grâce du monde et la plus sacrée qui se puisse espérer ! « Dieu du ciel, se disait-elle, je porte au front, de tous visible, le signe d'un homme qui porte au front, de tous visible, le signe de son amour pour moi. » A se redire cela avec le mot négligemment lancé qui le lui avait révélé, elle se trouva bientôt tant émerveillée qu'elle se prit à adorer le monde où chaque regard désormais la pourrait établir dans cette gloire du cœur pour elle insurpassable : être vue dans la simplicité des jours, la distraction des rencontres, la nature des choses, évidemment épouse de Simon Garric, l'être sûr et tourmenté, fragile et bon, inquiétant, lointain, élu de son âme, désiré de son corps.

Ils franchirent au crépuscule le seuil démantelé du château d'Auriac et firent halte dans la cour cernée d'auvents crevés, de ruines d'écuries, de galeries branlantes. Partout n'étaient que roues de chariots jetées dans des ronciers, ferrailles, débris de poutres, vieilles tuiles brisées parmi des pourritures. Le lieu était abandonné depuis que son dernier seigneur y était mort comme une bête solitaire et percluse après que ses quatre fils se furent dispersés dans le fracas des guerres toulousaines ou les pèlerinages d'au-delà des mers. Sicard Font-Rouge en avait fait une de ses « auberges ». Ainsi nommait-il cet endroit autrefois fortuné, avec une désinvolture de guerrier perpétuel.

En vérité, jusqu'aux lisières des plaines d'Aragon il régnait en maître brigand sur ces monts touffus et ces landes, louant ici ses hommes au service de qui payait en butin franc, là pillant pour son compte, ailleurs livrant bataille, par colère soudaine, contre les troupes qui quelquefois l'an menaient à Carcassonne des charretées d'hérétiques. On contait, outre le récit de ses voleries et meurtres ordinaires, qu'il avait à coups de poing massacré des moines coupables à ses yeux de n'avoir pas su désaltérer sa torturante soif de Dieu, un soir de beuverie dans une riche abbaye qu'il avait investie. On assurait aussi, et cela effrayait fort dans les bourgs et les campagnes, que par fers rouges aux pieds et couteaux sous les ongles il forçait parfois des marchands capturés à désigner le lieu où ils tenaient cachés leurs bénéfices, et que sachant où étaient ces trésors il reprenait sa route sans daigner s'en emparer, comme si l'aveu des tourmentés suffisait à son contentement.

Cette étrange inconséquence était estimée plus damnable que les tortures qu'il infligeait, et si perverse que certains voyaient en cet homme le grand Satan lui-même, à peine déguisé. Sa figure pourtant n'était point d'une brute. Il apparut à Simon, tandis que sa poigne le poussait aimablement parmi les routiers encombrés de harnais et de torches qui envahissaient la grande salle voûtée, comme un perdu secret, malgré l'arrogance joviale de son allure. Dans ses yeux par instants innocents était une inquiétude inguérissable. Semblant à l'affût de tout, peut-être était-il, en vérité, sans cesse aux abois. Fabrissa, elle, le vit illuminé de malice enfantine, au regard amical qu'il lui jeta par-dessus son épaule, avant d'ordonner à la cantonade que l'on allume du feu dans la ruine de cheminée, et qu'on lui apporte à manger. Elle en fut émue et s'avança derrière les deux hommes avec une fierté rougissante, tandis qu'alentour les malfrats s'installaient par petits groupes sans oser lever les yeux sur son corps.

Une épaisse couverture fut déployée devant les flammes pour ce roi des truands et ses invités. Leur furent apportés du vin en gourde, des oignons, du porc salé et sur une pierre plate une profusion de fromages. Sicard se mit à bâfrer avec application dans les rougeoiements vivaces du foyer, apparemment aveugle à tout sauf à ces nourritures répandues devant lui. Sans cesser de planter de-ci de-là son couteau il s'inquiéta pourtant d'un abri pour les chevaux, criant qu'on les étrille et qu'on les fasse boire, puis exigea les noms de ceux que l'on avait postés en sentinelle sur les éboulements des remparts. Fabrissa remarqua qu'il ne regardait jamais ses hommes quand il leur parlait. Sa mangeaille achevée, il se redressa, poussa un soupir d'aise, examina son hôte, l'œil fort aiguisé. Il lui dit enfin :

— On prétend que tu es meneur de loups. Tu n'en as pas l'allure.

— J'ai des frères dans la forêt, répondit Simon.

Le brigand écarta d'un revers de main les reliefs de son repas, hocha la tête, faussement convaincu.

— Belle parenté.

Il resta un moment à guetter son homme, la mine rusée, prudente aussi, comme s'il flairait dans cet inconnu circonspect qu'il tenait à sa merci des dangers trop subtils pour son entendement. Mon maître resta impassible à grignoter des pincées de fromage. Alors le regard bleu du truand se fit vif comme soleil dans l'eau.

— Je veux tes pouvoirs, dit-il.

Simon s'étonna tant qu'il rit, d'un éclat bref.

— Je n'en ai guère.

— Tu mens, gronda Sicard. Trois de mes hommes t'ont vu en forêt d'Arques environné de loups. Autour de ta grande carcasse ils se tenaient à l'affût, le poil raide et la gueule armée au ras des herbes. Un mot de toi et ils se jetaient sur mes gens. Un signe, et trois de mes épouvantails à nobles roulaient dans la broussaille, écharpés jusqu'à l'os. Je veux ce pouvoir que tu as sur ces bêtes.

Fabrissa, soudain alertée, posa la main sur l'épaule de son compagnon qui se raidit et demanda :

— Qu'en ferais-tu si tu l'avais ?

Sicard ne lui répondit pas. Des chevauchées traversèrent ses yeux, des courses débridées, des rages jubilantes. Simon remua la tête de droite et de gauche. Il dit encore :

— Je ne peux rien t'apprendre qui te soit profitable. Tu manques trop de désirs simples.

Tranquille et désarmé, il sourit. Depuis qu'il était assis là il n'éprouvait aucune peur de la figure hirsute et du corps puissant qui lui faisaient face, au contraire, par élans passagers l'envie le prenait de dompter la rudesse de cet homme, à force de bonté, de s'ouvrir un chemin au-delà de ses yeux jusqu'à son esprit qu'il vit soudain, comme par une brusque déchirure, semblable à une pauvre cabane perdue sous un ciel tempétueux. Sicard baissa le front, respira fort, appela rogneusement, le menton sur la poitrine, le veilleur chargé de nourrir le feu, puis lentement redressa l'échine, eut un petit rire, et la voix radoucie :

— Crois-tu qu'ils te vengeraient, tes frères loups, si je te tuais ?

— Je l'ignore.

— Ils nous vengeraient, dit Fabrissa.

— Qu'en sais-tu, greluche ? Ton homme l'ignore, il est de bon sens, il sait ce que valent ces sortes d'espérances.

Le feu crépita, s'éleva haut. Dans la lointaine pénombre de la salle des malandrins couchés s'agitèrent et se mirent à se houspiller. Sicard ordonna que l'on fasse silence, sous peine de goûter de ses poings. Il écouta les criailleries s'assombrir en murmures véhéments, puis quand elles furent éteintes :

— Ils n'ont rien, ni père, ni mère, ni cervelle, dit-il, rien sauf des innocences de porcs, des cruautés de marmots et des espoirs qui même à moi font honte. Je déteste Dieu d'avoir jeté sous moi ces pauvres.

Il resta pensif, rêvant à voix d'orage de son règne prochain sur mille loups, de ses justices avec eux, de ses ravages jusqu'aux palais des seigneuries, jusqu'aux églises cathédrales de Toulouse et de Carcassonne, puis tout à coup jovial, désignant Simon à sa compagne :

— Regarde-le, fillette, fier comme un cyprès, sévère comme un juge, beau comme un christ errant, il me méprise. Il sait pourtant que sa vie ne vaut pas ici plus cher que celle d'un lièvre en cage. Il m'amuse. Fais de ma part le serment à ce grand bougre qu'il m'apprendra ce que je veux, de bon ou mauvais gré.

— Il ne peut pas, répondit Fabrissa, inquiète, véhémente, il ne sait rien, il n'a point de secret.

Simon lourdement soupira, se perdit un moment en rêverie revêche, sentit soudain ses yeux durement échauffés par un tison que Sicard venait d'approcher de sa figure pour le mieux voir, ou l'effrayer. A peine s'en détourna-t-il, et bientôt il se mit à parler, à voix basse et pressante. Avec une simplicité hautaine il pria qu'on ne le tourmente point, car il n'avait de haine ni d'amitié pour aucun de ces gens qui étaient là. Il dit qu'il était un homme de rien, ou de si peu qu'il s'estimait assurément négligeable pour des guerriers en quête de fortune et de faits d'armes. Il dit aussi qu'il se savait mal ancré dans le monde, mais qu'il désirait être seul à conduire sa vie ou la suivre en aveugle, car elle n'était jamais allée où il avait voulu. Lui revint alors à l'esprit le visage d'une pauvre fille qui l'avait autrefois prévenu, sans qu'il la croie en ce temps-là, que sa route serait obscure et hasardeuse. Il se revit en sa compagnie, une nuit lointaine, dans l'église Saint-Sernin de Toulouse. Elle s'appelait Bertrande et elle était putain. A mi-voix il se souvint d'elle au bord du feu, avec une tendresse qui pétrifia Fabrissa, tandis que Sicard Font-Rouge se prenait à l'écouter, bouche bée, comme un enfant fasciné par un conte.

Mon maître en vint à confier aux braises du foyer obstinément contemplées qu'il avait été jeté sur les routes, comme cette fille le lui avait prédit, après que ce fut abattu sur sa maison un malheur inattendu dont il ne voulut rien dire. Il parla de Brune enfuie de lui et de l'inusable espoir qu'il avait de la rejoindre, car elle lui était restée dans ses tribulations comme une étoile perpétuelle. Puis après avoir hésité et trébuché sur des paroles rétives il fit le récit de sa presque mort en forêt d'Arques, et de son apprentissage auprès d'une vieille savante qu'il prétendit aujourd'hui défunte, pour ne point éveiller de dangereuses curiosités. Il s'exalta sourdement à conter sa rencontre avec l'Argenté. Quand il en vint à dire quel bonheur sacré il avait éprouvé à entrer dans la fraternité de ce loup, le regard du brigand n'était plus qu'innocence béate.

— Que t'apprendre ? lui dit enfin Simon. Vis ce que j'ai vécu, si tu veux être ce que je suis.

Sicard hocha la tête, puis il lui répondit avec une conviction rêveuse :

— Tu es le clerc qu'il faut à un seigneur de ma sorte.

Il parut réfléchir un moment, avança tout soudain sa figure épaisse et à voix rauque il lui demanda de parler encore de Brune. Simon aussitôt s'enferma en réserve méfiante, craignant de voir ses soleils intimes souillés d'éclaboussures paillardes. Il dit à contrecœur que selon ce qu'il savait elle avait été conduite à Peyrepertuse, après quoi il demanda la permission de dormir, car il avait demain à se rendre à Savignan auprès d'un bûcheron éborgné qui l'attendait depuis plus d'une semaine. Comme Sicard ne lui répondait pas et restait enclos dans un songe enfantin, il s'allongea, la tête sur son sac et son bâton serré contre lui. Alors il entendit que le brigand demandait à Fabrissa qui elle était. La fille lui répondit que cet homme-là couché était son frère. Sa voix affermie à grand effort troua le cœur de Simon. Il se trouva soudain par ce mensonge menacé de dangers obscurs, et pour s'en protéger se sentit l'envie d'attirer sa compagne dans la chaleur de son corps, mais il ne bougea point, retenu par la voix de ces deux êtres qui maintenant parlaient de lui, Sicard interrogeant et pesant les réponses en longs silences, et Fabrissa disant que son compagnon était par malheur captif d'un beau fantôme, qu'elle craignait de le voir à jamais entraîné hors de la vie par les magies séduisantes de ce spectre, et qu'elle ne savait comment l'en délivrer.

— Il dort, dit le brigand avec une affection pataude. Puis :

— Pourquoi ne s'est-il pas rendu tout droit à Peyrepertuse, avec ses loups ?

— Pour retarder l'instant d'une épreuve effrayante : voir Brune comme elle est, se voir, lui, dans ses yeux. Il a peur d'en mourir, et peut-être a-t-il peur que moi aussi j'en meure.

— Pourtant il est savant, et ces choses sont simples.

— Pour un brigand sans doute le sont-elles.

— On m'a dit qu'il ne parlait guère mais qu'il combattait les douleurs et les fièvres avec un cœur de brave saint. Crois-tu qu'il sache écrire et lire le latin ?

— Il a longtemps étudié à Toulouse. Il est bachelier. Il a autrefois possédé deux livres.

Elle effleura du bout des doigts la chevelure de Simon à ses pieds ensommeillé, comme pour éprouver sa sûre présence. Sicard se leva, s'en alla flairer l'air au seuil de la salle grande ouverte sur la nuit sans lune puis retourna dans la pénombre vaguement éclairée de torches, se pencha sur le corps d'un routier endormi, arracha la pelisse qui l'enveloppait et vint la tendre à la fille.

— Couvre-le, lui dit-il. La gelée blanche vient avec ces sortes de brumes, et ce fiérot m'a l'air fragile comme un oiseau tombé.

A l'aube du lendemain, Simon et Fabrissa prirent le chemin de Savignan où les attendait le bûcheron à l'œil percé par un éclat de bois. Jusqu'aux derniers arbres de la forêt Sicard Font-Rouge avec sa troupe les accompagna. Il leur dit qu'ils se reverraient bientôt, puis leva sa main gantée, tourna bride, et d'une gifle en croupe fit bondir sa bête au galop parmi des moutons et des porcs noirs que poursuivaient des enfants haillonneux. Si effrénée fut aussitôt sa course que ses hommes eurent grand-peine à ne point le perdre de vue. De la lisière du village on l'entendit longtemps au loin les piquer d'insultes et les défier, aussi furibond et joyeux qu'un diable délivré dans le vent matinal.

Au soir de ce jour, dans la chaumière du blessé où ils s'enfumaient à faire cuire au bas foyer des décoctions de chélidoine et de camomille, leur vint un serviteur du proche château de l'Auradieu. Cet homme fort mouillé ne se soucia point d'être accueilli. Il s'en fut droit au feu, et tandis qu'il s'efforçait de ranimer sous le chaudron la misérable lueur de sa lanterne, il informa le médecin et sa compagne qu'il avait l'ordre formel de les conduire à la demeure de son maître. Il ne voulut point leur apprendre quel travail les y attendait mais leur promit, s'ils parvenaient à dissiper la peine qui étouffait les gens de la haute maison, de grandes récompenses. Simon lui répondit qu'ils iraient dès le prochain matin. L'autre ne voulut rien entendre : c'était à l'instant et en toute hâte qu'ils devaient partir, malgré la nuit et le mauvais temps. Ils s'en furent donc, abrités sous des capuches de chèvre que leur donna l'épouse de l'éborgné.

C'est cette nuit-là que moi, Bernard de l'Auradieu, je connus par la grâce de Dieu celui qui me conduit maintenant sur le chemin du savoir.

11

Aucune nuit ne fut à Simon plus obscure et turbulente. Cheminant par des sentiers ravinés dont il n'aurait su dire s'ils étaient bordés de champs ou de gouffres, courbé sous la pluie noire qui lui battait la face et parfois s'efforçant comme un âne au front bas sous les mugissements de la bourrasque embusquée aux détours de hauts rocs, il suivit l'homme au pas lourd et obstiné, se tenant agrippé à sa pelisse comme Fabrissa, derrière lui, serrait ferme un pan de la sienne. Leur guide jeta sa lanterne aux ténèbres furibondes après qu'une branche l'eut heurtée et qu'elle se fut éteinte, mais sa marche n'en fut pas troublée, au contraire, elle ne s'en fit que plus hargneuse et pressée. Au-delà d'une épaisse tourmente de feuillages, comme ils parvenaient sur une lande ouverte au libre déploiement de l'averse et du vent, il fit halte pour leur désigner au loin, sur la hauteur, des lumières fugaces, à peine aperçues, aussitôt effacées. Puis entraînant à nouveau cet homme en qui était tout l'espoir de sa maisonnée, et sa compagne inséparable, il se mit à leur crier de loin en loin des paroles rassurantes quoique inaudibles dans le fracas du ciel.

Après longtemps de montée aveugle un rougeoiement

de bûcher leur apparut à l'entrée d'une grotte suspendue dans le noir, au-dessus du sentier. Ce feu était nourri par une ombre de veilleur qui leur fit un grand signe des deux bras et leur cria de venir se réchauffer, mais comme ils passaient à sa hauteur leur guide d'un geste vague refusa, et sans même lever le front poursuivit son chemin. Plus haut leur vinrent un vol d'étincelles dans une bouffée de fumée odorante, avant qu'ils ne découvrent entre deux rochers une nouvelle brassée de flammes qu'un jeune garçon préservait à grand-peine de la tempête. Celui-là ne leur parla point mais accourut à leur rencontre et tendit à leurs mains roidies par le froid des chiffons brûlants qu'ils s'enroulèrent au cou et s'enfoncèrent contre la poitrine. Puis abandonnant son brasier qui déjà se dispersait en escarbilles il se mit à courir au-devant d'eux vers un autre feu lointain qui s'échevelait sous des branches secouées. Quand ils y furent ils reprirent souffle sans un mot, burent à une gourde de vin chaud et s'enveloppèrent de capes sèches. Comme ils se remettaient en route avec celui qui les avait attendus là, leur guide à cet homme demanda des nouvelles du château. Il n'en eut point de réponse. Une heure avant minuit ils franchirent le sombre portail, au bout d'une allée droite à la cime du mont.

Aussitôt vinrent à eux courant au travers de la cour une femme armée d'une torche et d'autres derrière elle qui les débarrassèrent de leurs sacs en leur parlant à voix pressante, et par l'escalier du donjon les conduisirent en grande hâte jusqu'à une chambre dont elles n'osèrent franchir le seuil. Là se tenait Pons de l'Auradieu en robe pourpre dans la lueur des lampes. Mon maître s'avançant dans la salle le vit bref de taille (selon moi il ne l'était pas), noir de poil, sec comme un moine recru de pénitences, mais de port noble. Pons le regarda venir, les yeux fiévreux, immobile au chevet d'un lit que l'on avait tiré devant la cheminée, et tenant sur le drap la main d'un enfant couché, les yeux clos. Sans un mot il le lui désigna. C'était un garçon d'une dizaine d'ans, apparemment défunt. Simon l'examina, effleura sa joue pâle et ses lèvres bleuies, vit qu'il respirait, mais par à-coups si faibles qu'il l'estima perdu. Pons de l'Auradieu lui dit que c'était là son fils et que la foudre l'avait frappé dans le jardin des femmes, ce jour passé, peu après l'heure de midi. Mon maître lui répondit qu'il fallait un prêtre à cette pauvre créature, point un médecin, car il n'était pas de remède à son mal. Alors le seigneur du lieu leva vers l'homme grand ses yeux aussi cernés que ceux du moribond et lui dit, à voix terrible et presque basse :

— On prétend dans le pays que tu es capable de miracles. Je te prie d'en faire un ici, cette nuit même. Par pitié, magie ou plantes rares, qu'importe, guéris mon fils.

Ayant ainsi parlé il resta sévèrement attentif à ce que sa demande éveillait derrière le front de Simon. Messire Pons avait été autrefois guerrier noble, et n'était point fait à la résignation. Face à ce malheur trop écrasant qui le frappait, mon maître le vit prêt à combattre jusqu'au débridement de la folie, à exiger contre toute raison un impossible salut des pouvoirs dont il le croyait investi, à le supplier même jusqu'aux derniers bas-fonds de l'espérance. Il en eut peur et chagrin, remua la tête, et répondit avec une douceur compatissante :

— Je ne suis ni saint ni sorcier. Comment pourrais-je

rappeler cet enfant ? Dieu vous l'a pris, seigneur, il est hors de portée.

— Il respire, son cœur bat.

— Guère, il faiblit encore.

— Tais-toi, souffla Pons.

Impatiemment il s'en fut jusqu'au seuil où gémissaient les femmes. Tandis que d'un rugissement il les chassait, Simon entendit Fabrissa protester qu'elle voulait entrer. Il vint à la porte, mais à l'instant où elle lui tendait la main parmi les corps bousculés messire de l'Auradieu poussa violemment le battant et tira le verrou. Après quoi il se tourna vers son prisonnier devant lui ébahi.

— Au nom de Dieu, dit-il, et de Lui seul, s'il n'y a pas d'autre échappée, je t'ordonne de sauver mon fils, médecin.

Son courage était à l'instant de se briser. Mon maître le vit. Il en fut poigné au cœur. Il voulut dire qu'il ne pouvait faire ce qui lui était demandé, car il se sentait un homme obscur, souillé de vieilles fautes et de foi trop ordinaire pour être un messager convenable auprès de Dieu. Comme l'autre ne le quittait point des yeux il voulut demander pourquoi il avait été appelé, lui, plutôt qu'un prêtre savant en prières fortes, ou un abbé de monastère. Il se sentit bientôt traqué, et baissant le front se prit à s'enrager. Ne pouvait-on le laisser en paix, à l'écart des routes ? Par quelle cruelle moquerie prétendait-on exiger d'un guérisseur errant ce qu'il ne pouvait accomplir, et par quelle extravagance venait-on enfin le prier, lui, Simon Garric, au nom de ce Père redoutable qui lui avait toujours refusé son aide, chaque fois qu'il l'avait implorée ? Il leva la tête pour dire son refus de cette tâche dont il était décidément trop indigne. Il vit le visage de Pons tout empreint de cette attente naïve qui vient à tout vivant dans l'extrême dénuement de l'âme. Il se détourna de ce regard qui le déchirait, voulut fuir à l'instant loin de cet homme et de son presque mort, comme si du corps gisant menaçait de se lever un spectre quémandeur aux supplications insupportables. Il murmura :

— Je ne peux rien, messire, laissez-moi m'en aller, mais il ne bougea pas, car à l'instant lui apparut à l'évidence, bien que ce fût absurde à son entendement, que sa propre vie tomberait irrémédiablement en cendres dès qu'il aurait franchi le seuil de cette salle, et qu'il se perdrait à jamais dans le désarroi des espérances si de toutes ses forces il ne s'offrait point à l'épreuve qui lui était désignée. Comment cette certitude lui vint ? Il ne sut, mais elle s'imposa avec tant de puissance qu'il en resta stupéfait et que son esprit en fut pris de vertige. Il s'entendit se dire sans y croire, riant presque de sa pauvreté au travers des larmes qui lui montaient : « Tu vas faire ce qu'on te demande bien que cela soit insensé, tu vas combattre bien que la bataille soit sans issue, et peut-être un jour, après longtemps de honte et de misère, trouveras-tu un grain de sens dans ce que tu vas accomplir. »

Il regarda Pons dont les yeux vivement s'illuminèrent, puis il s'approcha du lit, au chevet se mit à genoux, posa ses mains sur la tête couchée, et tandis que le père de l'enfant restait droit à prier il ferma les yeux, appelant à son aide dans les bruits éloignés et les crépitements du feu tous les êtres de son âme, Mathilde la pauvre aimée, les gens de son village, Bertrande fardée de blanc, Pierre

Isarn, Alesta, et des gens entrevus dans des soleils passés, des images fugaces, Jordane et l'Argenté, tous les loups de sa horde, Fabrissa mais point Brune demeurée dans ses brouillards beaux et lointains. Ils vinrent en foule tumultueuse, chassant de son esprit la chambre où il était, la rumeur des femmes dans l'escalier, la tempête au-dehors, l'homme derrière son dos courbe. Ils lui furent chaleureux mais aucun ne l'aida, au contraire, tous ces regards et ces visages assemblés lui parurent attendre de lui, sans impatience ni souci, attendre il ne savait quoi, peut-être simplement qu'il fasse ce qu'il devait. Alors il les quitta et pénétra dans une obscurité vide où il se mit à chercher Dieu et à lui parler en aveugle. Il dit aux ténèbres que pour lui-même il n'avait nul besoin car désormais il savait marcher seul, mais que d'aussi loin qu'il se souvienne (et son cœur se mit à battre durement dans sa poitrine) il avait toujours eu le désir parfois douloureux, parfois exalté, d'être un jour pour quelqu'un celui par qui vient la vie. Il attendit. Rien ne lui apparut, sauf le sentiment que ce désir même était dérisoire. Il n'avait rien, et en vérité n'avait jamais rien eu qui fût digne d'être donné. Dans une misère de désert, ainsi tout à coup se vit-il, mais il n'en souffrit pas, au contraire, cela lui parut bon, car dans cet état il n'avait de recours que dans l'abandon confiant et l'espérance pure. Il s'y offrit. A nouveau il éprouva qu'il n'était que poussière et n'avait en lui que vent passager, mais il sentit qu'il pouvait peut-être laisser aller cette pleine et simple force qui le traversait. Il se mit à réciter le Notre Père, et quand il l'eut fini le reprit et le reprit encore jusqu'à oublier son corps, jusqu'à ce que dans l'ombre de son crâne le foudroyé remue comme un fantôme ensommeillé. Il lui dit : « Réveille-toi, allons, tout le monde t'espère ici », et il se mit à lui conter les bonheurs du travail de vivre, s'émerveillant à les révéler à lui-même aussi, tandis qu'il les disait, mêlés de bribes de prières. Longtemps il parla ainsi dans son cœur, puis il ne perdit point conscience mais resta pourtant sans souvenir de ce qu'il fit, de ce qu'il pensa, de ce qui lui vint, tandis que la nuit s'en allait vers l'aube. Il ne put rien m'en dire, sauf que parfois il lui sembla marcher vers une main tendue qu'il devait atteindre, et sauf qu'à l'instant d'ouvrir les yeux lui vint cette protestation tranquille :

« Nous sommes des hommes de bonne volonté, et maintenant, enfant, qu'importe ce qui nous viendra, car nous avons fait ce que nous devions. »

Quand il releva la tête, il vit du jour nuageux à l'étroite fenêtre. Il se dressa. Une lampe au mur brûlait encore faiblement. Les autres s'étaient éteintes. Pons de l'Auradieu était à demi couché sur les dalles. Il avait abandonné son front au creux des bras contre la pierre de la cheminée où n'étaient plus que quelques braises parmi les cendres. Lui aussi se dressa vivement, comme réveillé en sursaut, mais ses yeux creusés étaient d'un homme qui n'avait point dormi. Simon frissonna, traversé par le froid de l'aube. Il s'en fut jeter du petit bois dans le foyer et se mit à souffler sur les tisons pour les ranimer. Comme les brindilles se mettaient à crépiter, prises de jeunes flammes, il entendit :

— Grâce à Dieu, mon fils, te voilà revenu. Je savais bien que tu n'étais pas assez écervelé pour nous quitter ainsi.

C'était la voix de Pons. Il avait parlé d'un ton de

gronderie indulgente, comme si son garçon s'en revenait d'escapade banale.

Il avait toujours été ainsi, au temps où il m'apprenait l'art des archers et le dressage des chevaux : retenu à l'excès au sortir des victoires, et d'un calme bougon que démentait un sourire discret dont il ne pouvait contenir la lumière. J'étais sauvé, et sans doute bouillonnaient dans son cœur mille actions de grâces. Mais pour ne point laisser paraître l'émotion qui le bouleversait il était prêt à tout, même à se mettre en colère feinte contre l'inconséquence des femmes qui n'avaient point pensé à fermer les volets.

Ce fut à cet instant que moi, Bernard de l'Auradieu, fils de Pons et de Jeanne son épouse, je connus Simon Garric dont je suis aujourd'hui le disciple. Je n'aperçus d'abord de lui que son dos courbé et sa chevelure auréolée de feu fringant dans l'obscurité de la cheminée. Puis je le vis se retourner, soudain debout. Sa haute personne d'abord m'effraya. Sa figure était sale, noircie de barbe naissante, et sa tunique dépenaillée, les lambeaux d'écharpe autour de son cou, son long manteau bourbeux à la capuche ramenée sur l'épaule n'étaient point d'un homme de bon aloi mais d'un vagabond impénitent et solitaire. Cependant, comme je revenais peu à peu au jour franc dans la chaleur du lit, son visage m'émut tant que j'en eus envie de sourire. Il était d'une belle finesse malgré sa crasse et sa balafre, et dans ses yeux surtout brillait un ébahissement réjouissant, tant il était enfantin. Enfantin aussi était le désordre de ses cheveux, noirs autant que ses yeux. Il resta un moment à me contempler, la bouche bée, aussi ébloui et déconcerté qu'un pauvre hère sur le seuil du paradis. Puis tandis que mon père allait à la porte appeler les femmes, il vint à moi, et palpant mes poignets, mon front, mes joues avec une excitation si brusque et si désordonnée que je m'en sentis submergé, il me demanda si j'étais réellement vivant, si j'entendais ses paroles et si je pouvais lui parler. Autant que je me souvienne je n'eus pas le loisir de lui répondre car autour de mon lit vinrent tout à coup beaucoup de visages, de bruits, d'appels, d'émerveillements effarés bientôt repoussés au large par messire Pons, qui m'estimait trop faible pour supporter cette presse de monde. A tous, épouse, servantes et valets il ordonna d'aller sur l'instant à la chapelle du château rendre grâces à Dieu pour le miracle qui venait d'être accompli. Jusqu'au seuil il raccompagna ses gens, puis après avoir hésité à les suivre il s'en revint hâtivement baiser les mains de Simon, et sans un mot sortit aussi. Seuls restèrent en ma compagnie Fabrissa et mon maître, à qui je demandai ce qui m'était arrivé.

— Vous avez été foudroyé, me dit-il.

Il s'en fut choisir des herbes sèches dans son sac, tandis que sa compagne avec une fille de cuisine mettaient de l'eau à chauffer sur le feu. Alors me revint à l'esprit notre jardin sous de lourdes nuées, une brusque levée de vent, mon nom crié par ma mère à la poterne basse, nos chiens jappant parmi les fleurs aux couleurs tout à coup ravivées sous le ciel assombri, moi courant avec eux sous l'averse soudaine entre les cerisiers. « Foudroyé », me dis-je. Cela ne m'émut guère. Aucune douleur ne me tourmentait. Je voulus me lever comme au sortir d'une nuit ordinaire, mais mon esprit s'embruma. Je me tins tout enfoui dans ma faiblesse chaude, et de ce matin-là je restai somnolent.

Quand les gens de la maisonnée revinrent de l'église j'étais à boire, aidé par Fabrissa, un bouillon brûlant et de fort mauvais goût. Tous vinrent serrer les mains de Simon et voulurent être par lui touchés et regardés. Il refusa, offusqué, s'insurgeant de voir que certains s'agenouillaient devant lui et l'imploraient comme un saint. Il dit, tout effrayé, qu'il n'avait rien fait, que Dieu seul avait permis que le fils de messire Pons fût sauvé, ou que peut-être cet enfant avait été seulement estourbi par ce coup de ciel, et s'en était revenu à la conscience du monde sans autre secours que celui de sa bonne nature.

— Ne te défends pas, médecin, lui dit Pons. Notre Bernard était presque trépassé quand tu es entré dans cette salle.

Simon remua la tête, resta un moment indécis, puis relevant le front :

— Payez-moi, messire. Cette maison n'a pas besoin de moi pour être bénie, et je ne peux plus longtemps m'y attarder. J'ai à faire ailleurs.

— L'enfant est encore faible, lui dit Fabrissa.

Il la regarda impatiemment, soupira, l'écarta d'un geste, demanda qu'on le débarrasse de ces gens qui l'environnaient, s'en fut s'asseoir sur la pierre du foyer et là se tint songeur. Il dit enfin pour lui seul, à voix basse : « Seigneur Dieu, pourquoi moi ? Je suis teigneux, crasseux de corps autant que d'âme. Vous ne pouvez m'avoir donné pareil pouvoir. »

Il ouvrit les bras en signe d'impuissance, ou d'offrande, et sourit, comme se moquant de ses propres tourments.

Il fut invité par mon père à faire sa demeure de notre château, mais ne voulut y rester que le temps de me voir sur pied. Il se tint trois jours auprès de moi. Je les passai à l'observer, à l'interroger sur les tisanes qu'il m'administrait, sur sa balafre et sa boiterie, sur les aventures qui l'avaient conduit jusqu'à cette maison où j'aurais aimé, plus encore que le seigneur du lieu, le garder toujours. Il me conta qu'il avait été dévoré par des loups. Mon ébahissement le fit sourire avec tant de malice que j'hésitai à le croire. Il me parla de l'Argenté qu'il appela son frère, et d'une dame forestière dont il me dit qu'elle lui avait appris la médecine et d'autres mystères qu'il ne voulut point me dévoiler. Le silence qu'il fit sur eux me captiva extrêmement, mais sur ce chemin énigmatique je n'osai le pousser plus avant. Peu à peu cependant, à l'entendre me dévoiler des moments de sa vie avec entrain ou paix profonde, à le voir agir à gestes posés, rire à grands éclats innocents ou parfois s'enfoncer en méditation ombrageuse, je le découvris à l'évidence plus savant que ses paroles, plus bienfaisant que ses remèdes, et je me pris à l'estimer à l'égal des magiciens infaillibles dont j'avais, jusqu'à ce jour, peuplé mes songes.

Je n'étais qu'un enfant de seigneur paysan, guère instruit, sauf à l'arc, mais d'exigeants désirs gouvernaient mon âme et l'attiraient vers les beautés et les dangers du savoir, que je tenais pour le seul bien digne d'être poursuivi jusqu'au dénuement héroïque. Je sais aujourd'hui que je m'illusionnais sottement à m'imaginer, selon les jours et les humeurs, en justicier subtil ou en puits de science doué de pouvoirs bienfaisants autant que redoutables, mais je confesse que mon cœur était nourri de ces sortes d'espérances. A la fin de notre première journée commune Simon Garric m'apparut donc, dans sa magnifique étrangeté, comme l'homme venu me chercher au bord de la mort pour me conduire sur ces hauteurs où je désirais vivre. Il ne tarda guère à voir que je l'admirais plus qu'un pape. Il ne s'en amusa point, bien qu'il eût pu à bon droit le faire. Il ignora d'abord cette vénération qu'il m'inspirait, puis quand mes questions se firent par trop naïves, il me dit avec affection et douce tristesse que sa science était en vérité fort mince, et que son sort n'était guère enviable. A mes yeux il ne fit ainsi qu'ajouter l'humilité à ses autres vertus. Je voulus savoir s'il avait usé de magie pour me ramener d'entre les défunts. Il haussa les épaules et regarda sa compagne, qui lui sourit. Me voyant jugé puéril je rougis vivement, mais m'obstinai à le harceler. Je lui demandai s'il avait contemplé Dieu, et si à Sa Face il avait expressément parlé en ma faveur. Il fit « non » de la tête, puis resta un moment à réfléchir farouchement, et refusa tout net de me répondre plus avant.

Pas plus qu'à moi Simon ne voulut parler à Fabrissa de ce miracle qu'il avait accompli. En vérité, à la différence de l'ingénu que j'étais, elle ne lui demanda rien et fit comme si ce qui était survenu ne l'étonnait aucunement, ou peut-être selon son cœur devait être par pudeur oublié. Quand au matin de mon réveil elle était apparue avec les autres dans la chambre, j'avais été déconcerté de voir cette frêle vagabonde aux grands yeux immobile et muette dans l'agitation des femmes, tandis que les congratulations, les balbutiements et les murmures pieux assaillaient à l'excès le médecin pantois. Par la suite, elle ne cessa d'être à mes soins et de veiller à la paix dans la salle où nous vivions. Elle ne parla que pour conforter ma trop discrète et timide mère qui s'effrayait au moindre regard d'homme, ou pour répondre avec une patiente indulgence aux questions qu'il m'arrivait de poser, et que son compagnon ne daignait pas entendre.

Simon, au sortir de ses rêveries, vint parfois s'asseoir près d'elle sur la pierre du foyer pour l'entretenir des pensées qui l'occupaient. Chaque fois que cela se fit, bien qu'il parût ne parler qu'à lui-même, elle l'écouta avec une attention telle que je me sentis en présence de ces deux êtres autant fasciné que rejeté dans la pure et simple inexistence. Un seul matin cette belle et bonne fille quitta durablement mon chevet et le service de son bien-aimé. Ce fut au deuxième jour, quand Simon en vint à dire incidemment à mon père que l'assistante dont il lui faisait compliment était une parente éloignée qu'il avait recueillie. Elle leva vers lui la tête d'un mouvement si vif et coléreux que la moitié du bol de tisane qu'elle me faisait boire en fut renversé sur la courtepointe. Comme les deux hommes se prenaient à rire de sa maladresse, elle sortit sans un mot et jusqu'à l'heure de midi s'en fut aider les servantes à la basse-cour. Quand elle revint, elle devina son compagnon mécontent de sa longue absence, dont il se retint de lui faire reproche. Elle parut satisfaite de son renfrognement et fut jusqu'à la nuit plus allègre que jamais.

Au soir du troisième jour, après que la servante qui nourrissait le feu se fut retirée, Simon s'absorba un moment dans la contemplation des flammes puis me dit tout soudain, sans détourner son regard de leur lumière, qu'il comptait reprendre la route dès l'aube prochaine. Je m'efforçai d'accueillir ses paroles avec une impassibilité de guerrier, mais ne pus. Une bouffée de sang échauffa ma face jusqu'aux tempes et les larmes, malgré mon enfantine bravoure, me débordèrent des yeux. Il fit mine de ne point s'apercevoir de mon chagrin. Il en fut pourtant affecté, car je vis bien qu'il ne savait que faire de ses mains ni où regarder, tandis que Fabrissa du bout des doigts essuyait mes joues et me caressait en me faisant des promesses de prochain retour auxquelles je ne croyais guère.

De la soirée rien d'autre ne fut dit, sauf les mots nécessaires à l'ordinaire. Nous restâmes ainsi mélancoliques et revêches jusqu'à ce que mon père vînt chercher son hôte pour le conduire à l'étage où il logeait. Sa compagne demeura un instant près de moi. Je vis qu'elle voulait encore me parler, mais ma méchante mine la découragea. Elle battit l'oreiller autour de ma figure, hissa la courtepointe sous mon cou et s'en alla. Je l'écoutai descendre furtivement à l'appartement des femmes, puis je me levai, m'enveloppai d'une couverture, et les pieds nus sur le pavement je m'avançai au seuil de ma chambre. Là j'attendis que messire Pons eût quitté la salle haute où il parlait avec Simon, à voix sonore et paisible. Après longtemps de guet, l'oreille contre le battant dans la pénombre froide, j'entendis enfin ses souhaits de bonne nuit dans l'escalier, et le bruit de ses bottes résonner sur les marches. Après que la lueur de sa chandelle eut illuminé fugacement les dalles ombreuses où je me tenais, j'attendis encore que son pas se fût éteint, que le dernier loquet eût claqué. Alors, aussi discrètement qu'un chat, je montai auprès de mon maître.

Dans mon esprit n'étaient que fumées et battements fiévreux. Tandis que je grimpais hâtivement derrière mon ombre mouvante, frôlant la muraille courbe à peine éclairée par une lampe lointaine, seul me poussait peut-être le souci de faire entendre à Simon Garric qu'il ne se débarrasserait pas de moi aussi facilement qu'il le croyait. J'hésitai pourtant à pousser sa porte, de peur qu'elle ne grince et n'effarouche terriblement l'infinie fragilité de la nuit. Je l'entrebâillai. Elle grinça. J'en fus pris de tremblements irrépressibles. Devant la cheminée où rougeoyaient des braises mon maître se dressant à demi m'apparut comme un spectre noir. Il demanda qui était là. Je lui répondis d'un couinement misérable. Je craignis un instant qu'il ne me chasse, mais il se laissa aller sur sa couche en soupirant comme une bête lasse. Alors je m'approchai à tâtons et me pelotonnai au pied de son lit. Sa main se posa sur ma tête. Il me dit :

— Que veux-tu de moi, Bernard ?

Je lui répondis :

— Apprendre, maître Simon. Je veux vous suivre et devenir pareil à vous.

— Bernard, mon pauvre enfant, tu ne sais pas ce que tu dis.

Sa voix me parut moqueuse. Peut-être en vérité était-elle effrayée, peut-être amère, infiniment.

— Maître Simon, je suis sensé, malgré mon âge, et j'ai l'œil avisé. Je vous servirai. Savez-vous chasser à l'arc ? Moi, je sais. Je vous nourrirai de lièvres et de poules faisanes. Vous m'instruirez.

— Bernard, à ton père seul il te faut obéir. Sache qu'il aimerait faire de toi un seigneur de bon renom, comme il l'est lui-même. C'est un homme de foi forte et réfléchie. A lui tu dois ressembler.

— Maître Simon, il n'a pas de rêves.

Je dis cela comme si j'avais accusé messire Pons, que je respectais si craintivement, d'être dépourvu d'âme.

— Quels rêves as-tu donc, jeune fou, qu'il n'a point ? dit la voix de Simon au-dessus de ma tête.

Sa main étreignit brusquement ma nuque. Je répondis :

— Savoir.

Je voulus dire plus mais ne trouvai rien d'autre et répétai ce mot, « savoir », le cœur battant, les yeux grands ouverts à la nuit qui nous environnait.

Il se tut encore un long moment. Par quelle voie, tandis qu'il méditait, me vint la certitude que son cœur était touché d'amour et que nos destins, dans ces ténèbres silencieuses, cheminaient imperceptiblement l'un vers l'autre et se joignaient, et se nouaient ? Je ne sais. J'attendis, confiant. Je me mis à écouter les braises grésiller dans la cheminée. Il me dit enfin :

— Un jour, Bernard, je reviendrai. Je ne sais quand, mais sois assuré que je tiendrai parole, pour peu que Dieu le veuille. Alors, si je te retrouve aussi ferme dans ta résolution que tu l'es aujourd'hui, je demanderai à messire Pons de te confier à moi. En attendant, songe à n'égarer ni ton cœur ni ton père. Laisse-moi dormir maintenant.

Je balbutiai :

— Je vous attendrai autant qu'il le faudra, maître Simon.

Je m'en allai avec cette promesse qui venait de m'être faite, ébloui comme si j'emportais le plus sacré des trésors, autant que gravement ému par le désir de ne point faillir sur le chemin de patience qui s'ouvrait devant moi. Tandis que je trottais vers la porte, la voix de celui dont j'espérais déjà pour bientôt le retour à nouveau résonna dans l'obscurité. J'entendis :

— Quoi qu'il arrive, Bernard, sois béni pour le bien que tu m'as fait.

Ces paroles m'étonnèrent beaucoup. Pourtant, plus forte que ma surprise fut la chaleur soudaine qu'elles répandirent dans mon corps. De nouvelles larmes me montèrent aux yeux, point de chagrin cette fois, mais de pure affection.

Mon père offrit à Simon deux mules harnarchées, une paire de belles bottes espagnoles et une bourse de deniers d'argent. A Fabrissa, ma mère en se cachant de son époux donna la robe brodée de fils d'or qu'elle avait portée le jour de mon baptême. Elle le fit avec sa timidité coutumière, au seuil du grand portail où l'entière maisonnée avait accompagné mon maître et celle qui passait encore pour son humble parente. Dans la bousculade de bénédictions et de vœux de sauvegarde, à la dérobée elle fourra au fond du sac de la bonne fille son cadeau enveloppé d'un vieux linge, afin que l'on ne croie qu'à de pauvres hardes, et se tint rieuse, le soleil du matin dans l'œil, à me serrer contre son flanc et regarder s'éloigner mes bienfaiteurs sur le sentier de la vallée.

Comme ils parvenaient aux premières masures de Savignan, ils virent venir à eux en course désordonnée sur le chemin raviné par les derniers orages des hommes et des femmes encombrés d'enfants. Ces gens avaient appris le miracle par des serviteurs du château. Autour de leurs montures ils se pressèrent, quémandant fiévreusement caresses et bonnes paroles, empoignant la bride de leurs mules et leur offrant de les conduire où ils voulaient aller. Simon demanda des nouvelles du bûcheron éborgné qu'il avait si précipitamment quitté pour accourir à mon secours, la nuit de la grande bourrasque.

On lui répondit que son œil était perdu mais que sa vie était sauve, et qu'il s'en était déjà retourné à son travail forestier. Ils passèrent la journée à visiter les gens de ce pauvre village et à écouter leurs malheurs ordinaires. Le soir venu, chacun se disputa l'honneur de les héberger. Ils logèrent chez l'épouse de leur vigoureux blessé qui s'en vint les prendre par la main au pas d'une porte et les entraîna avec tant d'autorité que nul n'osa se mettre à son travers. Le lendemain, on les conduisit dans des hameaux lointains. Jusqu'au temps de Pâques ils s'occupèrent ainsi incessamment à errer et à soigner. Partout où le bruit du miracle les avait précédés ils furent de grand cœur accueillis et traités avec autant de respect que des envoyés de Dieu.

A l'entrée du mois de mai, à Saint-Paul-de-Fenouillet où ils étaient depuis une pleine semaine leur vinrent un soir les trois routiers qu'ils avaient rencontrés en forêt d'Arques. Simon avait ce jour-là fermé les yeux d'une jeune mère qu'il avait soignée en vain, et pour qui sans trouver grâce il avait longtemps prié. Au seuil de la maison où ils furent reçus ces hommes lui dirent que Sicard Font-Rouge désirait le voir. Mon maître, fort abattu par la mort de sa patiente, leur répondit qu'il ne pouvait les suivre. Alors les brigands lui confièrent à demi-mot que Sicard avait appris où était Brune. Point à Peyrepertuse, mais dans un autre château, où selon ces rustres au rire tranquille il était aussi simple de l'aller prendre que de cueillir un fruit sur l'arbre. Ils partirent sur l'instant, malgré la nuit.

12

A peine avaient-ils franchi le rempart de la ville que Fabrissa, rejoignant les hommes après s'être attardée à embrasser les endeuillés, se mit à chevaucher avec une hargne décidée, poussant obstinément sa mule devant les chevaux des routiers, maniant la bride à deux poings nerveux, le visage avidement tendu à l'obscurité où ils s'enfonçaient sans prudence. Simon ne tarda pas à s'inquiéter de la voir ainsi effrénée. Elle paraissait plus pressée que lui d'aller aux nouvelles de Brune. Il voulut la tempérer de quelques mots d'amitié, essaya de se frayer un passage jusqu'à elle, mais le chemin était trop malaisé pour sa monture à la croupe encombrée de sacs, et que pouvait-il dire, à la vérité, qui ne fût pas hypocrite ? Il savait pourquoi sa compagne battait les flancs de sa bête avec tant de fureur. Son courage l'émut.

Depuis qu'ils avaient quitté Jordane, elle estimait inévitable la rencontre de cette rivale exécrée autant qu'admirée. Elle l'avait selon l'humeur des jours parfois suppliée dans son cœur d'oublier les pauvres êtres qu'ils étaient, elle et Simon. Parfois aussi, s'abreuvant d'espérances déraisonnables, elle l'avait furieusement provoquée à se mesurer à elle hors des magnificences rêveuses où son compagnon l'avait toujours tenue. Elle avait plus souvent redouté ce moment de découvrir son visage, sa voix, sa belle mise. Mais quand les trois routiers étaient venus offrir à son Garric ces prochaines retrouvailles, elle s'était aussitôt sentie prise de hâte brutale. Conduire où il voulait aller ce fou bien-aimé qui n'avait jamais eu souci d'elle que par rares intermittences, se délivrer, quoi qu'il en coûte, de l'empêtrement des songes, ne plus craindre ni espérer mais savoir enfin, voilà ce qui l'avait sur-le-champ occupée et l'armait maintenant de cette résolution qui lui faisait refuser toute halte malgré la fatigue des hommes, l'escarpement de la route et les dangers de la nuit. « Dès l'instant où nous parviendrons devant elle, de l'écart où je resterai je saurai qui de lui ou de moi s'est empoisonné d'illusions, se disait-elle. A la première parole de cette femme je saurai si je dois à tout jamais haïr mon corps, mon âme et ma vie, ou relever mon homme bafoué, le conduire loin des méchants et le réchauffer de ma chaleur jusqu'à ce qu'il me regarde comme son soleil aimant, sa seule amie enfin reconnue, sa femme. » Et ce dernier mot dit et redit chassait la peur avec la haine et la menait toujours avant, tandis que Simon peinait derrière, l'esprit perplexe et le cœur effarouché à la pensée de celle que depuis si longtemps il désirait rejoindre, et qui lui était enfin accessible. Entre le désir et la crainte de la rencontrer il balança longtemps au cours de ce voyage. Il avait résolu d'attendre d'être riche avant d'aller à elle. Prudemment il décida de lui faire porter un message, si elle pouvait être approchée par Sicard. « Ainsi, se dit-il, j'aurai le temps de préparer Fabrissa à l'oubli nécessaire des vaines imaginations qu'elle nourrit trop volontiers. » Dès lors, il chevaucha quelque peu rasséréné, quoique étrangement à l'étroit dans son âme.

Vers minuit, comme la lune s'embrumait à la cime d'un bouquet d'arbres, les routiers se déclarèrent fourbus. Tous mirent pied à terre au gué d'un ruisseau où burent les bêtes, tandis qu'ils se couchaient sous un renfoncement de rocher, les trois hommes serrés ensemble contre la paroi basse et mon maître avec sa compagne dans le recoin le plus éloigné de ces gens bientôt pesamment abandonnés au sommeil.

Elle ne dormit point, lui non plus. Ils restèrent les yeux ouverts, chacun sachant l'autre éveillé, n'osant bouger de crainte de se toucher et d'en perdre l'esprit, car entre eux n'était que l'espace d'un tranchant d'épée. Longtemps ils se tinrent ainsi, pareils à deux gisants pétrifiés, brûlant en secret d'un feu torturant et pourtant délicieux, à l'affût du moindre souffle, du moindre frémissement dans le corps proche, si proche que c'était folie de ne point l'étreindre, et peine insupportable d'être ignoré de lui. Longtemps elle souffrit d'être laissée ainsi, sans que la main de Simon vienne au moins à la sienne, perdue dans son désir comme au pire désert. Longtemps, le cœur battant, il se retint de l'effleurer, craignant s'il le faisait d'être corps et âme livré à cette fille dont la tendresse lui était autant inacceptable que nécessaire, priant que l'aube vienne et désirant aussi que le temps ne passe point afin que tout demeure, dans cette obscurité, infiniment possible. Un long soupir tremblant l'envahit enfin, qu'il ne put contenir. Brusquement elle tourna vers lui la tête. Il sentit son haleine chaude sur sa tempe. Elle murmura :

— J'ai froid.

Ils crurent bouger à peine. Ce fut un déferlement éperdu. D'un même élan leurs jambes se mêlèrent, leurs mains saisirent les cheveux, les épaules, les nuques, et se frayèrent des chemins fiévreux dans les ténèbres. Leurs bouches errantes n'osant se joindre baisèrent joues et yeux et fronts et creux du cou. Il l'entendit haleter

— Serre-moi, serre-moi fort, plus fort encore, j'ai si froid.

Il la serra contre sa poitrine à l'étouffer, sans mot répondre, comme s'il voulait en lui la faire entrer par force. Elle en exhala une plainte tant extasiée que se firent des houles et des grognements de proche réveil sous la voûte où les routiers étaient entassés. Elle enfouit vivement sa figure dans la tunique de son homme et la mordit pour ne point geindre, et resta ainsi sans plus vouloir se défaire, farouchement agrippée, comme si elle craignait de voir s'échapper la chaleur de sa propre vie, et gémissant encore d'aise à sentir caressée sa chevelure défaite et la longue courbe de son dos. Cela leur parut ne durer qu'un instant, et ce fut l'aube. Mais mille jours et nuits seraient passés, mille saisons ou mille années, ce temps n'aurait pas plus duré, et pas plus qu'en ce court moment ils n'auraient goûté plus sûre saveur d'éternité.

Dans le matin pâle et mouillé un cheval tendit son encolure à l'eau vive du ruisseau tandis qu'un autre hennissait puissamment, la gueule levée vers les feuillages d'où s'envola un merle. Les brigands s'ébrouèrent devant la grotte, étirèrent leurs membres poussiéreux au soleil naissant, et se frottant les yeux sous la tignasse ébouriffée s'en furent seller les bêtes. Simon les suivit.

Ce jour à peine éveillé lui parut en paix inespérée, et semé d'or parmi les arbres. Nulle brise ne soufflait. La rosée scintillait sur les herbes et les buissons où déjà des insectes étaient à leur ouvrage. Il se dit qu'ils auraient beau temps pour voyager et s'étonna du plein bonheur qu'il en éprouvait. Mais sentant sur lui le regard de Fabrissa qui se tenait contre le roc à se repaître de sa présence, toute baignée de lumière, tandis qu'il assurait les sacs sur la croupe de sa mule, il s'assombrit, pris de remords cuisant à la pensée de leur embrassement.

Ils arrivèrent avant midi à l'auberge d'Ayguesbonnes où Font-Rouge les attendait, solitaire parmi les gens de sa troupe qui étaient là en petit nombre. De la lisière du bois ils l'aperçurent devant la porte basse. Il était occupé à flatter les flancs d'un loup muselé et enchaîné au mur près de la pierre du seuil. Dès qu'il les vit il se redressa, ouvrit les bras à leur venue, et le poitrail nu entre les pans de son vaste manteau d'ours, il se prit à s'exclamer comme à une bonne surprise. Avant même qu'ils eussent fait halte ils l'entendirent appeler des hommes au soin de leurs montures, puis il vint à Simon et l'étreignit. Fabrissa ne fut point saluée mais rudement prise par l'épaule comme son compagnon et menée avec lui, à travers l'aire cernée de hauts feuillages sombres et de rochers moussus, dans la pénombre de la maison puante et fort humide, malgré le feu flambant. Là étaient des filles vêtues de chiffons délavés, à la taille prise de larges ceintures, aux yeux fardés de cendres. Comme une volée de cailles elles coururent aux trois routiers entrés derrière et les firent s'asseoir sur les bancs en se disputant à grands rires criards le privilège de leur arracher les bottes des pieds. A coups de gueule et claquements de croupes Sicard eut tôt fait de les chasser. Par une large et lourde échelle les truandes et leurs hommes grimpèrent au grenier où ils poursuivirent leurs jeux sur les litières. Le brigand installa ses hôtes devant la cheminée, ordonna par l'entrebâillement d'une souillarde qu'on leur apporte à manger puis, l'air fort content et malicieux, désignant au bord de l'âtre un sac en peau de chèvre :

— J'ai volé des livres, dit-il.

Simon, encouragé d'un clin d'œil, s'en fut examiner cet étonnant butin. Il découvrit une Bible inachevée aux ornements tracés à la mine de plomb mais point encore peints, un étroit cahier où étaient inscrits en détails journaliers dépenses, profits et poids de récolte, la Règle de saint Benoît où sur chaque sommet de page était une belle lettrine, et les homélies d'Origène. Avec délices il s'attarda à respirer le parfum de ces œuvres, les yeux fermés pour mieux humer. Lui revint alors comme en rêve la salle du collège Saint-Sernin de Toulouse où il avait autrefois écouté les cours de droit de l'illustre docteur Guillaume de Ferrières. De même nature étaient les effluves de ces parchemins d'abbaye qu'il tenait dans ses mains, et ceux de ce lieu lointain maintenant aussi béni et paisible dans sa mémoire que les havres secrets de l'enfance.

— J'ai décidé d'apprendre, bonhomme, dit Sicard.

Simon, amusé, lui demanda étourdiment s'il avait dans sa troupe un moine capable de l'instruire. L'autre haussa les épaules, et d'un air d'évidence :

— Toi, dit-il.

Comme son invité ne protestait ni ne l'approuvait, il resta à le regarder, l'œil rieur mais attentif et prêt à la froideur menaçante pour peu qu'il se sente moqué. Simon se garda de sourire. Point par crainte. L'air de cet homme le touchait. Il dit :

— Vous ne serez jamais assez patient.

— Ce que j'ai résolu je fais, lui répondit Font-Rouge, soudain roidi, teigneux et le regard luisant. Je veux les secrets qui sont dans les livres, et c'est de toi que je les entendrai.

Simon ouvrit la Bible, la feuilleta, soupira, et de mauvais gré se mit à lire à voix haute la Genèse. Avec une passion farouche il fut écouté. Quand il eut fini, le visage de Sicard était pourpre. Il tendit sa large main, la laissa indécise au-dessus des feuillets.

— Ainsi fut fait le monde, dit-il, pris d'extrême respect.

Il hocha la tête, dit encore, avec aux yeux une lueur d'envie nouvelle :

— Lis-moi le Christ.

— Ne savez-vous rien de lui ?

— Je sais qu'il fut cloué sur une croix, je sais qu'il fut ainsi tué, comme un voleur, lui répondit Sicard en souriant pauvrement. Et pourtant il fut bon, et sans doute l'est-il encore pour ceux qui savent lui parler. Comment cela peut-il se faire ? Allons, lis-moi sa vie, ses vraies paroles, bien lentement, que je n'en perde rien.

Simon lut comment Dieu naquit. Mais au grenier les putains et les hommes après avoir un moment bu et musardé sans trop de bruit se mirent peu à peu à mener si grand tapage de soubresauts sur les litières, de cris aigus, de grognements paillards, que Sicard tout soudain furibond se dressa, empoigna dans l'âtre une bûche au bout embrasé et s'en fut à l'étage d'un pas tant appuyé que l'échelle en resta tremblante comme un arbre secoué.

Du fracas qui se fit Simon et Fabrissa restèrent effrayés près du feu, la tête levée vers le plafond de planches d'où tombaient sous les coups poussière et brins de paille. On eût dit que là-haut s'effondraient les poutres du toit parmi les piétinements, les bris de cruches, les jurons, les supplications sourdes et les cris des femmes. Par la trappe tomba un homme au visage ensanglanté, qui ne se releva point. Une figure de fille apparut au bord du plancher, échevelée, hurlante. Sicard la saisit à la nuque et la tira hors de vue. Dans le silence enfin revenu il traita de porcs ces gens qu'il venait de rosser, descendit, jeta la bûche dans le foyer et quitta pesamment la salle. Mon maître et sa compagne le virent s'éloigner vers la forêt proche où il disparut, tandis que le loup muselé près du seuil tirait sur sa chaîne avec une fureur d'enragé.

Simon s'approcha de l'homme qui geignait parmi des tabourets renversés et le traîna dans la lueur de la cheminée. Sa joue était profondément brûlée. Fabrissa, examinant la plaie avec son compagnon, dit que dame Jordane lui avait appris une conjuration infaillible contre les blessures du feu. Mon maître lui répondit sèchement de l'essayer, si elle voulait. Les filles en lambeaux, les routiers débraillés et moulus sous les poutres basses entouraient maintenant ce couple penché sur leur compère abasourdi qui saignait aussi d'une plaie en haut du bras. Ils s'écartèrent, voyant Simon redresser sa haute taille et aller fouiller dans son bagage. Il en tira un pot d'onguent et des chiffons propres qu'il disposa sur la table branlante. Puis palpant les chairs à vif à l'épaule du blessé il demanda que l'on fasse bouillir de l'eau. Toutes les truandes empressées ensemble s'en furent, et se bousculant à la porte elles coururent au ruisseau qui cascadait à la lisière des arbres, tandis que les hommes se pressaient dans la lumière du feu autour de Fabrissa occupée à marmonner une prière apparemment peu commune, la main sur la brûlure de l'abattu qui avait cessé de gémir pour s'effaroucher de voir les doigts qui l'effleuraient de temps en temps envolés en signes de croix. Le chaudron revint, débordant de-ci de-là sur la terre battue, et fut prestement accroché au-dessus des flammes.

Deux truands s'attablèrent pour aiguiser des armes, un autre se mit à ravauder sa botte déchirée, un autre encore à chercher un fond de vin parmi les cruches vides. Le brûlé, que Fabrissa avait abandonné, sa conjuration dite, pour rassurer les filles qui se plaignaient d'égratignures, s'exclama soudain en palpant sa face. Il ne souffrait plus. Tous levèrent le front et le regardèrent en silence. Simon indifférent à son agitation vint laver, enduire et panser la plaie de son épaule. Quand ce fut fait il jeta au feu ses chiffons sanglants et s'assit au bout de la table, pensant à Brune, le cœur tout à coup alourdi. Fabrissa se désintéressa des filles pour regarder son homme. Depuis qu'ils avaient quitté la grotte où ils s'étaient étreints il l'avait durement rabrouée chaque fois qu'elle était venue à son côté, ou lui avait parlé. Il semblait la haïr. Les truandes se mirent à babiller entre elles. Le brûlé, relevé à grand-peine du coin de plancher où il était, allait maintenant parmi ses compagnons, désignant sa joue et affirmant à tous qu'il était guéri. Les autres poussèrent quelques rires sombres et se détournèrent. La présence de cette fille étrangement secourable et surtout celle de ce médecin à la mine sévère planté là au milieu d'eux sans paraître les voir leur pesait sourdement, les troublait, réveillait peut-être en eux des espoirs douloureux, informulables. Leur âme était basse mais sans doute transie. Simon sentit cela. Il en éprouva de la pitié. « Tous vont mourir bientôt, se dit-il, et sans miséricorde. » Leurs demi-silences et leurs coups d'œil furtifs lui furent bientôt insupportables. Il se leva brusquement et sortit.

Au-delà de la cour où n'étaient que quelques volailles parmi de vieilles roues de chariots et des porcs bourbeux affairés à fouiller des ordures éparses il franchit le gué du ruisseau et pénétra dans la forêt. Elle était haute, touffue, assoupie, étouffante. Sur le chemin étroitement tracé dans l'épaisseur silencieuse des fourrés il ne vit point Font-Rouge. Il marcha jusqu'à une petite clairière où était planté dans l'herbe un énorme roc dressé droit, gris, hérissé d'herbes dans ses creux terreux. Il fit halte, chercha le brigand du regard, pressentit soudain sa présence, bien que la paix fût parfaite dans cet espace de verdure grasse et baignée de flots de soleil. Il se sentit tout allègre d'éprouver ce sentiment d'évidence subtile. De qui tenait-il ce pouvoir de deviner infailliblement la proximité des êtres, et celui de percevoir la confuse vérité des âmes derrière les visages et les paroles des gens, même à peine connus ? De Jordane, de la fréquentation des loups ou des épreuves traversées qui avaient si rudement débroussaillé son esprit autrefois sans cesse bruissant de mille questions vaines et désirs douloureux ? Il pensa, tout étonné de cette idée qui lui venait : « De Fabrissa peut-être, elle-même si sûre. » Il s'assit contre le roc et dit d'une voix forte :

— Il paraît, Sicard, que vous savez où est ma Brune.

A cinq pas de ses pieds sous le couvert des arbres un buisson crépita et Font-Rouge apparut, semblant sortir de terre, le manteau tout feuillu. Il s'avança hors de l'ombre, tant agité qu'il en était effrayant. Il fut aussitôt sur Simon, tomba devant lui à genoux, à deux poings le saisit au col.

— Ah ça, bonhomme, comment diable m'as-tu trouvé ? dit-il.

— Je vous cherchais. Je vous ai senti là, dans les environs proches. Lâchez-moi donc, qu'ai-je fait de terrible ?

Sicard laissa aller les mains sur ses cuisses. L'air extrêmement rogneux et stupéfait il regarda mon maître puis ouvrit la bouche pour parler, y renonça, baissa la tête et se pinça le nez, souffla fort, resta un moment changé en brute méditante. Il releva enfin le front et dit :

— Il faut que je te tue.

Simon l'examina, l'esprit en vive alerte. L'autre parut déconcerté de ne point le voir protester, puis chassant un insecte de devant sa figure :

— Personne n'a jamais connu mes secrets, dit-il. C'est pourquoi je suis encore vivant.

Il tira de sa botte un couteau, le planta entre eux dans la terre humide, désigna l'arme, dit encore :

— Prends ta chance.

Simon, la figure haute, ne bougea pas. Sicard, à l'observer, lui parut plus égaré que résolu. Quel malentendu jetait donc cet homme en apparente folie, et quelle peur enrageait son esprit ? Il se mit à guetter si passionnément les mouvements brefs de ses mains, les fuites de ses regards, qu'il en oublia le danger où il était. Un sourire lui vint enfin. Il dit :

— Vous ne me tuerez pas.

Et comme le brigand, l'œil d'un coup rallumé, demeurait circonspect à flairer ce défi, il ajouta, tout réjoui par l'évidence :

— Plus fort en vous est le désir d'avoir enfin un frère.

Sicard resta un instant les yeux grands et la bouche ouverte puis, tandis qu'une fureur torrentueuse montait en lui lentement il se dressa de son haut et recula d'un pas. Simon, levant vers lui la tête, le vit gigantesque, ainsi debout, les bras écartés, le soleil sur l'épaule comme à la crête d'un mont. L'escogriffe parut vouloir étreindre le grand roc planté et l'arracher, et broyer avec la pierre le corps de cet homme dont les paroles trop simples menaçaient de le réduire à merci. Il se tourna soudain vers un chêne à demi-mort, rompit d'un coup une branche aussi forte que jambe de fille. A une coudée des deux mains de mon maître levées sur son crâne penché il l'abattit si violemment contre le rocher qu'elle se brisa net et s'en fut tournoyer dans le ciel. Il lança au loin le bout qui lui restait au poing puis à voix haletante, orageuse :

— Me crois-tu assez fou pour me laisser prendre par des sentiments de femelle ?

Il resta immobile à haleter encore, les yeux luisants et rétrécis. Simon prit le couteau toujours fiché dans l'herbe, se leva, le lui tendit et fit mine de s'éloigner. Dès son premier pas il se sentit saisi aux cheveux et piqué entre les épaules par la pointe de la lame. La voix de Font-Rouge derrière lui gronda :

— Si tu me trahis un jour, bonhomme, à coups de talon je t'enfoncerai jusqu'au fond de l'enfer.

Simon lui fit face. Tous deux se regardèrent. Un même rire en même temps leur monta au visage. Sicard dit :

— Viens.

Il s'en alla vers le couvert des arbres.

Dans la feuillée était un trou béant environné de broussailles. Tous deux y descendirent. Ils y tenaient à peine ensemble. Une galerie courte s'enfonçait sous des enchevêtrements de racines. Là étaient pêle-mêle entassés des vêtements, de la viande salée dans des torchons souillés d'humus, des gourdes rebondies, des armes, de la corde.

— J'ai trois caches de cette sorte dans le pays, dit Font-Rouge. Chacune est à proximité d'une de mes « auberges ». Je les ai moi-même creusées. Pas un de mes hommes n'en connaît l'existence. J'ai là de quoi tenir de longs jours, s'il le faut. Dès le fourré tiré sur moi, nul ne peut m'y trouver, sauf des rats ou des lièvres.

Parmi les provisions dans la poussière noire Simon vit luire une croix. Il la ramassa, l'examina à la lumière d'un trait de soleil tombé des hauts feuillages. Elle était petite, grossièrement taillée dans un éclat de bois et gravée d'une figure humaine. Le brigand d'un geste vif la lui prit, la laissa choir à ses pieds, posa sur elle sa botte.

— Laisse donc, lui dit-il, ce n'est qu'un porte-chance, un rien pour ne pas mourir comme une bête.

Il se hissa dehors.

Ils s'en retournèrent vers l'auberge sous le couvert du bois, Sicard marchant à pas larges et lents, les yeux rêveusement perdus au loin, la face et la poitrine offertes à la brise. Il était maintenant comme un homme délivré, lavé de ses orages, toute fureur changée en bonheur d'être, en désir de don généreux, en fraternité débordante. Simon s'étonna de le voir aussi confiant si peu de temps après qu'il eut voulu sa mort. Il accorda son enjambée à la sienne et lui dit qu'il avait autrefois voulu chasser de grands hérétiques, car l'inquisiteur de Carcassonne lui avait promis de lui rendre ses terres contre un de ces proscrits livré à sa justice. Il confessa que pour se regagner Brune et sa place dans le monde il n'aurait point hésité à vendre un saint au diable, s'il avait pu, car en ce temps-là tout lui avait été pris, sa mère, sa maison, ses amours, ses livres, son latin et la grande foi qu'il avait dans la bonté de Dieu. Il avait alors été aveuglé par une hargne de chien errant. Mais sans doute dans l'obscurité de son âme était demeuré un grain de sable, ou d'or peut-être, qu'aucun de ses malheurs n'avait pu ternir ni réduire, car il s'était toujours trouvé incapable de trahir qui que ce fût.

— Même un misérable larron de votre sorte n'aurait eu rien à craindre de moi, dit-il en souriant pensivement.

— Tu n'es pas de ce mauvais monde, cela s'entend dans tes paroles, bonhomme, cela se voit dans tes yeux, dans ton allure, lui répondit Sicard.

Et battant l'air du poing, la tête haute, s'exaltant à parler puissamment aux grands arbres :

— Tu es un homme de vérité, voilà pourquoi tu es mon frère.

Il rit, content de lui.

— Peut-être, mais vous n'êtes pas le mien, murmura Simon.

L'autre s'exclama comme à une farce de belle venue. Mon maître, d'abord surpris, regarda son compère et se sentit bientôt envahi, lui aussi, d'allégresse irrésistible. Le brigand lui frappa l'épaule.

— Tu le seras bientôt, dit-il. Dieu merci, moi aussi j'ai du bien à te faire.

A l'auberge, ils trouvèrent les routiers affairés à jouer aux dés sur la terre battue et Fabrissa au bord de la cheminée étroitement entourée de filles attentives, s'appliquant à leur présenter des essences en flacons dont toutes voulaient se parfumer, à leur désigner des bouquets d'herbes sèches et à leur enseigner les vertus de ces simples. Quand ils entrèrent, une de ces disciples éphémères était à lui demander qui l'avait ainsi instruite. Elle répondit fièrement :

— Ma mère,

et vit Simon franchir le seuil. Aussitôt elle vint à lui et d'un regard l'interrogea, toute tremblante de savoir si Font-Rouge lui avait donné des nouvelles de Brune. Il se tourna vers Sicard qui le suivait, à son air pressentit qu'il avait deviné ce qui les occupait. Le brigand s'approcha du feu et dit en l'attisant, la tête enfoncée dans la cheminée :

— Elle est au château de Paracol, je l'ai appris voilà une huitaine. Tu ne peux t'y rendre, les gens qui la tiennent te feraient un sort de lépreux. J'irai pour toi avec ces hommes-là et d'autres que j'attends. Ne t'inquiète de rien. Dans trois semaines tu la verras entrer, ici même, par cette porte basse, belle comme une Sainte Vierge et contente comme une épousée.

Simon, les mains tremblantes, prit Fabrissa aux épaules, resta un instant bouche bée à ne pouvoir rien dire, puis en trois enjambées fut sur Sicard, et se tournant vers les faces rieuses des hommes qui l'avaient rejoint il demanda ce que sa Brune faisait à Paracol, si elle y était prisonnière, si quelqu'un parmi eux l'avait vue et lui avait parlé, si à Font-Rouge ou à l'un de ses routiers elle avait confié un message pour lui. Les autres l'envahirent de paroles rassurantes, de protestations de matamores et d'offres de bons services, mais ne répondirent rien qui vaille à ses questions impatientes. Alors il s'assit sur la pierre de l'âtre, resta un moment à regarder fixement le sol devant lui, puis, ainsi rêveur :

— Sicard, vous lui direz qui je suis devenu, sans me flatter en aucune manière. Vous lui direz que je suis maintenant vêtu de laine rêche et de poussière, que je suis boiteux et balafré de la joue gauche, que je suis l'ami des loups et que je soigne les gens. Vous lui direz aussi que depuis le jour de notre séparation pas un instant elle n'a quitté mon cœur, malgré les longues saisons de misère que j'ai traversées pour l'amour d'elle, et vous la prierez sans brusquerie de me rejoindre à l'auberge d'Ayguesbonnes, s'il lui plaît d'être fidèle aux serments qui nous ont autrefois liés.

Il se tut, fort troublé, cherchant d'autres paroles. Comme les hommes en assauts désordonnés lui faisaient encore des promesses de prochain bonheur sans qu'il n'en écoute rien, il leva la main pour imposer silence et dit encore :

— Cependant, Sicard, pour peu que vous la sentiez hésitante à la description que vous ferez de moi, ne la forcez pas à vous suivre. Je veux que seul son cœur la pousse, point sa pitié.

Font-Rouge lui répondit hautement qu'il savait comment traiter les femmes, et qu'il ne ferait rien qui puisse le mécontenter.

— J'offrirai même à ta promise le plus beau cheval de ma troupe, et un si bel harnachement que les gens des villages sur le chemin du retour s'éblouiront d'elle et s'agenouilleront à ses pieds comme si passait une reine, lui dit-il, tout jovial. Ne crains pas, petit frère.

Hommes et putains à grands rires et minauderies nobles se mirent à mimer le cortège parmi les tabourets et des reliefs épars de jeux et de mangeailles. Simon se leva, et les traversant rudement il grimpa au grenier où il avait vu monter Fabrissa. Il la trouva agenouillée devant une lucarne. Elle priait. Il se coucha loin d'elle.

Le lendemain vers le milieu du jour vint une grande troupe de routiers. Les filles furent aussitôt parmi eux, à tendre les mains pour qu'on les prenne en croupe. Ils étaient tous abondamment armés et pourvus de provisions pour une longue route. Dès que Sicard les vit en presse sombre et cliquetante dans la cour il ne fut plus qu'à leur présence et à leurs prochaines chevauchées. Il bouscula Simon sans paraître le voir, allant à grands pas de l'un à l'autre, sa pelisse au vent, serrant des brides, flattant des encolures, assurant des couteaux dans des fourreaux de selles. Deux hommes lui amenèrent son cheval. Il fut d'un bond dessus, fit le tour de ses gens, dressé sur ses étriers, puis vint à son ami juré qui se tenait sur le pas de la porte auprès de sa compagne. Il le regarda avec une affection contente et malicieuse, en tirant ses gants sur ses poignets. Comme Simon s'avançait pour lui renouveler ses recommandations, il lui dit :

— Prends grand soin de mes livres.

Puis il se détourna et d'un hurlement bref poussa sa bête qui s'en fut au galop au travers des cavaliers. Il parvint le premier au chemin sous le bois. Tous le suivirent. En un instant la cour fut désertée. Simon délivra le loup attaché près du seuil, puis tandis que le fauve s'enfuyait vers les arbres il entra dans l'auberge où Fabrissa, toute à son affairement, bouclait déjà leur bagage.

13

Fabrissa fut la première à dos de mule et s'éloigna vers la forêt, tandis que Simon au milieu de la cour s'occupait encore à lier sur la croupe de sa bête, avec ses gourdes et ses sacs, la peau de chèvre où étaient les livres de Sicard Font-Rouge. Dès qu'il l'eut rejointe sous la voûte de feuillage qui ombrageait le sentier, elle se tourna brièvement vers lui et dit sans autre mot qu'elle avait décidé d'aller rendre visite à dame Jordane. Il en fut surpris et content mais n'en laissa rien paraître. Le même désir lui était venu à l'instant où il avait délivré le loup près de la porte basse. Comme il serrait sur sa poitrine l'encolure palpitante de l'animal avant de le pousser au large, il s'était senti sourdement appelé par l'Argenté en forêt d'Arques. Les oreilles dressées, les yeux ardents et fixes dans une bouffée de soleil chaud, entre deux buissons, en haut de la cascade, ainsi avait-il vu dans son esprit ce compagnon des jours sauvages. Jordane lui était aussitôt apparue alentour, à peine visible, cherchant peut-être des simples. Un court moment d'oubli du monde il lui avait semblé qu'elle lui parlait, et sa présence s'était faite si proche dans la feuillée rêvée que son cœur s'en était gonflé de nostalgie puissante. Il s'était dit : « Revoir ma bonne mère assise près du seuil, heureuse de m'entendre et de me regarder, boire au ruisseau sous les oiseaux, marcher de grand matin parmi les arbres avec elle, voilà ce qu'il me faut avant d'entrer dans ces semaines où changera peut-être le cours de mon existence. Par Dieu, je serais un fils bien infidèle si je n'allais pas à ce pèlerinage. » Il s'était alors étonné que ce lieu farouche se soit ainsi changé dans son souvenir en paradis infiniment nourricier, et par le sous-bois où maintenant il allait il s'émerveillait encore de découvrir l'empreinte d'un bonheur si sûr sous les tumultes et les maux qu'il avait subis, et qui se trouvaient usés dans son cœur au point de n'être plus que poussières négligeables. Il ne répondit rien à sa compagne. Il se plut malicieusement à la laisser dans l'inquiétude de ce qu'il comptait faire. Il se contenta, chevauchant derrière elle, de goûter les bontés de l'été naissant.

Ils firent halte peu avant la tombée de la nuit devant une vieille bergerie bâtie de pierres grossièrement entassées et dont le toit était presque tout effondré. Ils étaient parvenus au bord d'une lande déserte, sur le flanc d'une montagne d'où l'on découvrait, au fond des pentes, un village inconnu, des forêts au-delà de ces maisons petites d'où montaient des fumées, et d'autres monts sous le vaste ciel que le soleil abandonnait à la nuit. Simon, parmi les herbes et les coquelicots crépusculaires, resta un moment à contempler ces lointains, le visage fraîchi par la brise piquante. Aucun chemin n'y était visible. Il lui vint à l'esprit que son âme était pareillement immense et dépourvue de routes à suivre. Nul ne le conduisait, ni ne l'avait jamais conduit. En vérité son destin s'inscrivait derrière lui, à chaque empreinte de ses pas. Il était libre d'aller où il voulait dans le grand cercle de sa vie. Il l'avait toujours été. Il vit voler des oiseaux, au-dessous de lui, dans la vallée. « Le ciel est partout », se dit-il.

Il entendit Fabrissa s'affairer derrière lui. Il se retourna. Elle avait déchargé les mules qui broutaient des buissons durs parmi les cailloux, et se tenait agenouillée contre le mur de leur refuge à trancher du pain et de la viande salée sur un grand torchon blanc où étaient aussi quelques poignées de griottes et de mûres. Ses manches étaient troussées jusqu'au coude, autour de sa figure ses cheveux voletaient. Elle avait l'air fort absorbé par son ouvrage, mais en vérité ne l'était guère. Ses gestes ménagers dissimulaient à peine les espérances et les inquiétudes dont elle était creusée. Simon la vit grave et simple dans la vague lumière du soir, fragile aussi, et d'une beauté tant émouvante qu'il en eut tout à coup le cœur délivré de toute entrave et se prit à rendre grâces pour sa présence dans sa vie. Elle leva la tête, se sentant regardée. Avec une sorte de méfiance enfantine elle examina la haute silhouette sombre contre l'espace vide, au bord de l'à-pic, puis à nouveau baissa le front. Il vint s'asseoir en face d'elle.

— Je crois que Jordane sera contente de nous voir, dit-il négligemment, prenant le pain qu'elle lui tendait.

Elle le regarda, les yeux brillants. Son corps aussitôt parut plus libre et vivace. Tout le jour elle avait craint qu'il ne la suive pas à la visite de la vieille mère.

— Je crois aussi, dit-elle.

Ils dînèrent en silence, rêvant ensemble, s'effleurant du regard et se fuyant en brefs sourires sous la brise du soir, chacun à l'affût des pensées de l'autre, n'osant rien dire de peur d'effaroucher le bonheur alerte où maintenant ils étaient. Dès leur repas fini elle s'en fut déployer des couvertures dans le coin de la bergerie à l'abri des étoiles. A quelques pas d'elle sous le pan de mur ouvert au ciel des bêtes détalèrent parmi les décombres broussailleux, et d'une poutre brisée un oiseau noir s'envola dans un grand froissement d'ailes. Elle se coucha. Simon vint bientôt la rejoindre. Ils restèrent un moment immobiles, allongés côte à côte, puis :

— Dieu te garde, dit Fabrissa.

Et dans un souffle si ténu qu'il était à elle-même à peine perceptible, elle lui dit encore qu'il était son bien-aimé. Il l'entendit, ne lui répondit rien mais prit sa main, la baisa et la tint dans la sienne. Il s'endormit bientôt. Elle veilla longtemps.

Après quatre jours de voyage et de haltes nocturnes dans quelques demeures autrefois visitées où ils furent reçus comme des parents estimés, ils parvinrent sur le plateau d'Albières. Là, à l'écart d'un hameau, était une ferme dont ils se souvenaient entre toutes. Devant son feu fumant un jour de vent pluvieux Simon avait soigné une accouchée fiévreuse dont le nouveau-né n'avait point vécu, tandis que Fabrissa se prenait d'affection pour le fils de ces gens qui depuis sa petite enfance n'avait jamais parlé. Elle était avec lui sortie dans la bourrasque. Sans doute l'avait-elle abreuvé de paroles infiniment aiguës et lumineuses car le bouchon qui obstruait sa gorge, à leur retour, s'était troué. Le muet était ce jour-là sorti de son silence où ses parents le croyaient pour toujours enfoncé, et sa mère, peu d'heures après, était revenue sur le versant de la vie.

Passé le dernier détour du chemin avant cette maison aimée dans leur mémoire, ils aperçurent l'enfant qui menait à l'auge une vache maigre. Dès qu'il les vit il lança au ciel son bâton, se rua au-devant d'eux, prit les brides des mules et courant entre leurs deux mufles tendus il les tira jusqu'au seuil en appelant à grands piaillements son père qui piochait les mauvaises herbes dans un champ de blé gris. A peine Fabrissa descendue de sa monture il bondit dans ses bras et tout haletant se mit à bafouiller contre sa joue des mots incompréhensibles mêlés de bégaiements criards. Son père fut bientôt parmi eux à leur souhaiter la bienvenue en s'épongeant le front et riant bonnement. Ils poussèrent la porte.

La femme était à son ménage dans la pénombre largement tranchée de soleil entré en flot éblouissant et poussiéreux par la lucarne ouverte. Près de cette lumière l'aïeule était assise, comme en attente au guichet du ciel. Elle semblait n'avoir pas bougé depuis qu'ils l'avaient découverte à cette même place, ce jour de bourrasque printanière où la mort avait traversé ce lieu et frôlé ces gens maintenant tout encombrés de gaucherie accueillante et contents comme de bons innocents qu'aucun effroi n'aurait jamais touchés. On offrit du vin piquant aux visiteurs. La mère emplit les gobelets, tint un instant la cruche sur son ventre à les regarder boire puis, timide et joyeuse, elle leur annonça qu'elle était à nouveau prise d'enfant. Ils lui en firent compliment. Elle rougit, et serrant contre elle son garçon immobile et fasciné au milieu de la salle :

— Il parle, dit-elle. Il ne fait point de grandes phrases, mais des mots lui viennent. Des heures durant il joue avec eux comme un chien turbulent. Il n'est pas de jour où il ne pense à vous, bonne dame, ainsi qu'à maître Simon.

Soudain honteuse de son bavardage elle jeta un coup d'œil craintif à son homme et s'en revint à son chaudron.

De cet instant Fabrissa ne quitta plus la compagnie du garçon. Elle fut tant à lui que Simon la soupçonna de n'avoir eu d'autre désir que d'aller à ses retrouvailles, tout au long de leur journée de voyage où elle n'avait cessé de chevaucher devant. Les voyant rencoignés ensemble ou errant côte à côte aux abords de la ferme sans autre souci que d'eux-mêmes, « comme une bonne bête je l'ai suivie où elle voulait me conduire », pensa-t-il. Il en fut piqué au cœur. La nuit venue il l'attendit sur la litière moelleuse qui leur avait été préparée au fond de l'étable, pensant encore : « Elle n'est certes plus démunie. Belle, savante et passionnée comme elle est devenue, elle saura vivre sans moi. » Il vit bientôt s'entrebâiller le portail et l'ombre de sa compagne se glisser dedans. Elle n'était pas seule, l'enfant la suivait. Ils se couchèrent à quelque distance de lui. Il les entendit rire et murmurer sans un instant reprendre souffle, tandis que le sommeil le fuyait.

Le lendemain, quand le soleil entre les planches mal jointes des hauts battants réveilla Simon, il vit que l'enfant n'était plus auprès de Fabrissa, qui dormait encore. Il se leva, sortit dans la cour, trouva sous un vaste tilleul les mules prêtes à partir, sellées, brossées, nourries. A peine était-il parvenu près d'elles, traînant la botte et clignant les yeux dans la belle lumière du matin, que le garçon apparut sur le seuil de la maison et trotta vers lui, tenant à deux mains une cruche d'où le lait débordait à chaque pas. Il la lui offrit puis courut à l'étable, en ressortit presque aussitôt, tirant par la main la jeune femme rieuse et tout auréolée de paille. Dès qu'ils furent devant le grand boiteux qui s'abreuvait, la tête au ciel :

— Il vient avec nous, dit-elle. Je veux que Jordane le bénisse.

Simon ne répondit pas. Il savait. Il tendit la cruche à Fabrissa et s'en fut prendre congé de la maisonnée. L'homme ni la femme ne parurent étonnés que leur fils veuille accompagner sa bienfaitrice, au contraire, cela leur plut et les fit rire. Ils voulurent cependant le voir de retour avant la moisson, ce qui leur fut promis.

L'enfant, sans se préoccuper de ses père et mère, courut baiser les mains de son aïeule au bord de la lucarne, revint à son amie déjà en selle au milieu de la cour, bondit derrière elle entre les sacs, et tous deux s'en furent au petit trot à la poursuite de leur compagnon qui s'était éloigné sans les attendre. Tout le jour ils voyagèrent en hâte silencieuse, évitant les villages et s'attardant à peine à saluer de-ci de-là des gens de connaissance au bord des champs. Au crépuscule, ils entrèrent en forêt d'Arques. Malgré les protestations effrayées de Fabrissa qui n'estimait guère prudent d'aller ainsi en presque aveugles par les broussailles et les fondrières, Simon les conduisit obstinément jusqu'au plus épais de la nuit. Quand ne fut plus devant eux que l'obscurité sans ciel ni terre, ils firent halte.

Ils étaient sur un espace herbu, à mi-pente du mont. Le garçon, le premier à bas de la mule, déploya une couverture pour celle qu'il semblait vénérer comme une sainte amante. Ensemble ils se blottirent là, auprès des bêtes, écoutant la paisible musique d'un rossignol qui emplissait les ténèbres. Simon s'en fut guetter plus haut, sur un rocher où il s'embroussailla avant de parvenir dans un renfoncement assez profond pour qu'il puisse s'y tenir. Il appela l'Argenté, à grands élans de cœur et d'âme, se tint longtemps à l'affût d'un bruit de course au travers des buissons noirs, ou d'un hululement sur les hauteurs lointaines, mais rien ne vint troubler le chant de l'oiseau dans l'arbre proche que nul vent n'agitait. Il veilla jusqu'à sombrer dans une somnolence où il lui sembla voir, comme il se réveillait en sursaut, deux yeux luisants à quelques pas de lui. Il se pencha, tendit la main, balbutia des paroles espérantes. Le regard s'effaça. Si ce fut le grand loup, il n'en perçut rien d'autre.

Dès qu'il fit jour ils reprirent leur route. Ils durent bientôt mettre pied à terre et haler à grand-peine leurs montures parmi les fourrés et les rocs. L'enfant autour d'eux se mit alors à se préoccuper de tout avec un entrain infatigable, courant devant et désignant des passages, s'arc-boutant derrière à pousser les croupes, aidant l'un et l'autre à tirer sur les brides, sans souci des branches et des ronces qui de partout l'agrippaient. Simon s'émut de le voir ainsi se dévouer à leur service. Comme ils reprenaient souffle, il demanda à Fabrissa qui d'elle ou du garçon avait voulu qu'il voyage avec eux. Elle haussa les épaules comme si elle l'ignorait, et sourit de le voir sourire.

Ils arrivèrent au sommet peu après le milieu du jour et là, tandis que les mules broutaient des feuilles d'arbustes, un long moment ils se reposèrent, tous trois assis contre le même rocher. Puis Simon s'éloigna de quelques pas, appela encore l'Argenté, battit de-ci de-là les fourrés comme si son frère sauvage était tout proche, malignement caché, se jouant de son impatience. Rien ne bougea. Cela lui parut inadmissible. Le cœur tout à coup envahi d'inquiétude il se tint la tête haute à examiner les foisonnements du sous-bois puissamment abandonné aux bercements de l'ombre et du soleil. Il ne perçut que paisible indifférence à son anxiété. Telles qu'autrefois étaient les lumières fleuries parmi les herbes, les pénombres buissonnières, la majesté simple des arbres. Mais rien n'était plus accordé à son cœur. Ce giron de mère nature dont il avait fait son royaume secret, son livre inépuisable, le refuge sûr de son âme, s'était en son absence irrémédiablement défait de lui. Il se sentit soudain solitaire et perdu. « Seigneur, pensa-t-il, tout effaré, si je suis d'ici rejeté, où est donc ma maison dans ce monde ? » Sans souci de Fabrissa ni de ses bêtes, à grandes enjambées il dévala la pente qui menait à la cascade.

Bondissante, moussue, bavarde, trouée des mêmes lances éblouissantes parmi ses bruines irisées, peuplée des mêmes insectes, rassurante enfin, ainsi la retrouva-t-il, mais il ne s'y attarda point. Il s'en fut vers la chaumière, par le sentier grimpant. A peine découverte entre les feuillages, il cria :

— Dame Jordane !

Il cogna du poing contre la porte, qui s'ouvrit. Il entra.

Tout était en ordre : les bouquets d'herbes sèches pendus aux solives, le tabouret, la litière et le fagot de branches, l'écuelle et la lampe sur le rebord de la lucarne. Mais les cendres du foyer étaient froides, et à l'odeur âcre et vaguement humide de l'air, autant qu'à l'intime désolation qu'il ressentit, comme il laissait son regard errer sur ces pauvres objets, il sut que nul n'habitait plus ce lieu depuis longtemps. Il se retourna vers le dehors, vit Fabrissa et le garçon immobiles, tenant chacun une mule par la bride, sous l'arbre au milieu du pré. Il vint pesamment à sa compagne. Il lui dit :

— Il faut la trouver.

Elle s'avança vers le seuil et sans le franchir resta un moment toute roide à examiner l'intérieur familier.

— Elle a pris son livre et sa couverture bleue, dit-elle.

Jusqu'à la fin du jour ils cherchèrent dame Jordane, fouillant le bois, trous de broussailles, buissons teigneux, amas de rocs et fonds de grottes. Nulle part ils ne trouvèrent trace d'elle. Tandis qu'ils revenaient fourbus vers la clairière :

— Je l'imagine riant de nous, riant tout doux comme elle faisait, dit Fabrissa. Sais-tu ce qu'elle me chante, en ce moment où je te parle ? Elle me chante : enfants, la mort n'est rien, elle est sans cesse derrière vous, elle est la poussière de vos semelles. La vie est devant, toujours devant, allez à elle, ne vous retournez jamais.

— J'espérais un signe, un adieu, lui répondit Simon, je ne sais quoi, son livre ouvert dans un fourré, son nom gravé sur une écorce.

« Et pourtant, pensa-t-il, cheminant le front haut, tu as bien agi, ma bonne mère. Moi aussi je ferai en sorte de ne point laisser d'empreinte dans ce monde. Moi aussi à mon heure je quitterai mes jours secrètement, sans être à charge de personne, sans que nul ne me voie sortir. Comme un rayon de soleil effacé par la nuit, ainsi je serai, semblable à toi. » Il dit :

— Nous partirons demain.

Une bouffée de fumée leur vint soudain à la figure. Ils

remontaient du ruisseau, dans le soir doux. Ils s'arrêtèrent parmi les feuillages paisibles, tant ébahis qu'ils se prirent la main, humant ensemble.

— Bonté divine, murmura Simon.

Le jour de leur première arrivée dans ce lieu, pourchassés, perdus, ignorants de tout, en ce même endroit du sentier le même parfum de maison vivante les avait assaillis, enveloppés, attirés vers l'éclaircie des arbres. Dans une brusque lumière de miracle tout leur revint de ce qu'ils avaient éprouvé en cet instant lointain, le même espoir au bout de leur fatigue, la même saveur de délivrance, le même dénuement devant le bon secours. Jusqu'à la clairière ils montèrent, jusqu'aux tendres lueurs du ciel. Auraient-ils marché vers la source sacrée de leur vie, ils n'auraient pas été plus enivrés ni tremblants. La porte de la chaumière était ouverte et la lucarne aussi. Pétrifiés au milieu du pré ils attendirent que Jordane apparaisse, radieuse, moqueuse peut-être, et leur offre à manger comme autrefois elle l'avait fait. Ce fut l'enfant qui sortit de l'ombre.

Ils le croyaient encore au bois où il les avait suivis à leur battue de broussailles. Ils l'avaient vu grimper dans un chêne et l'avaient laissé à la traîne, l'estimant sans cesse à portée de voix. Du seuil il courut à eux, les tira dedans. Il avait allumé du feu et disposé des fleurs sauvages sur le sol, des fruits, des baies dans de grandes feuilles luisantes, de l'eau en cruche, et sur le torchon blanc trouvé dans leur bagage du pain et de la viande salée. Il était extrêmement fier du festin préparé. Il dit, se frappant la poitrine :

— Pierre,

et désigna son œuvre. Puis, tirant encore mon maître et

sa compagne par les manches, il les força à s'asseoir devant ces belles nourritures.

Il se plut alors à jouer l'hôte empressé, leur offrit à boire, trancha le pain, heureux et maladroit. Ils mangèrent à peine, captivés qu'ils étaient par son agitation, par son visage, par ses yeux attentifs à leur satisfaction. Il se trouva bientôt tout embarrassé de leurs regards affectueux. Ses yeux s'illuminèrent, comme si débordait la chaleur de son cœur. Il parut chercher fébrilement au fond de lui comment les contenter encore et se mit à parler avec une exaltation soudaine, véhémente. Il dit qu'il combattrait du poing et du couteau quiconque oserait chercher noise à sa bonne dame, il dit qu'il était fort, qu'il vaincrait des dragons, qu'il aurait des moissons à ne savoir qu'en faire, des chevaux et des bœufs, des bontés pour les pauvres, et d'autres rodomontades enfantines où était toute l'espérante santé du monde. Simon ne comprit presque rien à ses paroles proférées en désordre trop ardent. D'un coup d'œil il interrogea sa compagne. Elle lui répondit :

— Il dit qu'il est vivant.

Elle prit la main du garçon. Il vint aussitôt enfouir la tête au creux de son giron et ne voulut plus en bouger.

De ce soir-là ils ne parlèrent pas plus avant. Quand Fabrissa et l'enfant furent couchés, Simon sortit dans la clairière et s'assit sous l'arbre noir. La nuit était douce et la paix parfaite sur ce lieu déserté par ceux qu'il avait désiré trouver tels qu'en son souvenir. Comme il se laissait aller à sa rêverie, lui vint la certitude que l'Argenté et sa horde ne l'avaient pas oublié mais s'en étaient allés sur d'autres chemins, vers d'autres rencontres. Il sut aussi qu'il n'aurait jamais d'autre maison que son âme, et n'en éprouva point de mélancolie, au contraire, il en fut allégé. Il sut enfin que sa vieille mère nourricière avait laissé pour lui plus qu'un signe ici-bas : une lumière, et dans cette lumière un parfum de feu, une offrande de fruits, un enfant par elle béni et par elle inspiré. Elle-même en vérité les avait accueillis, impalpable et joyeuse. Il ressentit cela, qui lui fut aussi sûr que la saveur d'une pomme en bouche. Il ne se soucia point que ce ne fût guère raisonnable. Que pesait la raison dans les infinis mystères des existences ? Sous l'arbre il s'endormit. A peine s'aperçut-il que Fabrissa venue sans bruit étendait sur son corps une ample couverture.

Ils s'en allèrent dès l'aube revenue, laissant la maison telle qu'ils l'avaient trouvée, bien close et propre afin qu'avant les bêtes, les herbes et les étoiles, d'autres humains y puissent trouver refuge confortable. Tout au long du chemin l'enfant les servit encore avec un dévouement inépuisable, et à chaque halte parla, volubile comme un oiseau. Quatre jours ils le gardèrent avec eux, puis le ramenèrent à sa famille, fringant et fier. Après quoi ils reprirent la route d'Ayguesbonnes.

Dans la première auberge où ils firent halte, tandis que Fabrissa aidait à la cuisine, Simon solitaire au fond de la salle se prit à tendre l'oreille aux conversations des colporteurs et des soudards de passage, espérant entendre des nouvelles de Sicard Font-Rouge. Il n'en eut point. Mais de ce jour ne passa guère un village sans qu'il y cherchât de quoi se rassurer. Deux semaines s'étaient écoulées depuis que le brigand les avait quittés avec sa troupe, et il se sentait creusé d'appréhensions sournoises. Le désir lui vint bientôt de poursuivre seul sa route à la rencontre de Brune qu'il estimait devoir préserver de toute hostilité ou jalousie, comme s'il craignait que le moindre feu la consume. En vérité, plus il s'approchait d'elle, plus elle lui apparaissait indistincte et fuyante, fragile et délicate, effarouchable et menacée. « Que Dieu la préserve, se répétait-il souvent, le dos droit sur sa mule, je veux bien endurer mille peines et m'écraser de fardeaux si c'est le prix à payer pour qu'elle demeure sans mal ni souillure. » « Seigneur, se disait pareillement Fabrissa, observant à la dérobée son visage taciturne, Seigneur, que soient sur moi détournées les blessures qui l'attendent. » Et chacun redoutait les paroles de l'autre, et chacun de l'autre évitait le regard. Ainsi vécurent-ils, en longs silences, ces jours de hâte et de beau temps qu'ils ne goûtèrent point.

A Saint-Paul-de-Fenouillet, tandis que sa compagne visitait des familles amies, Simon, pensant à l'entrevue prochaine avec sa promise tant rêvée, fit l'emplette de vêtements neufs, bottes et manteau, chausses et tunique, qu'il dissimula soigneusement sous ses sacs. Le soir même ils apprirent que Sicard avait fait le siège du château de Paracol, mais nul ne put leur dire s'il l'avait pillé ou s'il avait été repoussé par les défenseurs, qui n'étaient pas en grand nombre. Mon maître voulut alors que Fabrissa l'attende dans cette ville, où de mauvais cœur il lui promit de venir la chercher, avec Brune peut-être, ou peut-être seul. Elle lui répondit fermement qu'elle le suivrait où il irait, qu'il veuille ou non de sa présence. Le lendemain, chevauchant à quelque distance l'un de l'autre, ils parvinrent dans un hameau sauvage planté au flanc d'une vallée où le soleil ne venait guère. Là encore Simon demanda à des paysans fort haillonneux et basanés occupés à de maigres moissons si Font-Rouge n'avait pas traversé récemment leur village. On lui fit des réponses méfiantes où n'était rien qu'il ne sache. Alors Fabrissa dit à ces gens qu'elle-même et son compagnon étaient médecins, et qu'ils étaient à leur service, s'ils en avaient quelque besoin. Les hommes ricanèrent et se remirent à leur ouvrage. Une femme brandit sa faucille vers la hauteur, où était une maison au large toit de lauzes.

— Une fille nous est arrivée hier de la montagne, folle et malade, dit-elle hargneusement. Elle avait faim. Nous lui avons donné du pain vieux et quelques épluchures de raves. Elle est à la chapelle Saint-Georges. Allez donc la voir, si vous savez bien faire.

— Nous n'avons pas le temps, grogna Simon.

Il battit le flanc de sa mule. Fabrissa le suivit jusqu'au sentier pierreux qui grimpait à la chapelle, puis tourna bride et poussa sa bête sur le raidillon, tandis qu'il allait droit, la tête basse contre un coup de vent soudain entre les masures bancroches. A la sortie du hameau il se retourna, la croyant attardée, ne la vit point, s'arrêta et attendit en maugréant. Il l'aperçut bientôt à flanc de montagne, sur la lande grise au-dessus des champs et des maisons. Il en fut fort surpris. Elle lui fit un grand signe, les deux bras au ciel. Il lui cria de le rejoindre, mais elle poursuivit sa montée sans se soucier autrement de lui. Il pesta derechef abondamment et s'éloigna. « Me voilà délivré d'elle, se dit-il, le cœur amer. Elle a voulu notre séparation, Dieu m'est témoin, je ne l'ai pas chassée. Demain je serai à Ayguesbonnes et je ne l'y attendrai pas. Désormais, à chacun sa route. » Un moment il chemina, ruminant ainsi. Puis, comme une nuée d'étourneaux lui venait droit devant du haut du ciel limpide : « Pourquoi s'est-elle précipitée au secours de cette perdue ? se dit-il encore. L'insupportable pécore ! Se veut-elle sainte ? » Il ricana, fouetta méchamment de la bride l'encolure de sa mule, parvint dans l'ombre d'un bouquet d'arbres. Au-delà, la voie charretière s'étrécissait en escalades peu sûres au travers d'une épaisse garrigue. Il fit halte, contempla ce lointain, et poussant une clameur exaspérée contre les encombrements de son âme, il fit rebrousser chemin à sa bête qui partit au trot, effrayée.

Il eut grand-peine à grimper jusqu'à la chapelle Saint-Georges. Cent fois il s'enrogna, vouant pêle-mêle au diable sa compagne, les traîtrises des cailloux et sa monture exténuée. Il parvint sur un espace de pré ombragé d'un grand orme où broutait la mule de Fabrissa. Là était le lieu saint, humble et trapu. Il s'assit sous le feuillage et s'apaisa bientôt à humer la brise douce. De l'entrée ombreuse de l'oratoire lui venait une rumeur de voix et de pleurnichements. « Peut-être, se dit-il, cette femme n'est-elle point folle mais égarée, et point malade mais bien lasse. » Et contemplant le mont à la crête rocheuse dans l'air bleu : « Quel médecin peu secourable, certes, quel mauvais bougre je suis pour n'être pas venu de bon cœur jusqu'ici ! Peut-être mieux que moi ma Fabrissa sait-elle où je dois aller et ce que je dois faire. Ma vie n'est-elle point contente en sa simple compagnie ? Elle le serait si je suivais mes jours plutôt que de courir après des temps devenus songes. » Jordane et l'Argenté lui revinrent à l'esprit, si chaudement que le sang lui battit aux tempes. Un moment il s'émut, pensant à leurs bontés, puis soudain : « Qui regarde derrière soi voit sa mort, bonne mère, je sais. Eh bien, Garric, pourquoi perds-tu tes forces et la paix de ton esprit à chercher sans cesse les fruits que tu as déjà mangés ? Ils ne sont plus de ce monde, ils ne germeront plus. Quelle sorte d'amour, pauvre fou, te pousse donc à Ayguesbonnes ? »

Dans la chapelle se fit un bruit de pas traînards et de paroles fermement chuchotées. Apparurent sur le seuil Fabrissa et une jeune femme qu'elle serrait contre elle, et qui tenait les mains sur sa figure pour se garder du soleil vif, ou peut-être cacher ses larmes. Elle n'était point de ces errantes à l'esprit défait qui mendient les rebuts des pauvres. Sa chevelure était belle, quoique salie et répandue. Elle était vêtue d'une robe bourbeuse et déchirée mais de tissu noble, et son cou était orné d'un collier d'argent. Simon se dressa. Au-dessus de la porte, dans une niche, était une grossière statue du saint patron de l'oratoire, debout sur une tête de dragon, les bras ouverts. Il semblait offrir au fils de Mathilde, au frère des loups, à mon maître très estimé ces deux femmes étreintes, telles que Dieu les voulait. Fabrissa prit les poignets de sa compagne et doucement fit apparaître son visage à la lumière. Simon à l'instant la reconnut. C'était Brune.

14

Brune aussi reconnut Simon. Tous deux tombèrent ensemble à genoux, l'un par l'autre éperdument fascinés. Elle lui tendit une main indécise. Il voulut faire de même mais n'osa franchir la distance d'herbe tendre où bougeait le soleil tombé du feuillage de l'orme. Ils restèrent longtemps à se contempler, éblouis, effarés. Elle dit enfin, désignant la balafre qui traversait le visage de son ami lointain :

— Seigneur Dieu, que t'est-il arrivé ?

Il s'entendit répondre :

— Une griffe de loup.

Il s'avisa que sa voix sonnait calme dans l'air tiède. Fabrissa courut à la chapelle. Ils n'y prirent pas garde.

— Comme te voilà mis, dit Brune.

— Je suis maintenant médecin. Je vais où l'on m'appelle. Je n'ai pas de maison et je marche beaucoup.

Ils se sourirent enfin pauvrement, le cœur bouillonnant de paroles qu'ils ne savaient pas dire. Revinrent aux yeux de Brune des lumières d'autrefois, fugaces, bientôt effacées par des questions craintives, par des soucis où il n'était pas. Il en éprouva un vague vertige, voulut encore s'approcher d'elle. Dans un frémissement à peine perceptible il la vit se raidir. L'espace qui les séparait lui apparut alors infranchissable. « Vois, Garric, vois, se dit-il, de l'amour qu'elle eut pour toi ne reste dans son regard qu'un espoir de secours. » Il s'étonna de ne pas en souffrir. Timide maintenant devant lui, embarrassée par son silence, ainsi était-elle. Il dit :

— Je t'ai cherchée.

Elle baissa la tête et demanda :

— Longtemps ?

Il ne répondit pas. Elle désirait entendre de quoi nourrir ses rêveries, rien d'autre. Il se sentit lentement tomber dans un gouffre sans fond. « Tant de jours, pensa-t-il, tant de peines, tant de merveilles dont je l'avais parée. » Ce ne fut que l'instant d'un long soupir tremblant, et tout soudain l'envahirent, comme au sortir d'un long tourment, une paix et une fatigue infinies. Fabrissa apparut au seuil de l'oratoire. Elle se tint là immobile et fort anxieuse à examiner ces deux êtres face à face. Simon lui dit que l'heure n'était pas à la prière, et lui ordonna d'aller prendre la gourde et des galettes dans leur bagage. Tandis que les femmes se partageaient des nourritures il s'aida de son bâton pour se lever et s'en fut pesamment au bord du pré. De la vallée où étaient les moissonneurs lui vinrent, dans l'air placide, des cris de filles que poursuivaient des hommes. Aucun nuage n'était au ciel. Rien ne l'entravait plus, ni rêves, ni espérances, ni poussières passées. Tout lui fut soudain d'une simplicité qu'il n'aurait jamais crue possible. Il murmura :

— Brune, Brune.

Cela ne lui fit rien. Ce fut comme s'il appelait des oiseaux.

Après qu'elle se fut restaurée, il vint à nouveau s'asseoir devant cette femme si longtemps désirée Elle lui fit alors le récit de ses récents malheurs, et peu à peu rassurée par l'attentive tranquillité de son fiancé d'enfance, elle conta ce qui était advenu d'elle depuis ce jour de beau printemps où un chariot bâché l'avait emportée de sa maison d'Arzens.

En vérité, elle n'avait séjourné que peu de temps chez ses parents de Peyrepertuse où son père l'avait précipitamment envoyée. Deux semaines durant elle s'y était morfondue de peine ostensible, espérant sans trop y croire la venue de celui qu'on appelait, dans sa nouvelle famille, son diable vagabond, après quoi son oncle un beau matin s'impatientant (c'était un homme carré d'esprit autant que de figure) avait décidé de lui administrer le seul remède qu'il connaissait à la mélancolie des jeunes filles : un prompt mariage au plus vite suivi d'enfants. Il avait donc fait tenir un message amical au seigneur de Paracol, dont la fortune était l'une des plus convenables du pays, et qui se trouvait veuf depuis une dizaine de mois. Ce bon châtelain ne s'était pas fait autrement prier. Il était venu, et s'en était retourné dans son fief aux premiers temps d'été avec épouse neuve et bagage opulent.

Brune s'était sans nul effort contentée de ce mari qui comptait bien vingt années de plus qu'elle, mais selon son avis ne paraissait point vieux. De retour chez lui, avec solennité et force prévenances il avait fait de sa jeune femme la maîtresse respectée de sa maisonnée. Elle en avait été grandement flattée, et s'était bientôt prise d'affection tenace pour cet homme puissant et sûr qui semblait la tenir en aussi haute estime qu'une dame de belle noblesse et de sens aiguisé. De la vie qu'ils vécurent ensemble Simon ne voulut rien apprendre. Il lui suffit de pressentir en elle cette plénitude mélancolique des épousées fermement ancrées à leur demeure, et que nulle exaltation n'émeut plus, sauf en secret. Elle avait mis au monde un fils, le mois passé. A dire cela les larmes lui vinrent aux yeux, car à peine était-elle relevée de couches que Sicard et sa troupe étaient venus assiéger Paracol.

— Comme j'étais aux soins de mon enfant avec sa nourrice et d'autres servantes, dit-elle, mon mari un matin est venu m'apprendre que Font-Rouge n'en voulait qu'à moi seule. Il m'a demandé si j'avais un jour rencontré cet homme. Mon cœur m'a étouffée, je n'ai rien su répondre, sauf peut-être : « Seigneur, comment l'aurais-je pu ? » Il m'a vue tant effrayée qu'il a fermé les bras sur moi, il m'a bercée comme un bon père, puis il m'a ordonné de faire mon bagage et d'aller dès la nuit venue chercher refuge au château de Peyrepertuse où les défenses étaient sûres et d'où pourraient accourir des renforts, si le siège devait durer. A la lune levée j'ai donc embrassé mon fils comme si je ne devais jamais plus le revoir, et dès que les clameurs des hommes de Paracol m'eurent prévenue qu'ils avaient ouvert le portail et qu'ils couraient aux feux où étaient les routiers, avec quatre serviteurs et les trois chiens de mon époux j'ai quitté la maison par la petite poterne du jardin. Par malheur, le bandit avait flairé la ruse. A peine avions-nous atteint la lisière du bois que nous avons entendu un galop à nos trousses. Je n'ai eu que le temps de voir une ombre d'ogre se jeter sur mes gens. On m'a poussée dans un fourré, et je me suis terrée là, les mains sur la figure.

A nouveau elle se prit à sangloter, le dos courbé comme si revenaient sur elle les cris, les halètements, les fracas de sombre combat qui l'avaient traversée. Fabrissa l'attira contre son épaule, essuya ses pleurs. Elle renifla, s'apaisa, dit encore :

— Des pas se sont approchés du buisson où je me cachais. Une poigne énorme m'a saisi le bras et m'a dressée par force debout. J'ai imploré pitié. L'homme qui me tenait m'a ordonné de me taire, puis il s'est radouci, il m'a dit qu'il était Sicard Font-Rouge et que je n'aurais aucun mal de lui, pour peu que je ne tente pas de lui échapper. Je me suis alors aperçue qu'il était blessé au-dessus de la hanche. Il m'a entraînée hors du couvert des arbres jusqu'au détour du rempart. De là nous avons vu ses routiers en grand danger d'étrillement. Beaucoup gisaient parmi les flammes et les tisons que les piétinements de la bataille avaient dispersés. Il m'a aussitôt ramenée dans l'épaisseur de la forêt, où j'ai découvert mes serviteurs abattus et saignants, mes chiens éventrés. Seul vivait un cheval, ses jarrets étaient tranchés, il hennissait et piétinait les corps à tenter de se relever. Toute la nuit nous avons marché. Font-Rouge est tombé souvent, le poing serré contre son flanc, mais il n'a jamais lâché mon poignet. A l'aube nous avons fait halte sur une crête de montagne pelée où était une grotte face au soleil levant. Il s'est couché au travers de l'entrée. J'ai vu sa chair ouverte mêlée de terre et de lambeaux de cuir. Il n'a pu me parler qu'à peine, tant il souffrait et grelottait. Il m'a ordonné d'aller à l'auberge d'Ayguesbonnes. Je me suis enfuie vers la vallée, j'ai couru jusqu'à cette chapelle, où je me suis réfugiée. Des paysans qui passaient par là m'ont parlé, m'ont interrogée, mais ils l'ont fait avec tant de moquerie que j'ai craint de leur répondre. Peu d'heures après une femme m'a porté de ces sortes de nourritures dont on engraisse les porcs. Je n'y ai pas touché. Je suis restée dans l'abri de l'oratoire, à implorer secours, et vous êtes arrivés, grâce à Dieu. Sois mille fois béni, Simon, et vous aussi bonne dame, car je me sens maintenant auprès de vous presque revenue en famille.

Le soir tombait. Tout alentour baignait en ombres longues dans la lumière adoucie, arbres et rocs, monts et vallées. Sous l'orme immobile, tandis que Brune laissait encore aller ses larmes à la pensée de son époux et de son nouveau-né, la voix de Simon s'éleva, tranquille et claire. A son amie il avoua qu'elle ne devait qu'à lui seul ses éprouvantes tribulations. Il lui dit la folie qu'il avait commise à jeter Font-Rouge à sa recherche, puis il lui confia les espérances et les désirs qui l'avaient sans cesse assoiffé depuis qu'il s'était séparé d'elle, les mauvaises batailles où il avait failli perdre son âme pour l'amour du beau songe qui le hantait, et la paix où il était aujourd'hui parvenu.

Sa confession fut droite. Avec une stupeur passionnée Brune l'écouta. Il voulut lui demander son pardon mais ne put, car elle lui parut soudain plus émue qu'atterrée, et comme vivifiée dans son cœur par ce qu'il lui disait. Il en fut déconcerté. Elle eut un élan de paroles mais son souffle resta suspendu. Sa fatigue et son désarroi furent un court instant comme des nuées ensoleillées par l'éclat de ses yeux, puis l'inquiétude lui vint d'avoir inspiré une passion aussi constante et grave, et son impatience à être reconduite chez elle en fut aussitôt réveillée. Elle se tourna vers Fabrissa.

— Je suis une femme si simple, dit-elle.

Elle s'en fut dans une rêverie tant lointaine que Simon s'effaça de son regard, de son esprit. Il se leva et à nouveau s'éloigna d'elle. Sur le sentier montant parmi la lande, « c'est à Dieu, se dit-il, que je dois demander le pardon de mes fautes », mais bien qu'il fût seul il n'osa s'agenouiller, ni seulement espérer la moindre grâce. Au loin, dans le ciel pur, planaient des buses. Au fond de lui il chercha Celui dont il avait en vérité une soif perpétuelle. Il y perçut une figure divine vaguement moqueuse, indifférente à ses misères. « Il sait tout de moi, et pourtant Il n'a pas souci de me venir en aide, se dit-il encore. Au diable mes errances, je dois faire seul le grand ménage de ma vie, sans jérémiades ni vaine humilité. » Pensant cela, il se sentit raffermi. Il redressa la tête, huma l'air tranquille, regarda vers la hauteur. Font-Rouge se mourait parmi ces roches bleues que le soleil éclairait encore. Il résolut d'aller à lui, rebroussa chemin, et jetant de brefs coups d'œil aux femmes occupées à parler, sous l'arbre, des mystères du cœur des hommes, il sella sa mule. Fabrissa devina ce qu'il avait en tête. Elle se pencha à l'oreille de Brune, l'interrogea. Il lui fut répondu d'un geste qui désignait une échancrure sur la longue crête des monts. Simon sans un mot s'en alla au pas de sa monture.

Vers le milieu de la nuit il parvint à la cime du col montagnard. Au-delà, le sentier se renversait en pente douce peuplée de rochers obscurs sous la lune pleine. Dressé sur ses étriers il appela Sicard. Sa voix se perdit dans les ténèbres calmes. Il mit pied à terre. Comme il nouait la bride de sa mule aux branches d'un buisson il entendit une pierre dévaler sur des caillasses, le long du haut bord du chemin. Il resta un moment à guetter une fuite de bête, ou un envol d'oiseau nocturne. Rien ne lui vint que le silence. Alors il s'aventura prudemment par le maquis et les cailloux branlants jusqu'au pied d'une falaise où il fit halte et appela encore. Lui répondit un bruissement si proche qu'il sursauta. A portée de bâton il découvrit sous le rocher un renfoncement dissimulé par des ronciers. Là, sur le sol humide, était couché un corps très puant. Il tomba devant lui à genoux, le prit aux épaules, le souleva.

— Voilà des siècles que je t'attends, bonhomme, gronda Font-Rouge.

Il était agité de frissons par secousses violentes. Simon s'en fut dehors ramasser des brindilles sèches, les assembla au milieu de la grotte, battit sa pierre à feu. Bientôt sous la voûte s'éleva une flamme maigre qu'il nourrit de broussailles. A sa lueur il examina la blessure au flanc de Sicard. Il la vit épouvantablement infectée. Il murmura :

— Que Dieu t'aide.

— Toi, mon moine, aide-moi, répondit le brigand. Je veux sortir d'ici.

— Je ne peux rien, Sicard.

L'autre agrippa son poignet. A peine luirent ses yeux creusés, à peine bougea sa figure livide. Il dit, le regard perdu dans les sarabandes d'ombres et de lueurs fauves au-dessus de sa tête :

— Sais-tu ce qui me vient ?

Il eut un rire bref, au bout d'un râle. Il dit encore :

— Depuis que mes père et mère sont morts, je n'ai jamais cessé de chercher. J'ai ravagé beaucoup, mais en vérité je ne voulais pas. Je fouillais. Je cherchais quelque chose.

— Quoi donc, Sicard ?

— Je ne sais pas.

Il souleva sa main, la laissa un moment errante, et dans un souffle à peine perceptible :

— Toi qui sais parler à ceux qui souffrent, dis-moi ce que je dois entendre, dis-moi vite.

— Sicard, Sicard, lui répondit Simon, pauvre de toi, tu as vécu en bête brute.

— Vrai, mon moine, vrai.

— Et pourtant vois, je suis là à te faire du feu, à veiller avec toi. Je suis là.

Le moribond sourit.

— Qui me parle ? dit-il.

— Qui entends-tu, Sicard ?

Simon avidement se pencha sur son visage. Il répéta :

— Qui entends-tu ?

Et comme l'autre râlait encore sans pouvoir mot dire, il cria presque :

— Qui t'aime, pauvre homme, qui est là, près de toi, qui ne te veut que bien ?

Le brigand dit enfin :

— Une bête brute n'a pas d'ami, mon moine. Moi, j'en ai un.

Il parut soudain parfaitement calme et se laissa faire comme un enfant tandis que Simon essuyait la sueur qui mouillait son front. Le feu crépita. Une étincelle s'éleva dans les ténèbres au-dessus des deux hommes. Avant qu'elle ne s'éteigne :

— Voilà l'étoile, dit Sicard à voix fort claire. Je suis bien éveillé, je sais ce que je vois. Elle est venue. C'est bien.

Il n'eut point d'autre mot ni d'autre souffle. Ses yeux fixes restèrent à contempler le noir.

Simon attendit l'aube pour enterrer Sicard Font-Rouge. Il resta près de lui à nourrir le feu, sans chagrin ni prières, rêvant à l'innocence qui avait illuminé son compagnon à l'instant du trépas. Il se dit qu'assurément une porte serait à lui aussi ouverte, un jour, au bout de son chemin. Il goûta cette pensée, s'en contenta, et dans la chaleur des flammes il sentit bientôt son cœur limpide comme jamais, étale, sans attente d'aucune sorte. Jusqu'à la pointe de l'aube il ne perçut aucun bruit dans les broussailles, ni de vent ni d'animal. Aimante, attentive, soucieuse de s'accorder à sa tranquillité, ainsi lui fut cette nuit-là. Dès qu'il vit sortir la montagne de l'ombre, il se leva. Ce fut lui qui réveilla le monde, à s'avancer dans la lumière pâle parmi les buissons et les cailloux. Au bord du chemin, armé d'un roc pointu il se mit à creuser la terre. Il ne fit pas une fosse profonde, mais après qu'il eut traîné là le corps de Sicard il entassa sur lui des pierres jusqu'à hauteur de deux coudées. De pierres alignées il fit aussi la croix couchée sur le sommet de cette tombe. Mais il voulut que le signe divin n'apparaisse guère visible sur l'amoncellement, sauf à l'examiner longtemps.

Il s'en retourna vers la chapelle Saint-Georges dont il vit de haut le toit parmi les arbres. Il y parvint vers le milieu du jour. Les femmes l'accueillirent sans paroles, droites sous l'orme. Elles avaient lavé leur visage et leurs cheveux, dépoussiéré leurs vêtements et fait une lessive de linges de-ci de-là étendus sur l'herbe. Dès que Simon eut débridé sa mule, Fabrissa s'en alla prendre la gourde suspendue à une branche basse et s'avança vers l'homme revenu, vivace, empressée à le satisfaire, malgré l'attente de nouvelles qu'il n'était point pressé de conter. Elle le regarda boire à longues goulées. L'eau était fraîche. Elle attendit que ses yeux s'emplissent de lumière contente, et courut lui chercher du pain.

Quand il eut mangé, il fit brièvement le récit de la mort de Sicard Font-Rouge. Brune se signa dans un soupir effrayé. Fabrissa resta songeuse, priant peut-être elle aussi, dans son cœur. Puis Simon voulut aller au ruisseau où elles s'étaient baignées, et dont il ne voyait trace. Elles se dressèrent d'un même bond, le prirent chacune par une main et l'entraînèrent derrière la chapelle. Là était une source et un trou d'eau fuyant entre des rocs moussus et d'épaisses verdures. Jusqu'au bord humide où étaient parmi l'ombre mille soleils menus ils descendirent. A plat ventre il s'allongea, aspergea sa figure d'une brassée ruisselante, se redressa sur les genoux, aveuglé, suffoquant, grognant d'aise. Il voulut ôter sa tunique, s'empêtra. Alors les deux femmes l'aidèrent, à beaux gestes accoutumés aux maladresses des hommes, puis en un tournemain le défirent de ses sandales. Comme il s'aventurait dans l'eau peu profonde elles s'enhardirent à le mouiller d'éclaboussures, et bientôt riant de ses grimaces et de ses tremblements elles se mirent à lui frotter le dos, la poitrine, la tignasse, de saponaires fleuries par poignées arrachées à la berge. Tout constellé de mousse et de pétales mauves il battit l'air pour écarter les poings qui l'étrillaient, se laissa aller en arrière dans un bondissement d'écume, se releva, s'ébroua, revint à son vêtement abandonné sur la crête d'un buisson. Fabrissa s'en saisit avant qu'il ne l'atteigne. Elle essuya la figure de son homme, lissa vivement ses épaules. Il se défendit d'elle, par jeu joyeux, grondant.

— Te voilà lustré comme un baptisé, lui dit-elle.

Auréolée de soleil mouvant comme elle était là, sur ce bord de source, il la vit tout à coup rayonnante, simple, et d'une beauté infiniment touchante parce que d'elle-même ignorée. Il la prit doucement aux tempes, s'attarda à contempler ses yeux. Il découvrit dans leur lumière une confiance de femme éperdument offerte, une assurance sereine aussi, grave, sans faille. Il en fut tant captivé que d'un moment il oublia tout du monde qui les environnait, tout de ce qui n'était pas cette merveille d'éprouver dans ses mains la chaleur de sa Fabrissa, de se voir accueilli par elle, intacte au seuil d'un bonheur si longtemps poursuivi, et qu'elle ne pouvait dire. Elle sourit petitement, s'inquiéta peut-être de ce qui remuait derrière ce front penché et de ce regard qu'elle ne quittait point. Il murmura :

— Ne suis-je pas trop rude pour toi, trop lourd, trop mal bâti ?

Elle lui répondit :

— Tu es mon homme.

Il la serra contre lui avec une fougue telle qu'elle en gémit, et la tête renversée se prit à rire au ciel.

Quand ils se défirent l'un de l'autre ils ne virent point Brune. Ils s'en revinrent au pré devant la chapelle et la trouvèrent affairée à plier le linge mis à sécher autour de l'orme. Elle resta renfermée dans son occupation, sans même lever les yeux vers la jeune femme qui s'empressait à son aide. Simon s'en fut derrière un buisson avec les vêtements qu'il avait achetés à Saint-Paul-de-

Fenouillet, s'habilla de neuf et revint à Fabrissa, l'air faraud, les bottes grinçantes et les entournures étroites.

— Pour te faire honneur, lui dit-il.

Elle s'extasia, les mains jointes sous le menton. Il rougit, se détourna. Brune le regarda, bouche bée, les bras emplis de hardes propres. Tandis qu'il liait les sacs sur les croupes des bêtes :

— Si nous faisons bonne route, demain avant midi nous serons rendus à Paracol, lui dit-il, s'efforçant à l'enjouement.

— J'ai hâte, répondit-elle dans un soupir maussade.

Ils s'éloignèrent bientôt sur le sentier montagnard, l'homme grand marchant devant, sa longue houlette au poing, et loin derrière ses deux compagnes qui chevauchaient les mules.

Parvenues à la cime du col les femmes firent halte devant la tombe de Sicard Font-Rouge. A Simon qui les attendait plus haut, debout contre un rocher au bord du ciel, elles firent signe de les rejoindre. Il s'en revint à contrecœur, s'assit entre elles au pied du tas de pierres et resta la tête basse à tracer devant lui des figures hasardeuses du bout de son bâton. Comme ils se reposaient ainsi et ne parlaient point, vint errer un grand oiseau lent au-dessus d'eux, dans l'air bleu. C'était un aigle magnifique, aux vastes ailes rougeoyantes et brunes. Fabrissa se leva pour suivre son cours majestueux en s'exclamant que la présence de ce roi céleste sur leurs têtes était la plus rassurante des bénédictions, et le plus sûr présage d'heureuse vie. Quand l'oiseau eut disparu derrière la crête du mont elle tendit les deux mains à Simon et s'arc-bouta pour l'aider à se dresser. Il reprit aussitôt sa marche vigoureuse. Elle le regarda escalader les derniers arpents du sentier avant la cime, puis tandis que Brune engageait derrière lui sa mule, demeurée seule elle s'agenouilla devant la tombe rustique et à Dieu demanda instamment de délivrer du mal ce frère perdu qu'elle avait sans cesse aimé de tendresse secrète depuis le jour de leur première rencontre où d'un ton d'évidence magnifique il l'avait désignée comme l'épouse de Simon Garric. Sa prière dite, sans souci de son homme qui ne l'avait pas attendue elle s'en fut parmi les buissons cueillir une poignée de branches et de fleurs sauvages qu'elle vint poser sur les cailloux amoncelés. Après quoi elle se hissa sur sa monture et s'éloigna dans le beau temps.

Au bas du versant peuplé de buis et de rocs éboulés ils pénétrèrent dans la forêt de Salvanière et là cheminèrent sans cesse aux aguets, craignant au moindre bruit que n'apparaisse entre les fûts des arbres quelque reliquat de troupe brigande assoiffée d'ivresse sanglante, après la débâcle subie sous les remparts de Paracol. Ils ne virent personne, et n'eurent à rencontrer qu'une horde de sangliers qui traversa devant eux les fourrés, en course épaisse et ravageuse, au grand effroi des mules. Peu avant la fin du jour, dans une subite accalmie de brise et d'oiseaux, ils entendirent au loin des aboiements de meute en chasse. Brune aussitôt s'émut, poussa sa bête au trot sur le sentier, bouscula Simon, appela à grands cris. La rumeur s'éloigna, s'éteignit.

— Mon époux me cherche, dit-elle, revenant à ses compagnons,

et elle s'en fut à nouveau, tirée devant par ces bruits qui lui étaient un instant venus à travers bois, insoucieuse de ceux qui la suivaient, déjà séparée d'eux dans son cœur impatient.

Au crépuscule ils campèrent dans une clairière où était une hutte de charbonnier. Ils firent là du feu. Comme ils rêvaient dans sa lumière sous les étoiles apparues, Brune dit soudain qu'elle était une mauvaise femme, car malgré l'affection qu'elle portait à son mari elle s'était sentie envieuse et jalouse de voir Simon et Fabrissa se contempler comme ils l'avaient fait au bord de la source, tant éblouis d'amour et oublieux du monde qu'elle s'en était trouvée toute mendiante auprès d'eux.

— Je ne vivrai jamais cela, dit-elle. Je suis craintive malgré les fiertés que j'ai eues autrefois. J'aime que l'on me serve et que l'on me protège.

Elle baissa la tête, murmura :

— Ne me méprisez pas.

Fabrissa prit sa main et la baisa tout doux. Brune ne la retira point. Elle resta un moment pensive, dit encore :

— Quel effroi j'ai vécu ces jours, et pourtant quel bonheur !

Et tout à coup rougissante et vive, se tournant vers l'un et l'autre :

— Permettez-moi de mentir à mon époux. Je lui dirai sans vous nommer que vous êtes des médecins vagabonds, et que vous m'avez par hasard recueillie. Je lui dirai que Font-Rouge voulait me prendre pour compagne, ou me vendre à des barbaresques, ou n'importe quoi d'autre qui ne soit pas la vérité. J'aimerais que me restent comme des trésors secrets les folies de Simon, et les souffrances que pour l'amour et la crainte de moi vous avez tous les deux endurées.

Rien ne fut répondu à ces paroles. Tous trois dans la

lumière du feu se reprirent à rêver. Puis Simon se plaignit de ses membres lourds et s'en fut se coucher dans l'ombre de la hutte. Les deux femmes bientôt le rejoignirent en parlant à voix basse de l'enfant que Brune avait mis au monde.

— A lui, bonne dame, murmura Fabrissa, à lui seul vous conterez un jour ce que votre époux ne saura jamais.

— Oui, dit Brune. A lui seul.

Le lendemain, comme ils parvenaient à la sortie d'une vallée torrentueuse, ils aperçurent sur la hauteur les murailles grises et les toits luisants de Paracol au soleil franc. Les deux femmes voulurent pousser leurs mules au galop mais les bêtes éreintées ne leur obéirent point. Alors elles bondirent à terre, et les laissant là brouter l'herbe elles se mirent à gravir le sentier en criant au bon retour, en s'essoufflant à appeler, à rire, à courir et s'égosiller encore. Vinrent à elles des filles aux jupes haussées pour mieux bondir par-dessus les murets qui traversaient la butte le long des champs. Sur le chemin rocailleux apparurent aussi des serviteurs, les bras au ciel, des mères et des enfants que l'on renvoya sur l'instant au château où l'on attendait des nouvelles. Elles furent bientôt entourées en grande bousculade, soutenues comme si elles s'en revenaient épuisées du bout du monde, submergées d'exclamations et de mercis à Dieu jusqu'à l'aire longue devant le portail ouvert, par où Brune vit son époux traverser la cour en grande hâte. Elle s'avança seule vers lui. Il l'étreignit violemment. Elle saisit à deux mains sa tête puissante, baisa sa bouche, puis d'un air de défi se tourna vers Simon resté à quelques pas derrière, avec les gens. Elle le vit occupé à répondre à mille questions, à endurer des bourrades contentes. Alors elle entraîna son mari vers ce groupe bruyant, et regardant avec une insistance effrontée celui dont elle détestait soudain l'indifférence, à tous elle dit que ce grand médecin et sa compagne l'avaient sauvée, et nourrie de ce qu'ils avaient de meilleur dans leur bagage. Le seigneur de Paracol prit aussitôt par l'épaule l'homme que lui désignait sa femme et le fit entrer dans sa demeure, où déjà Brune courait à son enfant, sans se soucier de Fabrissa que conduisirent des servantes

A la table dressée dans la cour où ils furent conviés à festoyer ils firent le récit de leur rencontre à la chapelle Saint-Georges, et de la mort de Font-Rouge. Simon prétendit ignorer pourquoi le brigand avait voulu enlever cette dame qu'il avait eu la bonne fortune de ramener saine et sauve chez elle. Brune affirma que l'intention de Sicard était de demander rançon, car il la savait grandement aimée, ce qui fit rire haut le maître du lieu. A son épouse il laissa le soin d'inviter ses bienfaiteurs à séjourner au château. Ils n'y restèrent que deux journées, et s'y ennuyèrent. Au matin du troisième jour, Brune les accompagnant jusqu'au fond du pré où les routiers avaient campé exigea d'eux la promesse d'une prochaine visite. Ils l'embrassèrent sans rien assurer et montèrent en selle. Jusqu'à ce qu'ils aient disparu sur le sentier tortueux elle resta immobile à espérer en vain un signe d'au revoir.

Ils ne revinrent jamais à Paracol.

15

Une semaine après qu'ils eurent quitté Brune, Simon et Fabrissa parvinrent au village d'Antugnac où ils avaient à visiter une femme dont les yeux se voilaient d'une brume laiteuse et peu à peu s'aveuglaient. Ils apprirent d'elle, par hasard, que le berger de Missègre qui avait parfois secouru dame Jordane dans la forêt, au temps où elle vivait, avait établi pour la saison d'été son enclos de pâturage dans la montagne proche. Ils décidèrent d'aller surprendre sa solitude et dès le lendemain au plein soleil de midi ils partirent à sa recherche. Mais par les landes et les garrigues obstinément parcourues ils ne trouvèrent aucune trace de cet homme de bien ni de son campement. Se voyant égarés, ils descendirent dans une vallée ombreuse où une large voie charretière semblait mener vers un bourg de conséquence.

Dans une rumeur de cours d'eau sous la feuillée ils cheminèrent une demi-heure jusqu'au gué du ruisseau. A l'instant de le franchir ils entendirent sonner un angélus sur la hauteur. Ils firent halte, se regardèrent. Fabrissa eut un sourire, puis brusquement quitta le grand chemin et engagea sa monture sur le sentier qui grimpait, au travers du mont, vers ce tintement céleste. Comme ils n'avaient pas d'endroit de connaissance où se rendre avant la nuit, Simon la suivit, et remontant le cours d'un étroit torrent qui cascadait parmi les mousses et les fougères ils arrivèrent bientôt sur un plateau où était une poignée de cahutes grises environnées de quelques champs pierreux, jardins et vergers maigres. D'un grand flandrin au parler bougonnant et au regard oblique qui traînait un sac dans des blés coupés ils apprirent le nom de ce lieu : La Sauze. Ils s'enquirent d'un gîte où dormir, contre deniers d'argent ou soins de médecins errants. L'autre, d'un geste, leur indiqua la demeure du curé. Ils y furent.

Ils le trouvèrent assis devant sa porte et occupé à ravauder de vieilles sandales. C'était un homme d'une cinquantaine d'ans, rustaud de mine et large d'épaules comme un tranche-montagne. Il ne releva qu'à peine son front bas et carré, voyant venir ces étrangers, et leur grogna son salut sans daigner se distraire de son ouvrage. Tandis que Simon lui demandait la charité d'une paillasse pour la nuit il l'examina par coups d'œil fort pointus, puis ordonna à l'un et l'autre d'attendre, soupira, et tout à coup s'insurgeant et brandissant une chaussure à la semelle béante il déclara hautement qu'il ne pouvait les mener pieds nus dans son église. Mon maître, soucieux de ne point l'incommoder, entraîna sa compagne vers les gens qui s'affairaient dans la pénombre des granges ou sur la place, au soin des bêtes. A peine furent-ils regardés, malgré leurs bonnes paroles. Le curé ne tarda guère à les rejoindre. Ils l'entendirent tonner derrière eux :

— Vous perdez votre temps, ce sont tous des sauvages. Nous sommes ici au bout du monde, le chemin ne va pas plus loin.

Il prit rudement Simon et Fabrissa par les poignets et les conduisit jusqu'à la maison de Dieu. Elle n'était meublée que de quelques bancs. Aucune tenture ne l'ornait, partout aux murs n'était que pierre brute. Seule une haute croix de bois mal écorcé était plantée en terre derrière la table de l'autel. Vers elle ils s'avancèrent. Le prêtre les laissa là et sans un mot s'en retourna dehors. Il revint bientôt avec un énorme fardeau de paille, traversa le lieu saint jusqu'au fin fond, perdant partout des brins, poussa du pied une petite porte et disparut en appelant les deux voyageurs à sa suite. Ils entrèrent dans une resserre où n'était rien qu'un haillon de manteau accroché au mur près d'une meurtrière, un bâton de pèlerin et un vieux bol de bois.

— Vous dormirez ici, dit-il en répandant son chargement. J'ai trouvé une écurie pour vos mules. Avez-vous faim ?

Simon lui répondit qu'ils avaient des provisions de route. L'homme parut satisfait et sortit en s'époussetant à grands claquements.

Ils dînèrent de pain, de fromage et de fruits sauvages, assis sur le perron de l'église, dans le parfum des fumées et les bruits quotidiens des maisons aux portes ouvertes à l'air calme. Au bout de la place où erraient des porcs et des chèvres s'enfonçait parmi les ronces un sentier qui semblait mener à des ruines de bâtisse forte à demi dissimulées derrière un rideau d'arbres. Ils virent deux enfants revenir de ces fourrés, portant sur l'épaule, au bout d'une branche aiguisée, des bêtes mortes. Fabrissa leur fit un signe de la main. Ils se bousculèrent pour passer craintivement au large de cet homme et de cette femme qu'ils ne connaissaient pas, et parmi les oies fuyantes devant eux ils coururent à une proche masure où retentirent aussitôt des criailleries de matrones.

— J'aime ce village, dit Simon.

Sa compagne lui demanda ce qu'il lui trouvait de plaisant. Il répondit, jetant au loin le trognon de pomme acide qu'il venait de croquer :

— Les gens y sont farouches. Leur amitié doit être difficile à gagner, mais sûre.

Ils restèrent un moment songeurs à contempler les poules qui venaient se disputer les reliefs de leur repas.

— Je l'aime aussi, dit Fabrissa. Parce que le chemin ne va pas plus loin.

Comme elle rêvait encore, elle entendit :

— Si tu veux m'épouser, c'est ici qu'il faut le faire.

Elle se tourna vers son compagnon. Il semblait avoir parlé à la volaille qui lui venait aux pieds. Il se leva, étira ses membres, et s'en fut à l'humble chambre où étaient leurs sacs.

Elle demeura seule dans le crépuscule, point étonnée, mais prise d'heureuse faiblesse. D'un long moment elle craignit de rejoindre son homme et que rien d'autre ne fût dit, ou qu'il se moque du doux désarroi où ses paroles l'avaient jetée. Elle s'était toujours retenue d'imaginer cet instant redoutable et sacré dont elle s'estimait indigne. Pourtant il lui apparut clairement que la certitude de le vivre un jour ne l'avait jamais quittée, même au temps des loups et des silences dans la chaumière de dame Jordane. La peur lui vint soudain que Simon ait parlé à l'étourdi, et aussitôt plus encore elle s'effraya de n'être pas assez aimante, non point que son cœur se fût attiédi, mais que donner d'elle qui fût à l'infinie mesure de cette vie d'épouse si simplement offerte ? Dans l'obscurité qui envahissait la place, embrumant les lointains et apaisant les bruits, elle sentit un châle se poser sur ses épaules. Elle sursauta.

— La fraîcheur tombe, dit à son oreille la voix aimée.

Elle frissonna, s'enveloppa chaudement.

— Il nous faudrait une maison, murmura Fabrissa.

Quand ils s'éveillèrent de cette nuit-là, ils restèrent longtemps immobiles sur la paille, attentifs à perpétuer la grâce où ils étaient, à goûter délicieusement leur familiarité nouvelle, à apprivoiser le jour naissant aussi, menus bruits du dehors, grattements de mulots sur le toit bas, rai de soleil tombé de la meurtrière au-dessus d'eux. Simon bougea le premier. Elle eut un geste d'animal griffu pour le retenir, mais n'y parvint pas. Alors elle gémit, et les bras ouverts sur la litière elle lui sourit enfin, le voyant dressé de son haut. Elle lui demanda :

— Feras-tu toujours ainsi ?

Il la regarda, perplexe, et peut-être piqué dans son excessive pudeur, sans savoir si elle avait en tête sa simple impatience à se lever matin ou le bienheureux souvenir de leurs emportements nocturnes. Il lui dit qu'il allait chercher le prêtre et qu'elle devait se préparer à le recevoir, puis comme il hésitait à s'éloigner elle lui tendit la main. Alors il se laissa tomber auprès d'elle à genoux, l'étreignit, soupira :

— Femme, femme, je ne me rassasierai jamais de toi.

Ils entendirent grincer le portail de l'église, se défirent vivement l'un de l'autre. Cette fois, elle fut debout avant lui.

Le prêtre armé d'un balai de fougères apparut au seuil de la resserre, leur souhaita le bonjour et se mit à rassembler la paille de leur couche. Quand ce fut fait il revint avec eux vers la haute croix derrière l'autel et leur demanda rudement s'ils avaient l'intention de passer d'autres nuits au hameau. Ils lui répondirent que leur bonheur serait de s'établir aux environs, si quelqu'un voulait leur vendre un coin de terre où bâtir leur maison. Le bonhomme parut surpris, puis un sourire inattendu et fort touchant illumina sa face. Fabrissa lui dit alors qu'ils aimaient ce lieu où ils étaient, et comme d'un regard elle quémandait l'approbation de son compagnon, Simon confia au prêtre, sans autre détour, qu'ils désiraient s'y épouser ce jour même. L'autre hocha la tête, tout empêtré dans un émerveillement timide. Il resta ainsi un moment, puis à nouveau brusque et méfiant il voulut savoir de quelle sorte de métier vivaient ses hôtes. Mon maître le lui apprit. L'homme lui affirma qu'assurément se trouvaient assez de familles à portée de journée pour donner de l'ouvrage à deux médecins de bonne volonté, et il se mit à nommer des villages dispersés dans la montagne avec un enthousiasme secret qui émut Simon et lui fit le cœur jubilant. Vint à son esprit que ce robuste curé, en vérité, vivait insatisfait parmi ses paysans, et débordait de mille bontés qu'il ne savait à qui donner. Fabrissa vit aussi cela. D'heureuses paroles l'envahirent confusément, mais elle n'osa les laisser aller et rougissante se contenta de lui dire qu'elle voulait être entendue en confession avant les épousailles. Alors le prêtre lui tendit son balai, releva ses manches, s'en alla où pendait la corde de la cloche, l'empoigna, et retentit aussitôt sur leurs têtes un sonnement de fête à faire tomber Dieu des nues.

Des gens accoururent sur le perron, femmes trottant, toutes effarées, les mains hâtivement essuyées à leurs tabliers, enfants agiles, hommes au pas traînard. Le curé leur vint ouvrir la porte, tandis que la cloche abandonnée tintait encore dans l'air bleu, par coups épars. Il leur annonça le mariage, les prévint qu'une messe serait bientôt dite, puis parmi l'assemblée il traversa la place, entra chez lui où étaient ses ornements rituels et revint s'enfermer avec les deux promis qui s'occupaient à disperser la paille de-ci de-là perdue parmi les bancs.

Fabrissa voulut que ce qu'elle avait à dire le fût à voix haute, devant l'autel, et en présence de Simon. Tous trois s'agenouillèrent, la tête baissée, les mains jointes, et elle parla. Comme elle l'avait fait auprès de son compagnon d'errance, une nuit, peu de temps après qu'ils se furent enfuis de Serres, à Dieu elle conta comment dans son enfance ses père, mère et sœur aînée avaient été par sa faute convaincus d'hérésie. Elle s'accusa de les avoir ainsi poussés à la mort la plus misérable qui soit. Elle dit aussi que depuis ce temps elle n'avait jamais cessé d'être secrètement poursuivie par les fantômes de ces pauvres parents, et qu'elle désirait maintenant les remettre au Père de toutes les créatures, car il convenait que l'épouse de Simon Garric soit une femme pleinement vivante, d'âme propre, de cœur serviable et de corps offert sans crainte d'aucune sorte. Quand elle se tut, le prêtre pria. Il le fit avec une belle vigueur, appelant à voix forte la bénédiction du Ciel sur ces enfants dont il tenait la main, puis il se signa, baisa au front Simon et sa compagne et s'en alla ouvrir le portail à deux battants.

Après la messe de mariage où vinrent de vieilles mères, des filles émoustillées et quelques garçons à la mine faraude, ils s'en furent chez le curé qui leur offrit devant sa porte, sur une table étroite et bancale un repas de pain, d'œufs bouillis et de vin. Ils mangèrent de bon appétit, puis leur hôte entraîna les épousés de maison en maison afin que connaissance soit faite avec les gens du village. Ainsi passa ce jour humble et lent, mélancolique aussi peut-être et déconcertant comme l'est le premier instant de repos dans la paix des simples enfin atteinte, après des combats que l'on croyait infinis.

Le lendemain ils partirent à la découverte des villages alentour. Ils restèrent absents une pleine semaine et revinrent un soir au pas de leurs mules, pareils à des nobles errants sous le ciel traversé de longues nuées blanches, et le visage empreint d'une lumière d'amants heureusement rompus. A peine arrivés, le prêtre les conduisit sur une butte proche cernée de grands chênes où était une bâtisse longue et basse, quelque peu ruinée mais d'émouvante apparence dans sa solitude tranquille. Depuis la mort des tisserands qui avaient là vécu elle n'était à personne et se perdait un peu plus chaque hiver. Tandis que le bonhomme sur le pré leur parlait de ces gens, Fabrissa s'aventura dans la demeure. Elle réapparut bientôt sur le seuil et là se tint à contempler les champs au-delà des arbres, le sentier indécis, les fumées du hameau dont on apercevait des pans de toits. Elle rencontra le regard de Simon, qui cessa aussitôt d'écouter ce que lui disait son compagnon. Elle ne fit pas un geste, mais il sentit qu'elle l'appelait. A son visage il sut qu'ils venaient de trouver leur maison. Dès ce soir-là ils y dormirent, malgré les décombres et les bêtes qui avaient fait de ce lieu leur refuge. Jusqu'à la fin de l'automne ils travaillèrent à raccommoder murs et planchers, cheminées et charpentes, après quoi ils s'établirent dans le contentement studieux et secourable où je les ai trouvés, quand il me fut donné de les revoir enfin, après de longues saisons d'espoir, de prières et de chemins hasardeux.

L'année de mes douze ans, peu de temps après Pâques ils étaient revenus me visiter à l'Auradieu où ils m'avaient laissé par miracle guéri de mon mal de foudre. Je les avais accueillis avec un fier bonheur, convaincu qu'ils venaient me chercher, comme ils me l'avaient promis, mais mon père qui avait toujours eu sur moi d'étroites vues de maître d'armes ne s'était point résigné à me laisser aller. Je m'en étais tant scandalisé qu'il avait fallu m'enfermer, quand m'eurent dit adieu ces deux êtres aimés. D'une semaine j'étais resté si furieux que je n'avais pu écouter le moine qui m'enseignait l'algèbre et la philosophie, ni tirer une flèche en cible. Je ne pensais qu'à Simon Garric et à son épouse, aux routes qu'ils couraient, à leur savoir qui guérissait les gens, et je me disais : « Perdu d'avance est l'homme qui ne suit pas ses rêves. Moi, Bernard de l'Auradieu, j'irai un jour où vont les miens, quitte à errer sans cesse et à mourir mendiant. » Dieu, comme je ressemblais à mon maître, sans rien savoir de sa vie ! Jamais ne me quitta le désir de mettre mes pas dans les siens et de devenir son pareil. De mes dernières années d'enfance, sans que personne n'en sût rien mes résolutions ne firent même que s'affermir jusqu'à régner sans partage sur mon cœur. Aussi, quand mon père m'eut dit, le jour de mes seize ans, que j'étais désormais assez dégrossi et qu'il m'offrait la liberté de partir à la découverte du monde, si telle était ma volonté sincère, je n'hésitai pas un instant à lui demander sa bénédiction, qu'il m'accorda de mauvais gré, puis je fis mon bagage, sellai mon cheval brun et m'en allai, armé de mon seul arc et d'un carquois garni.

Je ne savais où trouver cet homme dont je désirais l'enseignement mais je pensais, dans l'impatiente naïveté de mes premiers jours de voyage, que par grâce ou magie il ne manquerait point de pressentir que j'étais parti à sa recherche, et saurait m'inspirer assez pour que je parvienne promptement jusqu'à lui. La Saint-Jean d'été approchait. Tout en vérité me paraissait facile. Mais malgré le temps doux et fleuri qui partout m'accueillait et me donnait courage, je dus bientôt rabattre de ma belle confiance. Dans les auberges où je fis halte, s'il m'arriva de rencontrer des gens qui le connaissaient, aucun ne put me dire où il était, et je vis venir l'automne comme un enfant inquiet à l'approche d'une longue nuit. Je m'obstinai pourtant, cheminant sans repos, de jour en jour plus sombre. Un soir de pluie battante, je parvins au village d'Arques où j'appris que maître Simon et sa compagne étaient plusieurs fois venus visiter la sœur de Sicard Font-Rouge. Je me rendis chez cette femme. Elle m'apparut si revêche que n'espérant pas autrement l'amadouer je lui offris ce qui restait de deniers dans ma bourse. Du pas de sa porte elle me demanda ce que je voulais à celui qu'elle appelait le Grand Boiteux. Je lui répondis qu'il m'avait sauvé la vie, que je désirais le servir et apprendre de lui la médecine. Avec tant de fougue je lui demandai ce qu'elle savait de lui qu'après longtemps de silence méfiant elle désigna l'ouest et me dit qu'il vivait au hameau de La Sauze.

Deux jours pleins il me fallut chevaucher sous un ciel détestable. Quand je parvins enfin à ce bout du monde, un grand vent pluvieux tourmentait les arbres et rabattait les fumées dans la ruelle étroite. Grelottant, crotté, hâve comme un décavé, plus affamé qu'un chien perdu, à la première lucarne je priai qu'on me dise où habitait Simon Garric. Ce fut la fluette Mengarde, l'aînée des Nauze, qui sortit pour me répondre. Je ne la connaissais pas encore. Elle crut que je venais chercher le médecin pour le conduire à un malade. Elle coiffa sa capuche, et le dos courbé s'en fut en hâte devant mon cheval jusqu'à la montée du sentier où je découvris, au bout de son doigt tendu, la longue maison basse derrière les feuillages roux emportés par la bourrasque.

Quand j'y fus, je restai reniflant et stupide sous la pluie, tenant ma monture par la bride, sans oser appeler ni frapper à la porte. Je crois que dame Fabrissa entendit hennir ma bonne bête. Elle apparut sur le seuil et me salua sans me reconnaître. Je lui dis :

— Je suis Bernard, le foudroyé de l'Auradieu.

Elle m'ouvrit alors les bras, tout inquiète, en implorant pour moi la pitié de Dieu, car j'étais fort lamentable. Elle me fit entrer. Assis devant la cheminée, au fond de la salle, maître Simon était occupé à sculpter une figure de femme dans une bûche d'olivier. Il releva le front, resta un moment indécis à examiner mon visage, après quoi il eut un bref éclat de rire, vint à moi, me prit par les épaules. Me tenant ainsi avec aux yeux une lumière qui m'émut presque aux larmes il hocha la tête et me dit enfin :

— Quel magnifique obstiné tu es !

Ce furent ses paroles d'accueil.

De ce jour je n'ai jamais cessé d'écouter et de servir, d'observer et de questionner aussi, parfois inconsidérément, selon mon maître. Je sais maintenant que quoi que j'apprenne, dussé-je atteindre la science des grands hommes, ce ne sera jamais que presque rien, une goutte de source à la soif qui me tient. Mais je pressens que cela est bel et bon, car peut-être dans le seul désir tous les jours ranimé est le secret du monde.

Trois années sont passées et une entière depuis le premier mot de ce récit. Les temps d'hiver sont revenus, les corbeaux aussi sur la charrue abandonnée parmi la neige, les matins gelés, les longs soirs traversés de hurlements de loups, mais aujourd'hui rien n'est semblable à ce qui fut, car dame Fabrissa tout à l'heure nous a appris qu'elle était grosse d'enfant, et aussitôt la désolation du monde nous a paru belle, fraternelle la grisaille du ciel et vivifiante la froidure. Pour fêter cet heureux jour nous avons mangé des galettes au miel et bu du vin de l'an passé, puis je me suis assis à l'écritoire, impatient d'inscrire la bonne nouvelle sur un parchemin neuf. Maître Simon et son épouse sont restés près de moi. Ils sont encore là, devant le feu. Ils parlent de gens à visiter, du peu de bois que nous avons, d'une couette en corbeille pour l'enfant à venir. Je les écoute. Je me dis : « Sur les chemins qu'ils ont courus en presque aveugles, quelle voix, s'il en fut une, ou quelle grâce invincible et parfois cruelle les a poussés des basses-fosses où ils étaient vers la lumière où ils sont aujourd'hui ? Mon maître m'a dit que Dieu ne lui était aucunement familier, qu'il doutait souvent de Lui, et pourtant il a guéri d'autres gens par la force de ses prières, après qu'il m'eut ramené d'entre les morts. Pour quelle œuvre, et par qui en vérité ai-je été sauvé ? Autant que la mienne, la vie de Simon Garric me demeure inexplicable, malgré le soin que j'ai pris à la décrire exactement, et cela me laisse en souci.

Me voyant pensif, il est venu se pencher sur mon épaule. Il m'a dit :

— De ce que tu voulais écrire, tout est écrit. Sois en paix maintenant, et ferme ton cahier, nous avons du travail.

Le voici sur le pas de la porte. Il contemple le monde. Il m'attend.

Au nom du Père, du Fils et du Saint Esprit, que Dieu nous garde jusqu'à notre dernier souffle dans l'heureuse impatience de vivre.

IMPRIMERIE BUSSIÈRE À SAINT-AMAND (CHER)
DÉPÔT LÉGAL JUIN 1990. N° 12205 (1391)

Collection Points

SÉRIE ROMAN

R1. Le Tambour, *par Günter Grass*
R2. Le Dernier des Justes, *par André Schwarz-Bart*
R3. Le Guépard, *par Giuseppe Tomasi di Lampedusa*
R4. La Côte sauvage, *par Jean-René Huguenin*
R5. Acid Test, *par Tom Wolfe*
R6. Je vivrai l'amour des autres, *par Jean Cayrol*
R7. Les Cahiers de Malte Laurids Brigge
par Rainer Maria Rilke
R8. Moha le fou, Moha le sage, *par Tahar Ben Jelloun*
R9. L'Horloger du Cherche-Midi, *par Luc Estang*
R10. Le Baron perché, *par Italo Calvino*
R11. Les Bienheureux de La Désolation, *par Hervé Bazin*
R12. Salut Galarneau !, *par Jacques Godbout*
R13. Cela s'appelle l'aurore, *par Emmanuel Roblès*
R14. Les Désarrois de l'élève Törless, *par Robert Musil*
R15. Pluie et Vent sur Télumée Miracle
par Simone Schwarz-Bart
R16. La Traque, *par Herbert Lieberman*
R17. L'Imprécateur, *par René-Victor Pilhes*
R18. Cent Ans de solitude, *par Gabriel Garcia Marquez*
R19. Moi d'abord, *par Katherine Pancol*
R20. Un jour, *par Maurice Genevoix*
R21. Un pas d'homme, *par Marie Susini*
R22. La Grimace, *par Heinrich Böll*
R23. L'Age du tendre, *par Marie Chaix*
R24. Une tempête, *par Aimé Césaire*
R25. Moustiques, *par William Faulkner*
R26. La Fantaisie du voyageur, *par François-Régis Bastide*
R27. Le Turbot, *par Günter Grass*
R28. Le Parc, *par Philippe Sollers*
R29. Ti Jean L'horizon, *par Simone Schwarz-Bart*
R30. Affaires étrangères, *par Jean-Marc Roberts*
R31. Nedjma, *par Kateb Yacine*
R32. Le Vertige, *par Evguénia Guinzbourg*
R33. La Motte rouge, *par Maurice Genevoix*
R34. Les Buddenbrook, *par Thomas Mann*

R35. Grand Reportage, *par Michèle Manceaux*
R36. Isaac le mystérieux (Le ver et le solitaire) *par Jerome Charyn*
R37. Le Passage, *par Jean Reverzy*
R38. Chesapeake, *par James A. Michener*
R39. Le Testament d'un poète juif assassiné *par Elie Wiesel*
R40. Candido, *par Leonardo Sciascia*
R41. Le Voyage à Paimpol, *par Dorothée Letessier*
R42. L'Honneur perdu de Katharina Blum *par Heinrich Böll*
R43. Le Pays sous l'écorce, *par Jacques Lacarrière*
R44. Le Monde selon Garp, *par John Irving*
R45. Les Trois Jours du cavalier, *par Nicole Ciravégna*
R46. Nécropolis, *par Herbert Lieberman*
R47. Fort Saganne, *par Louis Gardel*
R48. La Ligne 12, *par Raymond Jean*
R49. Les Années de chien, *par Günter Grass*
R50. La Réclusion solitaire, *par Tahar Ben Jelloun*
R51. Senilità, *par Italo Svevo*
R52. Trente Mille Jours, *par Maurice Genevoix*
R53. Cabinet Portrait, *par Jean-Luc Benoziglio*
R54. Saison violente, *par Emmanuel Roblès*
R55. Une comédie française, *par Éric Orsenna*
R56. Le Pain nu, *par Mohamed Choukri*
R57. Sarah et le Lieutenant français, *par John Fowles*
R58. Le Dernier Viking, *par Patrick Grainville*
R59. La Mort de la phalène, *par Virginia Woolf*
R60. L'Homme sans qualités, tome 1, *par Robert Musil*
R61. L'Homme sans qualités, tome 2, *par Robert Musil*
R62. L'Enfant de la mer de Chine, *par Didier Decoin*
R63. Le Professeur et la Sirène *par Giuseppe Tomasi di Lampedusa*
R64. Le Grand Hiver, *par Ismaïl Kadaré*
R65. Le Cœur du voyage, *par Pierre Moustiers*
R66. Le Tunnel, *par Ernesto Sabato*
R67. Kamouraska, *par Anne Hébert*
R68. Machenka, *par Vladimir Nabokov*
R69. Le Fils du pauvre, *par Mouloud Feraoun*
R70. Cités à la dérive, *par Stratis Tsirkas*
R71. Place des Angoisses, *par Jean Reverzy*

R72. Le Dernier Chasseur, *par Charles Fox*
R73. Pourquoi pas Venise, *par Michèle Manceaux*
R74. Portrait de groupe avec dame, *par Heinrich Böll*
R75. Lunes de fiel, *par Pascal Bruckner*
R76. Le Canard de bois (Les Fils de la Liberté, I) *par Louis Caron*
R77. Jubilee, *par Margaret Walker*
R78. Le Médecin de Cordoue, *par Herbert Le Porrier*
R79. Givre et Sang, *par John Cowper Powys*
R80. La Barbare, *par Katherine Pancol*
R81. Si par une nuit d'hiver un voyageur, *par Italo Calvino*
R82. Gerardo Laïn, *par Michel del Castillo*
R83. Un amour infini, *par Scott Spencer*
R84. Une enquête au pays, *par Driss Chraïbi*
R85. Le Diable sans porte (tome 1 : Ah, mes aïeux !) *par Claude Duneton*
R86. La Prière de l'absent, *par Tahar Ben Jelloun*
R87. Venise en hiver, *par Emmanuel Roblès*
R88. La Nuit du Décret, *par Michel del Castillo*
R89. Alejandra, *par Ernesto Sabato*
R90. Plein Soleil, *par Marie Susini*
R91. Les Enfants de fortune, *par Jean-Marc Roberts*
R92. Protection encombrante, *par Heinrich Böll*
R93. Lettre d'excuse, *par Raphaële Billetdoux*
R94. Le Voyage indiscret, *par Katherine Mansfield*
R95. La Noire, *par Jean Cayrol*
R96. L'Obsédé (L'Amateur), *par John Fowles*
R97. Siloé, *par Paul Gadenne*
R98. Portrait de l'artiste en jeune chien, *par Dylan Thomas*
R99. L'Autre, *par Julien Green*
R100. Histoires pragoises, *par Rainer Maria Rilke*
R101. Bélibaste, *par Henri Gougaud*
R102. Le Ciel de la Kolyma (Le Vertige, II) *par Evguénia Guinzbourg*
R103. La Mulâtresse Solitude, *par André Schwarz-Bart*
R104. L'Homme du Nil, *par Stratis Tsirkas*
R105. La Rhubarbe, *par René-Victor Pilhes*
R106. Gibier de potence, *par Kurt Vonnegut*
R107. Memory Lane, *par Patrick Modiano, dessins de Pierre Le-Tan*
R108. L'Affreux Pastis de la rue des Merles, *par Carlo Emilio Gadda*
R109. La Fontaine obscure, *par Raymond Jean*

R110. L'Hôtel New Hampshire, *par John Irving*
R111. Les Immémoriaux, *par Victor Segalen*
R112. Cœur de lièvre, *par John Updike*
R113. Le Temps d'un royaume, *par Rose Vincent*
R114. Poisson-chat, *par Jerome Charyn*
R115. Abraham de Brooklyn, *par Didier Decoin*
R116. Trois Femmes, *suivi de* Noces, *par Robert Musil*
R117. Les Enfants du sabbat, *par Anne Hébert*
R118. La Palmeraie, *par François-Régis Bastide*
R119. Maria Republica, *par Agustin Gomez-Arcos*
R120. La Joie, *par Georges Bernanos*
R121. Incognito, *par Petru Dumitriu*
R122. Les Forteresses noires, *par Patrick Grainville*
R123. L'Ange des ténèbres, *par Ernesto Sabato*
R124. La Fiera, *par Marie Susini*
R125. La Marche de Radetzky, *par Joseph Roth*
R126. Le vent souffle où il veut, *par Paul-André Lesort*
R127. Si j'étais vous..., *par Julien Green*
R128. Le Mendiant de Jérusalem, *par Elie Wiesel*
R129. Mortelle, *par Christopher Frank*
R130. La France m'épuise, *par Jean-Louis Curtis*
R131. Le Chevalier inexistant, *par Italo Calvino*
R132. Le Dialogue des Carmélites, *par Georges Bernanos*
R133. L'Étrusque, *par Mika Waltari*
R134. La Rencontre des hommes, *par Benigno Cacérès*
R135. Le Petit Monde de Don Camillo
par Giovanni Guareschi
R136. Le Masque de Dimitrios, *par Eric Ambler*
R137. L'Ami de Vincent, *par Jean-Marc Roberts*
R138. Un homme au singulier, *par Christopher Isherwood*
R139. La Maison du désir, *par France Huser*
R140. Moi et ma cheminée, *par Herman Melville*
R141. Les Fous de Bassan, *par Anne Hébert*
R142. Les Stigmates, *par Luc Estang*
R143. Le Chat et la Souris, *par Günter Grass*
R144. Loïca, *par Dorothée Letessier*
R145. Paradiso, *par José Lezama Lima*
R146. Passage de Milan, *par Michel Butor*
R147. Anonymus, *par Michèle Manceaux*
R148. La Femme du dimanche
par Carlo Fruttero et Franco Lucentini

R149. L'Amour monstre, *par Louis Pauwels*
R150. L'Arbre à soleils, *par Henri Gougaud*
R151. Traité du zen et de l'entretien des motocyclettes *par Robert M. Pirsig*
R152. L'Enfant du cinquième Nord, *par Pierre Billon*
R153. N'envoyez plus de roses, *par Eric Ambler*
R154. Les Trois Vies de Babe Ozouf, *par Didier Decoin*
R155. Le Vert Paradis, *par André Brincourt*
R156. Varouna, *par Julien Green*
R157. L'Incendie de Los Angeles, *par Nathanaël West*
R158. Les Belles de Tunis, *par Nine Moati*
R159. Vertes Demeures, *par Henry Hudson*
R160. Les Grandes Vacances, *par Francis Ambrière*
R161. Ceux de 14, *par Maurice Genevoix*
R162. Les Villes invisibles, *par Italo Calvino*
R163. L'Agent secret, *par Graham Greene*
R164. La Lézarde, *par Edouard Glissant*
R165. Le Grand Escroc, *par Herman Melville*
R166. Lettre à un ami perdu, *par Patrick Besson*
R167. Evaristo Carriego, *par Jorge Luis Borges*
R168. La Guitare, *par Michel del Castillo*
R169. Épitaphe pour un espion, *par Eric Ambler*
R170. Fin de saison au Palazzo Pedrotti, *par Frédéric Vitoux*
R171. Jeunes Années. Autobiographie 1, *par Julien Green*
R172. Jeunes Années. Autobiographie 2, *par Julien Green*
R173. Les Égarés, *par Frédérick Tristan*
R174. Une affaire de famille, *par Christian Giudicelli*
R175. Le Testament amoureux, *par Rezvani*
R176. C'était cela notre amour, *par Marie Susini*
R177. Souvenirs du triangle d'or, *par Alain Robbe-Grillet*
R178. Les Lauriers du lac de Constance, *par Marie Chaix*
R179. Plan B, *par Chester Himes*
R180. Le Sommeil agité, *par Jean-Marc Roberts*
R181. Roman Roi, *par Renaud Camus*
R182. Vingt Ans et des poussières *par Didier van Cauwelaert*
R183. Le Château des destins croisés, *par Italo Calvino*
R184. Le Vent de la nuit, *par Michel del Castillo*
R185. Une curieuse solitude, *par Philippe Sollers*
R186. Les Trafiquants d'armes, *par Eric Ambler*
R187. Un printemps froid, *par Danièle Sallenave*

R188. Mickey l'Ange, *par Geneviève Dormann*
R189. Histoire de la mer, *par Jean Cayrol*
R190. Senso, *par Camillo Boito*
R191. Sous le soleil de Satan, *par Georges Bernanos*
R192. Niembsch ou l'immobilité, *par Peter Härtling*
R193. Prends garde à la douceur des choses *par Raphaële Billetdoux*
R194. L'Agneau carnivore, *par Agustin Gomez-Arcos*
R195. L'Imposture, *par Georges Bernanos*
R196. Ararat, *par D.M. Thomas*
R197. La Croisière de l'angoisse, *par Eric Ambler*
R198. Léviathan, *par Julien Green*
R199. Sarnia, *par Gerald Basil Edwards*
R200. Le Colleur d'affiches, *par Michel del Castillo*
R201. Un mariage poids moyen, *par John Irving*
R202. John l'Enfer, *par Didier Decoin*
R203. Les Chambres de bois, *par Anne Hébert*
R204. Mémoires d'un jeune homme rangé *par Tristan Bernard*
R205. Le Sourire du Chat, *par François Maspero*
R206. L'Inquisiteur, *par Henri Gougaud*
R207. La Nuit américaine, *par Christopher Frank*
R208. Jeunesse dans une ville normande *par Jacques-Pierre Amette*
R209. Fantôme d'une puce, *par Michel Braudeau*
R210. L'Avenir radieux, *par Alexandre Zinoviev*
R211. Constance D., *par Christian Combaz*
R212. Épaves, *par Julien Green*
R213. La Leçon du maître, *par Henry James*
R214. Récit des temps perdus, *par Aris Fakinos*
R215. La Fosse aux chiens, *par John Cowper Powys*
R216. Les Portes de la forêt, *par Elie Wiesel*
R217. L'Affaire Deltchev, *par Eric Ambler*
R218. Les amandiers sont morts de leurs blessures *par Tahar Ben Jelloun*
R219. L'Admiroir, *par Anny Duperey*
R220. Les Grands Cimetières sous la lune *par Georges Bernanos*
R221. La Créature, *par Étienne Barilier*
R222. Un Anglais sous les tropiques, *par William Boyd*
R223. La Gloire de Dina, *par Michel del Castillo*

R224. Poisson d'amour, *par Didier van Cauwelaert*
R225. Les Yeux fermés, *par Marie Susini*
R226. Cobra, *par Severo Sarduy*
R227. Cavalerie rouge, *par Isaac Babel*
R228. Tous les soleils, *par Bertrand Visage*
R229. Pétersbourg, *par Andréi Biély*
R230. Récits d'un jeune médecin, *par Mikhaïl Boulgakov*
R231. La Maison des prophètes, *par Nicolas Saudray*
R232. Trois Heures du matin à New York
par Herbert Lieberman
R233. La Mère du printemps, *par Driss Chraïbi*
R234. Adrienne Mesurat, *par Julien Green*
R235. Jusqu'à la mort, *par Amos Oz*
R236. Les Envoûtés, *par Witold Gombrowicz*
R237. Frontière des ténèbres, *par Eric Ambler*
R238. Les Deux Sacrements, *par Heinrich Böll*
R239. Cherchant qui dévorer, *par Luc Estang*
R240. Le Tournant, *par Klaus Mann*
R241. Aurélia, *par France Huser*
R242. Le Sixième Hiver
par Douglas Orgill et John Gribbin
R243. Naissance d'un spectre, *par Frédérick Tristan*
R244. Lorelei, *par Maurice Genevoix*
R245. Le Bois de la nuit, *par Djuna Barnes*
R246. La Caverne céleste, *par Patrick Grainville*
R247. L'Alliance, tome 1, *par James A. Michener*
R248. L'Alliance, tome 2, *par James A. Michener*
R249. Juliette, chemin des Cerisiers, *par Marie Chaix*
R250. Le Baiser de la femme-araignée, *par Manuel Puig*
R251. Le Vésuve, *par Emmanuel Roblès*
R252. Comme neige au soleil, *par William Boyd*
R253. Palomar, *par Italo Calvino*
R254. Le Visionnaire, *par Julien Green*
R255. La Revanche, *par Henry James*
R256. Les Années-lumière, *par Rezvani*
R257. La Crypte des capucins, *par Joseph Roth*
R258. La Femme publique, *par Dominique Garnier*
R259. Maggie Cassidy, *par Jack Kerouac*
R260. Mélancolie Nord, *par Michel Rio*
R261. Énergie du désespoir, *par Eric Ambler*
R262. L'Aube, *par Elie Wiesel*

R263. Le Paradis des orages, *par Patrick Grainville*
R264. L'Ouverture des bras de l'homme
par Raphaële Billetdoux
R265. Méchant, *par Jean-Marc Roberts*
R266. Un policeman, *par Didier Decoin*
R267. Les Corps étrangers, *par Jean Cayrol*
R268. Naissance d'une passion, *par Michel Braudeau*
R269. Dara, *par Patrick Besson*
R270. Parias, *par Pascal Bruckner*
R271. Le Soleil et la Roue, *par Rose Vincent*
R272. Le Malfaiteur, *par Julien Green*
R273. Scarlett si possible, *par Katherine Pancol*
R274. Journal d'une fille de Harlem, *par Julius Horwitz*
R275. Le Nez de Mazarin, *par Anny Duperey*
R276. La Chasse à la licorne, *par Emmanuel Roblès*
R277. Red Fox, *par Anthony Hyde*
R278. Minuit, *par Julien Green*
R279. L'Enfer, *par René Belletto*
R280. Et si on parlait d'amour, *par Claire Gallois*
R281. Pologne, *par James A. Michener*
R282. Notre homme, *par Louis Gardel*
R283. La Nuit du solstice, *par Herbert Lieberman*
R284. Place de Sienne, côté ombre
par Carlo Fruttero et Franco Lucentini
R285. Meurtre au comité central
par Manuel Vásquez Montalbán
R286. L'Isolé soleil, *par Daniel Maximin*
R287. Samedi soir, dimanche matin, *par Alan Sillitoe*
R288. Petit Louis, dit XIV, *par Claude Duneton*
R289. Le Perchoir du perroquet, *par Michel Rio*
R290. L'Enfant pain, *par Agustin Gomez-Arcos*
R291. Les Années Lula, *par Rezvani*
R292. Michael K, sa vie, son temps, *par J. M. Coetzee*
R293. La Connaissance de la douleur
par Carlo Emilio Gadda
R294. Complot à Genève, *par Eric Ambler*
R295. Serena, *par Giovanni Arpino*
R296. L'Enfant de sable, *par Tahar Ben Jelloun*
R297. Le Premier Regard, *par Marie Susini*
R298. Regardez-moi, *par Anita Brookner*
R299. La Vie fantôme, *par Danièle Sallenave*

R300. L'Enchanteur, *par Vladimir Nabokov*
R301. L'Ile atlantique, *par Tony Duvert*
R302. Le Grand Cahier, *par Agota Kristof*
R303. Le Manège espagnol, *par Michel del Castillo*
R304. Le Berceau du chat, *par Kurt Vonnegut*
R305. Une histoire américaine, *par Jacques Godbout*
R306. Les Fontaines du grand abîme, *par Luc Estang*
R307. Le Mauvais Lieu, *par Julien Green*
R308. Aventures dans le commerce des peaux en Alaska *par John Hawkes*
R309. La Vie et demie, *par Sony Labou Tansi*
R310. Jeune Fille en silence, *par Raphaële Billetdoux*
R311. La Maison près du marais, *par Herbert Lieberman*
R312. Godelureaux, *par Eric Ollivier*
R313. La Chambre ouverte, *par France Huser*
R314. L'Œuvre de Dieu, la part du Diable, *par John Irving*
R315. Les Silences ou la vie d'une femme, *par Marie Chaix*
R316. Les Vacances du fantôme, *par Didier van Cauwelaert*
R317. Le Levantin, *par Eric Ambler*
R318. Beno s'en va-t-en guerre, *par Jean-Luc Benoziglio*
R319. Miss Lonelyhearts, *par Nathanaël West*
R320. Cosmicomics, *par Italo Calvino*
R321. Un été à Jérusalem, *par Chochana Boukhobza*
R322. Liaisons étrangères, *par Alison Lurie*
R323. L'Amazone, *par Michel Braudeau*
R324. Le Mystère de la crypte ensorcelée *par Eduardo Mendoza*
R325. Le Cri, *par Chochana Boukhobza*
R326. Femmes devant un paysage fluvial, *par Heinrich Böll*
R327. La Grotte, *par Georges Buis*
R328. Bar des flots noirs, *par Olivier Rolin*
R329. Le Stade de Wimbledon, *par Daniele Del Giudice*
R330. Le Bruit du temps, *par Ossip E. Mandelstam*
R331. La Diane rousse, *par Patrick Grainville*
R332. Les Éblouissements, *par Pierre Mertens*
R333. Talgo, *par Vassilis Alexakis*
R334. La Vie trop brève d'Edwin Mullhouse *par Steven Millhauser*
R335. Les Enfants pillards, *par Jean Cayrol*
R336. Les Mystères de Buenos Aires, *par Manuel Puig*
R337. Le Démon de l'oubli, *par Michel del Castillo*

R338. Christophe Colomb, *par Stephen Marlowe*
R339. Le Chevalier et la Reine, *par Christopher Frank*
R340. Autobiographie de tout le monde, *par Gertrude Stein*
R341. Archipel, *par Michel Rio*
R342. Texas, tome 1, *par James A. Michener*
R343. Texas, tome 2, *par James A. Michener*
R344. Loyola's blues, *par Erik Orsenna*
R345. L'Arbre aux trésors, légendes, *par Henri Gougaud*
R346. Les Enfants des morts, *par Henrich Böll*
R347. Les Cent Premières Années de Niño Cochise
par A. Kinney Griffith et Niño Cochise
R348. Vente à la criée du lot 49, par *Thomas Pynchon*
R349. Confessions d'un enfant gâté
par Jacques-Pierre Amette
R350. Boulevard des trahisons, *par Thomas Sanchez*
R351. L'Incendie, *par Mohammed Dib*
R352. Le Centaure, *par John Updike*
R353. Une fille cousue de fil blanc, *par Claire Gallois*
R354. L'Adieu aux champs, *par Rose Vincent*
R355. La Ratte, *par Günter Grass*
R356. Le Monde hallucinant, *par Reinaldo Arenas*
R357. L'Anniversaire, *par Mouloud Feraoun*
R358. Le Premier Jardin, *par Anne Hébert*
R359. L'Amant sans domicile fixe
par Carlo Fruttero et Franco Lucentini
R360. L'Atelier du peintre, *par Patrick Grainville*
R361. Le Train vert, *par Herbert Lieberman*
R362. Autopsie d'une étoile, *par Didier Decoin*
R363. Un joli coup de lune, *par Chester Himes*
R364. La Nuit sacrée, *par Tahar Ben Jelloun*
R365. Le Chasseur, *par Carlo Cassola*
R366. Mon père américain, *par Jean-Marc Roberts*
R367. Remise de peine, *par Patrick Modiano*
R368. Le Rêve du singe fou, *par Christopher Frank*
R369. Angelica, *par Bertrand Visage*
R370. Le Grand Homme, *par Claude Delarue*
R371. La Vie comme à Lausanne, *par Erik Orsenna*
R372. Une amie d'Angleterre, *par Anita Brookner*
R373. Norma ou l'exil infini, *par Emmanuel Roblès*
R374. Les Jungles pensives, *par Michel Rio*
R375. Les Plumes du pigeon, *par John Updike*

R376. L'Héritage Schirmer, *par Eric Ambler*
R377. Les Flamboyants, *par Patrick Grainville*
R378. L'Objet perdu de l'amour, *par Michel Braudeau*
R379. Le Boucher, *par Alina Reyes*
R380. Le Labyrinthe aux olives, *par Eduardo Mendoza*
R381. Les Pays lointains, *par Julien Green*
R382. L'Épopée du buveur d'eau, *par John Irving*
R383. L'Écrivain public, *par Tahar Ben Jelloun*
R384. Les Nouvelles Confessions, *par William Boyd*
R385. Les Lèvres nues, *par France Huser*
R386. La Famille de Pascal Duarte, *par Camilo José Cela*
R387. Une enfance à l'eau bénite, *par Denise Bombardier*
R388. La Preuve, *par Agota Kristof*
R389. Tarabas, *par Joseph Roth*
R390. Replay, *par Ken Grimwood*
R391. Rabbit Boss, *par Thomas Sanchez*
R392. Aden Arabie, *par Paul Nizan*
R393. La Ferme, *par John Updike*
R394. L'Obscène Oiseau de la nuit, *par José Donoso*
R395. Un printemps d'Italie *par Emmanuel Roblès*
R396. L'Année des méduses, *par Christopher Frank*
R397. Miss Missouri, *par Michel Boujut*
R398. Le Figuier, *par François Maspero*
R399. La Solitude du coureur de fond, *par Alan Sillitoe*
R400. L'Exposition coloniale, *par Erik Orsenna*
R401. La Ville des prodiges, *par Eduardo Mendoza*
R402. La Croyance des voleurs, *par Michel Chaillou*
R403. Rock Springs, *par Richard Ford*
R404. L'Orange amère, *par Didier van Cauwelaert*
R405. Tara, *par Michel del Castillo*
R406. L'Homme à la vie inexplicable, *par Henri Gougaud*

Collection Points

1. Histoire du surréalisme, *par Maurice Nadeau*
2. Une théorie scientifique de la culture *par Bronislaw Malinowski*
3. Malraux, Camus, Sartre, Bernanos, *par Emmanuel Mounier*
4. L'Homme unidimensionnel, *par Herbert Marcuse* (épuisé)
5. Écrits I, *par Jacques Lacan*
6. Le Phénomène humain, *par Pierre Teilhard de Chardin*
7. Les Cols blancs, *par C. Wright Mills*
8. Stendhal, Flaubert, *par Jean-Pierre Richard*
9. La Nature dé-naturée, *par Jean Dorst*
10. Mythologies, *par Roland Barthes*
11. Le Nouveau Théâtre américain, *par Franck Jotterand* (épuisé)
12. Morphologie du conte, *par Vladimir Propp*
13. L'Action sociale, *par Guy Rocher*
14. L'Organisation sociale, *par Guy Rocher*
15. Le Changement social, *par Guy Rocher*
16. Les Étapes de la croissance économique, *par W. W. Rostow*
17. Essais de linguistique générale, *par Roman Jakobson* (épuisé)
18. La Philosophie critique de l'histoire, *par Raymond Aron*
19. Essais de sociologie, *par Marcel Mauss*
20. La Part maudite, *par Georges Bataille* (épuisé)
21. Écrits II, *par Jacques Lacan*
22. Éros et Civilisation, *par Herbert Marcuse* (épuisé)
23. Histoire du roman français depuis 1918 *par Claude-Edmonde Magny*
24. L'Écriture et l'Expérience des limites *par Philippe Sollers*
25. La Charte d'Athènes, *par Le Corbusier*
26. Peau noire, Masques blancs, *par Frantz Fanon*
27. Anthropologie, *par Edward Sapir*
28. Le Phénomène bureaucratique, *par Michel Crozier*
29. Vers une civilisation des loisirs ?, *par Joffre Dumazedier*
30. Pour une bibliothèque scientifique *par François Russo* (épuisé)
31. Lecture de Brecht, *par Bernard Dort*
32. Ville et Révolution, *par Anatole Kopp*
33. Mise en scène de Phèdre, *par Jean-Louis Barrault*
34. Les Stars, *par Edgar Morin*

35. Le Degré zéro de l'écriture
suivi de Nouveaux Essais critiques, *par Roland Barthes*
36. Libérer l'avenir, *par Ivan Illich*
37. Structure et Fonction dans la société primitive
par A. R. Radcliffe-Brown
38. Les Droits de l'écrivain, *par Alexandre Soljenitsyne*
39. Le Retour du tragique, *par Jean-Marie Domenach*
41. La Concurrence capitaliste
par Jean Cartell et Pierre-Yves Cossé (épuisé)
42. Mise en scène d'Othello, *par Constantin Stanislavski*
43. Le Hasard et la Nécessité, *par Jacques Monod*
44. Le Structuralisme en linguistique, *par Oswald Ducrot*
45. Le Structuralisme : Poétique, *par Tzvetan Todorov*
46. Le Structuralisme en anthropologie, *par Dan Sperber*
47. Le Structuralisme en psychanalyse, *par Moustapha Safouan*
48. Le Structuralisme : Philosophie, *par François Wahl*
49. Le Cas Dominique, *par Françoise Dolto*
51. Trois Essais sur le comportement animal et humain
par Konrad Lorenz
52. Le Droit à la ville, *suivi de* Espace et Politique
par Henri Lefebvre
53. Poèmes, *par Léopold Sédar Senghor*
54. Les Élégies de Duino, *suivi de* Les Sonnets à Orphée
par Rainer Maria Rilke (édition bilingue)
55. Pour la sociologie, *par Alain Touraine*
56. Traité du caractère, *par Emmanuel Mounier*
57. L'Enfant, sa « maladie » et les autres
par Maud Mannoni
58. Langage et Connaissance, *par Adam Schaff*
59. Une saison au Congo, *par Aimé Césaire*
61. Psychanalyser, *par Serge Leclaire*
63. Mort de la famille, *par David Cooper*
64. A quoi sert la Bourse ?, *par Jean-Claude Leconte* (épuisé)
65. La Convivialité, *par Ivan Illich*
66. L'Idéologie structuraliste, *par Henri Lefebvre*
67. La Vérité des prix, *par Hubert Lévy-Lambert* (épuisé)
68. Pour Gramsci, *par Maria-Antonietta Macciocchi*
69. Psychanalyse et Pédiatrie, *par Françoise Dolto*
70. S/Z, *par Roland Barthes*
71. Poésie et Profondeur, *par Jean-Pierre Richard*
72. Le Sauvage et l'Ordinateur, *par Jean-Marie Domenach*

73. Introduction à la littérature fantastique
par Tzvetan Todorov
74. Figures I, *par Gérard Genette*
75. Dix Grandes Notions de la sociologie, *par Jean Cazeneuve*
76. Mary Barnes, un voyage à travers la folie
par Mary Barnes et Joseph Berke
77. L'Homme et la Mort, *par Edgar Morin*
78. Poétique du récit, *par Roland Barthe,*
Wayne Booth, Wolfgang Kayser et Philippe Hamon
79. Les Libérateurs de l'amour, *par Alexandrian*
80. Le Macroscope, *par Joël de Rosnay*
81. Délivrance, *par Maurice Clavel et Philippe Sollers*
82. Système de la peinture, *par Marcelin Pleynet*
83. Pour comprendre les média, *par M. McLuhan*
84. L'Invasion pharmaceutique
par Jean-Pierre Dupuy et Serge Karsenty
85. Huit Questions de poétique, *par Roman Jakobson*
86. Lectures du désir, *par Raymond Jean*
87. Le Traître, *par André Gorz*
88. Psychiatrie et Antipsychiatrie, *par David Cooper*
89. La Dimension cachée, *par Edward T. Hall*
90. Les Vivants et la Mort, *par Jean Ziegler*
91. L'Unité de l'homme, *par le Centre Royaumont*
1. Le primate et l'homme
par E. Morin et M. Piattelli-Palmarini
92. L'Unité de l'homme, *par le Centre Royaumont*
2. Le cerveau humain
par E. Morin et M. Piattelli-Palmarini
93. L'Unité de l'homme, *par Centre Royaumont*
3. Pour une anthropologie fondamentale
par E. Morin et M. Piattelli-Palmarini
94. Pensées, *par Blaise Pascal*
95. L'Exil intérieur, *par Roland Jaccard*
96. Semeiotiké, recherches pour une sémanalyse
par Julia Kristeva
97. Sur Racine, *par Roland Barthes*
98. Structures syntaxiques, *par Noam Chomsky*
99. Le Psychiatre, son « fou » et la psychanalyse
par Maud Mannoni
100. L'Écriture et la Différence, *par Jacques Derrida*
101. Le Pouvoir africain, *par Jean Ziegler*

102. Une logique de la communication
par P. Watzlawick, J. Helmick Beavin, Don D. Jackson
103. Sémantique de la poésie, *par T. Todorov, W. Empson J. Cohen, G. Hartman, F. Rigolot*
104. De la France, *par Maria-Antonietta Macciocchi*
105. Small is beautiful, *par E. F. Schumacher*
106. Figures II, *par Gérard Genette*
107. L'Œuvre ouverte, *par Umberto Eco*
108. L'Urbanisme, *par Françoise Choay*
109. Le Paradigme perdu, *par Edgar Morin*
110. Dictionnaire encyclopédique des sciences du langage *par Oswald Ducrot et Tzvetan Todorov*
111. L'Évangile au risque de la psychanalyse (tome 1) *par Françoise Dolto*
112. Un enfant dans l'asile, *par Jean Sandretto*
113. Recherche de Proust, *ouvrage collectif*
114. La Question homosexuelle, *par Marc Oraison*
115. De la psychose paranoïaque dans ses rapports avec la personnalité, *par Jacques Lacan*
116. Sade, Fourier, Loyola, *par Roland Barthes*
117. Une société sans école, *par Ivan Illich*
118. Mauvaises Pensées d'un travailleur social *par Jean-Marie Geng*
119. Albert Camus, *par Herbert R. Lottman*
120. Poétique de la prose, *par Tzvetan Todorov*
121. Théorie d'ensemble, *par Tel Quel*
122. Némésis médicale, *par Ivan Illich*
123. La Méthode
1. La nature de la nature, *par Edgar Morin*
124. Le Désir et la Perversion, *ouvrage collectif*
125. Le Langage, cet inconnu, *par Julia Kristeva*
126. On tue un enfant, *par Serge Leclaire*
127. Essais critiques, *par Roland Barthes*
128. Le Je-ne-sais-quoi et le Presque-rien
1. La manière et l'occasion, *par Vladimir Jankélévitch*
129. L'Analyse structurale du récit, Communications 8 *ouvrage collectif*
130. Changements, Paradoxes et Psychothérapie *par P. Watzlawick, J. Weakland et R. Fisch*
131. Onze Études sur la poésie moderne, *par Jean-Pierre Richard*
132. L'Enfant arriéré et sa mère, *par Maud Mannoni*

133. La Prairie perdue (Le Roman américain), *par Jacques Cabau*
134. Le Je-ne-sais-quoi et le Presque-rien
2. La méconnaissance, *par Vladimir Jankélévitch*
135. Le Plaisir du texte, *par Roland Barthes*
136. La Nouvelle Communication, *ouvrage collectif*
137. Le Vif du sujet, *par Edgar Morin*
138. Théories du langage, Théories de l'apprentissage
par le Centre Royaumont
139. Baudelaire, la Femme et Dieu, *par Pierre Emmanuel*
140. Autisme et Psychose de l'enfant, *par Frances Tustin*
141. Le Harem et les Cousins, *par Germaine Tillion*
142. Littérature et Réalité, *ouvrage collectif*
143. La Rumeur d'Orléans, *par Edgar Morin*
144. Partage des femmes, *par Eugénie Lemoine-Luccioni*
145. L'Évangile au risque de la psychanalyse (tome 2)
par Françoise Dolto
146. Rhétorique générale, *par le Groupe µ*
147. Système de la mode, *par Roland Barthes*
148. Démasquer le réel, *par Serge Leclaire*
149. Le Juif imaginaire, *par Alain Finkielkraut*
150. Travail de Flaubert, *ouvrage collectif*
151. Journal de Californie, *par Edgar Morin*
152. Pouvoirs de l'horreur, *par Julia Kristeva*
153. Introduction à la philosophie de l'histoire de Hegel
par Jean Hyppolite
154. La Foi au risque de la psychanalyse
par Françoise Dolto et Gérard Sévérin
155. Un lieu pour vivre, *par Maud Mannoni*
156. Scandale de la vérité, *suivi de* Nous autres Français
par Georges Bernanos
157. Enquête sur les idées contemporaines
par Jean-Marie Domenach
158. L'Affaire Jésus, *par Henri Guillemin*
159. Paroles d'étranger, *par Élie Wiesel*
160. Le Langage silencieux, *par Edward T. Hall*
161. La Rive gauche, *par Herbert R. Lottman*
162. La Réalité de la réalité, *par Paul Watzlawick*
163. Les Chemins de la vie, *par Joël de Rosnay*
164. Dandies, *par Roger Kempf*
165. Histoire personnelle de la France, *par François George*
166. La Puissance et la Fragilité, *par Jean Hamburger*

167. Le Traité du sablier, *par Ernst Jünger*
168. Pensée de Rousseau, *ouvrage collectif*
169. La Violence du calme, *par Viviane Forrester*
170. Pour sortir du XXe siècle, *par Edgar Morin*
171. La Communication, Hermès I, *par Michel Serres*
172. Sexualités occidentales, Communications 35
ouvrage collectif
173. Lettre aux Anglais, *par Georges Bernanos*
174. La Révolution du langage poétique, *par Julia Kristeva*
175. La Méthode
2. La vie de la vie, *par Edgar Morin*
176. Théories du symbole, *par Tzvetan Todorov*
177. Mémoires d'un névropathe, *par Daniel Paul Schreber*
178. Les Indes, *par Édouard Glissant*
179. Clefs pour l'Imaginaire ou l'Autre Scène
par Octave Mannoni
180. La Sociologie des organisations, *par Philippe Bernoux*
181. Théorie des genres, *ouvrage collectif*
182. Le Je-ne-sais-quoi et le Presque-rien
3. La volonté de vouloir, *par Vladimir Jankélévitch*
183. Le Traité du rebelle, *par Ernst Jünger*
184. Un homme en trop, *par Claude Lefort*
185. Théâtres, *par Bernard Dort*
186. Le Langage du changement, *par Paul Watzlawick*
187. Lettre ouverte à Freud, *par Lou Andreas-Salomé*
188. La Notion de littérature, *par Tzvetan Todorov*
189. Choix de poèmes, *par Jean-Claude Renard*
190. Le Langage et son double, *par Julien Green*
191. Au-delà de la culture, *par Edward T. Hall*
192. Au jeu du désir, *par Françoise Dolto*
193. Le Cerveau planétaire, *par Joël de Rosnay*
194. Suite anglaise, *par Julien Green*
195. Michelet, *par Roland Barthes*
196. Hugo, *par Henri Guillemin*
197. Zola, *par Marc Bernard*
198. Apollinaire, *par Pascal Pia*
199. Paris, *par Julien Green*
200. Voltaire, *par René Pomeau*
201. Montesquieu, *par Jean Starobinski*
202. Anthologie de la peur, *par Éric Jourdan*
203. Le Paradoxe de la morale, *par Vladimir Jankélévitch*

204. Saint-Exupéry, *par Luc Estang*
205. Leçon, *par Roland Barthes*
206. François Mauriac
1. Le sondeur d'abîmes (1885-1933), *par Jean Lacouture*
207. François Mauriac
2. Un citoyen du siècle (1933-1970), *par Jean Lacouture*
208. Proust et le Monde sensible, *par Jean-Pierre Richard*
209. Nus, Féroces et Anthropophages, *par Hans Staden*
210. Œuvre poétique, *par Léopold Sédar Senghor*

Collection Points

SÉRIE HISTOIRE

H1. Histoire d'une démocratie : Athènes
Des origines à la conquête macédonienne
par Claude Mossé
H2. Histoire de la pensée européenne
1. L'éveil intellectuel de l'Europe du IXe au XIIe siècle
par Philippe Wolff
H3. Histoire des populations françaises et de leurs attitudes devant la vie depuis le XVIIIe siècle
par Philippe Ariès
H4. Venise, portrait historique d'une cité
par Philippe Braunstein et Robert Delort
H5. Les Troubadours, *par Henri-Irénée Marrou*
H6. La Révolution industrielle (1770-1880)
par Jean-Pierre Rioux
H7. Histoire de la pensée européenne
4. Le siècle des Lumières
par Norman Hampson
H8. Histoire de la pensée européenne
3. Des humanistes aux hommes de science
par Robert Mandrou
H9. Histoire du Japon et des Japonais
1. Des origines à 1945, *par Edwin O. Reischauer*
H10. Histoire du Japon et des Japonais
2. De 1945 à 1970, *par Edwin O. Reischauer*
H11. Les Causes de la Première Guerre mondiale
par Jacques Droz
H12. Introduction à l'histoire de notre temps
L'Ancien Régime et la Révolution
par René Rémond
H13. Introduction à l'histoire de notre temps
Le XIXe siècle, *par René Rémond*
H14. Introduction à l'histoire de notre temps
Le XXe siècle, *par René Rémond*
H15. Photographie et Société, *par Gisèle Freund*
H16. La France de Vichy (1940-1944)
par Robert O. Paxton

H17. Société et Civilisation russes au XIXe siècle
par Constantin de Grunwald
H18. La Tragédie de Cronstadt (1921), *par Paul Avrich*
H19. La Révolution industrielle du Moyen Age
par Jean Gimpel
H20. L'Enfant et la Vie familiale sous l'Ancien Régime
par Philippe Ariès
H21. De la connaissance historique
par Henri-Irénée Marrou
H22. André Malraux, une vie dans le siècle
par Jean Lacouture
H23. Le Rapport Krouchtchev et son histoire
par Branko Lazitch
H24 Le Mouvement paysan chinois (1840-1949)
par Jean Chesneaux
H25. Les Misérables dans l'Occident médiéval
par Jean-Louis Goglin
H26. La Gauche en France depuis 1900
par Jean Touchard
H27. Histoire de l'Italie du Risorgimento à nos jours
par Sergio Romano
H28. Genèse médiévale de la France moderne, XIVe-XVe siècle
par Michel Mollat
H29. Décadence romaine ou Antiquité tardive, IIIe-VIe siècle
par Henri-Irénée Marrou
H30. Carthage ou l'Empire de la mer
par François Decret
H31. Essais sur l'histoire de la mort en Occident
du Moyen Age à nos jours, *par Philippe Ariès*
H32. Le Gaullisme (1940-1969), *par Jean Touchard*
H33. Grenadou, paysan français
par Ephraïm Grenadou et Alain Prévost
H34. Piété baroque et Déchristianisation en Provence
au XVIIIe siècle, *par Michel Vovelle*
H35. Histoire générale de l'Empire romain
1. Le Haut-Empire, *par Paul Petit*
H36. Histoire générale de l'Empire romain
2. La crise de l'Empire, *par Paul Petit*
H37. Histoire générale de l'Empire romain
3. Le Bas-Empire, *par Paul Petit*

H38. Pour en finir avec le Moyen Age
par Régine Pernoud
H39. La Question nazie, *par Pierre Ayçoberry*
H40. Comment on écrit l'histoire, *par Paul Veyne*
H41. Les Sans-culottes, *par Albert Soboul*
H42. Léon Blum, *par Jean Lacouture*
H43. Les Collaborateurs (1940-1945), *par Pascal Ory*
H44. Le Fascisme italien (1919-1945)
par Pierre Milza et Serge Berstein
H45. Comprendre la révolution russe, *par Martin Malia*
H46. Histoire de la pensée européenne
6. L'ère des masses, *par Michaël D. Biddiss*
H47. Naissance de la famille moderne
par Edward Shorter
H48. Mythe de la procréation à l'âge baroque
par Pierre Darmon
H49. Histoire de la bourgeoisie en France
1. Des origines aux temps modernes
par Régine Pernoud
H50. Histoire de la bourgeoisie en France
2. Les temps modernes, *par Régine Pernoud*
H51. Histoire des passions françaises (1848-1945)
1. Ambition et amour, *par Theodore Zeldin*
H52. Histoire des passions françaises (1848-1945)
2. Orgueil et intelligence
par Theodore Zeldin (épuisé)
H53. Histoire des passions françaises (1848-1945)
3. Goût et corruption, *par Theodore Zeldin*
H54 Histoire des passions françaises (1848-1945)
4. Colère et politique, *par Theodore Zeldin*
H55. Histoire des passions françaises (1848-1945)
5. Anxiété et hypocrisie, *par Theodore Zeldin*
H56. Histoire de l'éducation dans l'Antiquité
1. Le monde grec, *par Henri-Irénée Marrou*
H57. Histoire de l'éducation dans l'Antiquité
2. Le monde romain, *par Henri-Irénée Marrou*
H58. La Faillite du Cartel, 1924-1926
(Leçon d'histoire pour une gauche au pouvoir)
par Jean-Noël Jeanneney
H59. Les Porteurs de valises
par Hervé Hamon et Patrick Rotman

H60. Histoire de la guerre d'Algérie, 1954-1962
par Bernard Droz et Évelyne Lever
H61. Les Occidentaux, *par Alfred Grosser*
H62. La Vie au Moyen Age, *par Robert Delort*
H63. Politique étrangère de la France (La Décadence, 1932-1939)
par Jean-Baptiste Duroselle
H64. Histoire de la guerre froide
1. De la révolution d'Octobre à la guerre de Corée, 1917-1950
par André Fontaine
H65. Histoire de la guerre froide
2. De la guerre de Corée à la crise des alliances,1950-1963
par André Fontaine
H66. Les Incas, *par Alfred Métraux*
H67. Les Écoles historiques, *par Guy Bourdé et Hervé Martin*
H68. Le Nationalisme français, 1871-1914, *par Raoul Girardet*
H69. La Droite révolutionnaire, 1885-1914, *par Zeev Sternhell*
H70. L'Argent caché, *par Jean-Noël Jeanneney*
H71. Histoire économique de la France du XVIIIe siècle à nos jours
1. De l'Ancien Régime à la Première Guerre mondiale
par Jean-Charles Asselain
H72. Histoire économique de la France du XVIIIe siècle à nos jours
2. De 1919 à la fin des années 1970
par Jean-Charles Asselain
H73. La Vie politique sous la IIIe République, *par Jean-Marie Mayeur*
H74. La Grèce archaïque d'Homère à Eschyle
par Claude Mossé
H75. Histoire de la « détente », 1962-1981
par André Fontaine
H76. Études sur la France de 1939 à nos jours
par la revue « L'Histoire »
H77. L'Afrique au XXe siècle, *par Elikia M'Bokolo*
H78. Les Intellectuels au Moyen Age, *par Jacques Le Goff*
H79. Fernand Pelloutier, *par Jacques Julliard*
H80. L'Église des premiers temps, *par Jean Daniélou*
H81. L'Église de l'Antiquité tardive
par Henri-Irénée Marrou
H82. L'Homme devant la mort
1. Le temps des gisants, *par Philippe Ariès*
H83. L'Homme devant la mort
2. La mort ensauvagée, *par Philippe Ariès*
H84. Le Tribunal de l'impuissance, *par Pierre Darmon*

H85. Histoire générale du XXe siècle
1. Jusqu'en 1949. Déclins européens
par Bernard Droz et Anthony Rowley
H86. Histoire générale du XXe siècle
2. Jusqu'en 1949. La naissance du monde contemporain
par Bernard Droz et Anthony Rowley
H87. La Grèce ancienne, *par la revue « L'Histoire »*
H88. Les Ouvriers dans la société française
par Gérard Noiriel
H89. Les Américains de 1607 à nos jours
1. Naissance et essor des États-Unis, 1607 à 1945, *par André Kaspi*
H90. Les Américains de 1607 à nos jours
2. Les États-Unis de 1945 à nos jours, *par André Kaspi*
H91. Le Sexe et l'Occident, *par Jean-Louis Flandrin*
H92. Le Propre et le Sale, *par Georges Vigarello*
H93. La Guerre d'Indochine, 1945-1954
par Jacques Dalloz
H94. L'Édit de Nantes et sa révocation
par Janine Garrisson
H95. Les Chambres à gaz, secret d'État
par Eugen Kogon, Hermann Langbein et Adalbert Rückerl
H96. Histoire générale du XXe siècle
3. Depuis 1950. Expansion et indépendance (1950-1973)
par Bernard Droz et Anthony Rowley
H97. La Fièvre hexagonale, 1871-1968, *par Michel Winock*
H98. La Révolution en questions, *par Jacques Solé*
H99. Les Byzantins, *par Alain Ducellier*
H100. Les Croisades, *par la revue « L'Histoire »*
H101. La Chute de la monarchie (1787-1792)
par Michel Vovelle
H102. La République jacobine (10 août 1792 - 9 Thermidor an II)
par Marc Bouloiseau
H103. La République bourgeoise (de Thermidor à Brumaire, 1794-1799)
par Denis Woronoff
H104. La France napoléonienne (1799-1815)
1. Aspects intérieurs, *par Louis Bergeron*
H105. La France napoléonienne (1799-1815)
2. Aspects extérieurs, *par Roger Dufraisse* (à paraître)
H106. La France des notables (1815-1848)
1. L'évolution générale, *par André Jardin et André-Jean Tudesq*

H107. La France des notables (1815-1848)
2. La vie de la nation, *par André Jardin et André-Jean Tudesq*
H108. 1848 ou l'Apprentissage de la république (1848-1852)
par Maurice Agulhon
H109. De la fête impériale au mur des Fédérés (1852-1871)
par Alain Plessis
H110. Les Débuts de la Troisième République (1871-1898)
par Jean-Marie Mayeur
H111. La République radicale ? (1898-1914)
par Madeleine Rebérioux
H112. Victoire et Frustrations (1914-1929)
par Jean-Jacques Becker et Serge Berstein (à paraître)
H113. La Crise des années 30 (1929-1938)
par Dominique Borne et Henri Dubief
H114. De Munich et à Libération (1938-1944)
par Jean-Pierre Azéma
H115. La France de la Quatrième République (1944-1958)
1. L'ardeur et la nécessité (1944-1952), *par Jean-Pierre Rioux*
H116. La France de la Quatrième République (1944-1958)
2. L'expansion et l'impuissance (1952-1958)
par Jean-Pierre Rioux
H117. La France de l'expansion (1958-1974)
1. La République gaullienne (1958-1969), *par Serge Berstein*
H118. La France de l'expansion (1958-1974)
2. Croissance et crise (1969-1974)
par Serge Berstein et Jean-Pierre Rioux (à paraître)
H119. La France de 1974 à nos jours
par Jean-Jacques Becker (à paraître)
H120. Le XXᵉ Siècle français, documents (à paraître)
H121. Les Paysans dans la société française
par Annie Moulin
H122. Portrait historique de Christophe Colomb
par Marianne Mahn-Lot
H123. Vie et Mort de l'ordre du Temple, *par Alain Demurger*
H124. La Guerre d'Espagne, *par Guy Hermet*
H125. Histoire de France, *sous la direction de Jean Carpentier et François Lebrun*
H126. Empire colonial et Capitalisme français
par Jacques Marseille
H127. Genèse culturelle de l'Europe (Vᵉ-VIIIᵉ siècle)
par Michel Banniard